有人生还

李牧雨 著

THE SURVIVOR

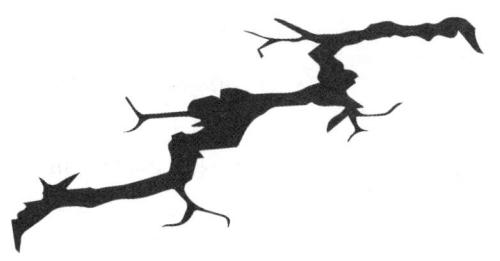

四川文艺出版社

图书在版编目（CIP）数据

有人生还 / 李牧雨著. -- 成都：四川文艺出版社，2018.4

ISBN 978-7-5411-5023-4

Ⅰ.①有… Ⅱ.①李… Ⅲ.①长篇小说—中国—当代 Ⅳ.①I247.5

中国版本图书馆CIP数据核字（2018）第056444号

You Ren Sheng Huan

有人生还

李牧雨　著

责任编辑	卢亚兵　苟婉莹
责任校对	蓝　海
封面设计	叶　茂
内文设计	叶　茂
责任印刷	崔　娜

出版发行	四川文艺出版社（成都市槐树街2号）
网　　址	www.scwys.com
电　　话	028-86259287（发行部）　028-86259303（编辑部）
传　　真	028-86259306
邮购地址	成都市槐树街2号四川文艺出版社邮购部　610031
排　　版	四川最近文化传播有限公司
印　　刷	成都新千年印制有限公司
成品尺寸	145mm×210mm　1/32
印　　张	9　　　　　　　　　字　数　200千
版　　次	2018年4月第一版　　印　次　2018年4月第一次印刷
书　　号	ISBN 978-7-5411-5023-4
定　　价	39.80元

版权所有·侵权必究。如有质量问题，请与出版社联系更换。028-86259301

有

人

生

还

很多年以后，杜嘉陵才意识到，他的生命有两次诞生。一次是 1970 年 12 月 25 日，他妈把他生在嘉陵江的一条游船上；第二次，他已经向上帝报到，但又活转过来了，那是 2008 年 5 月 12 日……

引 子

所有一切都乱套了。

一连八天,杜嘉陵都陷入乾坤倒转、日月无光的晕眩境地。

他的天塌了。

知道真相的那一刻,先是撕心裂肺的震惊,接着是完全失控的愤怒,再然后就是震惊和愤怒之后的疲惫、虚弱,还有茫然和沮丧。

怎么可能?怎么可能?怎么可能?

这一切是怎么发生的?

我没有错啊!

我他妈到底哪里错了?

不对。一定是上天搞错了,一定是哪里出了问题。不会是我,怎么可能是我?那些电影电视小说里才有的情节,怎么就轮到我头上了?杜嘉陵你到底惹着谁了?杜嘉陵,你这个自认为是世界上最人畜无害的好人,你到底惹着谁了?

这八天时间,他一直处在极度煎熬、极度震怒的情感压迫中,翻来覆去无法安定。整个人是晕眩的,头脑呆滞,身体低烧,口舌发苦,苦到吐出来的水都是黄绿色的。三天,他没有沾过一粒米，没有睡过一分钟，只是不断地喝水，大量地出虚汗，嘴唇发紫、面部脱皮。从来没有过。杜嘉陵的一生还从来没有过这种快要死掉了的体验。

田小兰，你把我杀了。就在五月四号那天，你把世界上最后一个忠厚善良的男人杀了。杜嘉陵被你杀了。

杜嘉陵在心里呼号着……

1

他就不该去成都参加那个什么同学会。什么狗屁同学。什么狗屁同学会。同学会就是世界上最没有意义、最险恶、最居心不良的一种聚会。如果他不去,他就不会碰到许小青。碰不到许小青,那他直到今天还是幸福的,哪怕是虚假的、被隐瞒的幸福,那也还是幸福的。

整个色当县谁不知道他的幸福。

在所有人眼里,田小兰更是幸福的。那个给他带来七年幸福生活的女人,他是怎么样捧在手上、含在嘴里,怎么样无底线地宠爱,色当县每一个认识他们的人都知道。他们笑他是妻管严,笑他耙耳朵,年年把他们家评为五好家庭——可是,这一切因为许小青的一句话,轰然倒塌。

田小兰居然背叛过他,而且,一直到现在还在背叛!

田小兰在外面有一个男人。六年了。

可笑的是,他一直不知道,一点儿都不知道。

更可笑的是,乐乐居然不是他的女儿。五年了,他一直在当一个假爸爸。一个世界上最热烈、最无私、最好的爸爸。

他把心掏给她们,他把世界捧给她们。可她们——把他当瓜娃子蒙骗。一骗就是六年。

六年啊!

杜嘉陵被一种剧烈的屈辱和悲伤淹没了，他情愿自己已经死掉。

五月四号那天晚上，他也不知道自己是怎么回到色当的。下了车，他僵尸般走进楼道，开门，进屋，然后把两张照片和一封信放在田小兰面前。

田小兰的脸一下子变得惨白。

"为什么？为什么？"那天，他只问了田小兰这三个字，反复地问，痛到吸气地问。刚开始是愤怒、震惊、泪水狂泄，面目扭曲，他推搡着田小兰，把田小兰推搡到墙边，声嘶力竭地吼问，再后来就没有力气了，完全没有力气了，匍匐在田小兰面前，喃喃着，跪坐了一夜。

田小兰只是哭，全身发抖。

最后，他们都累了，杜嘉陵感觉到自己是睁着眼睛睡着了，然后就没有了知觉。

他躺了三天，是田小兰把他架到床上去的，他也没有反抗，就那么直直地躺着，三天没有上班，没有出门，没有动弹，也没有吃饭。

这个世界与我无关了，一切都无所谓了。

命运，我那么认真地对待你，你却那么彻底地嘲弄了我，还有什么可以在乎呢？没关系了，无所谓了，爱谁谁吧。

第四天，他坐了起来，茫然地、有些发蒙地看着田小兰。

他甚至有些不认识眼前这个女人了。她那么陌生，那么平庸——甚至丑陋。原来，退去爱情加持神力的女人，会变得如此晦暗、粗糙。他呆呆地望着她，眼睛里只有一片茫然。

田小兰除了上班,就是一直坐在他床前,机械地给他做饭,一遍遍地凉了热,热了凉。乐乐去姥姥家了,不在家——幸亏不在家。如果在家,他不知道该怎么面对。那五岁的孩子,那团会叫会跳会笑会闹的馨香温暖的肉,那个软糯娇憨无比磨人的小妖精,现在都不属于他了。一想到这里他就想吐,从里到外恶心到极点。他望着田小兰,像看一个外来人。她是谁?她在这儿干什么?他们怎么会在一起呢?他客气地对她笑了笑:"谢谢。有吃的么?"

田小兰赶紧给他端来一碗粥,小米瘦肉粥。他喝了第一口,苦得惊人,他干呕着,剧烈地呕吐起来。不是粥的问题,是他的口苦。田小兰赶紧拿来垃圾桶放在他面前。他吐得眼泪都出来了。想必是胃液也吐出来了,黑黄色,整个口腔麻木、苦涩到极点。他的舌头、牙齿都失去了反应,整个器官都不属于他了。他试着再喝了一口,还是苦,他叹了口气,把粥放下。

田小兰蹲在他面前,泪水一颗一颗地往下掉。

他望着她,慢慢地:"你哭什么?"

田小兰摇头,不说话。

杜嘉陵很平静:"到底为什么?跟我讲一下吧,过程就行。"

田小兰不说话,坐在那里一动不动。

杜嘉陵:"就是死,也让人死个明白吧。"

田小兰望着他,杜嘉陵的眼睛里已经没有了热度,整个人是冷漠的。她从来没有见过他这样的表情。七年了,那个热情、忠诚,对她千依百顺的男人,如今在防范她、拒绝她,不想理她了。他的震惊不可怕,他的暴怒不可怕,可怕的是他的冷漠。哀,莫大于心死。

田小兰这才知道，失去他的关注，世界原来是这么不同。

她一转头，目光接触到桌上一张照片。那是他们的全家福。乐乐在中间，他们分别从两边搂住女儿，三个人都在笑。杜嘉陵的笑尤其放得开，嘴咧得很大，牙齿雪白，没心没肺，无遮无拦。

她的手抖了一下。现在完了。所有一切都快结束了。田小兰可以不相信天下所有人，但从来没有不相信杜嘉陵。她知道杜嘉陵爱她，没有任何保留地爱；杜嘉陵更爱乐乐，全身上下每一个细胞都爱。

可是，现在她知道了，一切都完了。他不会再爱她们了。

她讲了，干巴巴的，只说了过程。

六年前，杜嘉陵抽调到省委党校学习，为期三个月，家里就剩下她一个人。学校新来了一个副校长，是州教委下派的人事处长马知路。马知路是和杜嘉陵完全不一样的男人，霸道、强势、官瘾十足、精明能干，绝对不会漏掉天下任何一个好处。他兢兢业业、勤勉上进，把自己经营得很好，把自己的家也经营得很好。田小兰是那种纤细如柳的女人，与马知路完全就不在一个频道上，况且清远中学女性教师众多，其中不乏热情爽朗主动投怀之人。可马知路的目光就是越过五彩花丛盯在田小兰身上了。田小兰哪里见过这样强横野蛮的霸道总裁，何况人家还年轻多金，又权势在握，对她又用尽了心力和手段，一步步把她提升为德育主任、教研员、校长助理，田小兰很快在同事中脱颖而出。她很懂事，也知道感恩，更从马知路雄性十足的关照中体会到一种久违的激情和冲动。杜嘉陵爱她，她也知道，但杜嘉陵是一个壁炉，温度是有限的，马知路却是一团野火,燃烧起来足以燎原。马知路的目光热烈得让她躲避不开。田小兰迷失了。在一次到黄山的短期培训中,她终于在某天晚上不知不觉留在了马知路的房间里。

在杜嘉陵外出学习的三个月里,田小兰与马知路浓情蜜意,在小小的色当县,他们竭力避开众人,把以前和杜嘉陵恋爱时所走过的小路全走了一遍,把和杜嘉陵演过的各种爱情仪式又重新体验了一遍。她有过负罪感,但更多的却是出轨的惊险和刺激,荷尔蒙好像也分泌得更加旺盛。

马知路对她也是千百种呵护。她不觉得那是一种罪孽。马知路让她体会到了生命的另一种激情。马知路说,人生就是一个流程,流程是没有什么对错的。生命给我,我就享受。马知路还说,道德在我眼里就是一个屁。我是彻头彻尾的反封建者,我没有道德感,我只有对生命和爱情的崇拜与响应。我爱你,这就是唯一正确的真理。田小兰听得如醉如痴。她那点残存的理智在马知路的强势攻击之下溃不成军。

至于杜嘉陵,她甚至很少想到他。她也觉得很奇怪。发生了那样的事,对于他们这种密不透风的恩爱夫妻来说,她怎么就没有想到杜嘉陵。甚至,她都没有什么负疚感。她没有对不起杜嘉陵的想法。这让她感到了一种恐惧。她从来不知道人性的阴暗堕落可以无底线到如此地步。

她有罪。她知道。但犯罪的过程是如此甜蜜如此疯狂,罪恶带来的后果已经可以忽略不计。

多年以后,她才知道,那些享乐和陶醉,那些偷欢和密会,会以怎样残酷的报应还施在他们身上。马知路错了,她也错了。

这个错,不仅是他们两个人的,更重要的是,他们的一时欢愉,将会深远地毁掉杜嘉陵,毁掉许小青,毁掉他们双方的父母,还有,毁掉他们的后代。

任何反常的,都是不祥的。没有人会逃脱惩罚。

他们没有想到,这不伦的爱情只会使无辜的人为之心碎,一生都不能缝合。

三个月后,杜嘉陵回来了,田小兰惊恐地发现自己怀孕了。

她知道那不是杜嘉陵的孩子,但是,她没有选择堕胎。奇怪的是,她第一个告诉的人并不是马知路,而是杜嘉陵。杜嘉陵仿佛就是那个替她承担所有罪恶的人。那个老实男人。

杜嘉陵听到她怀孕时那大喜过望的剧烈反应让她吓了一大跳。他把她抱起来,在屋子里转圈,大声嚷嚷着:我要当爸爸了!我终于要当爸爸了!然后就请了一个月的假,寸步不离地守着她,买来很多孕期保健书、孕妇菜谱、育儿宝典,给她炖汤做菜,扶着她散步,制订各种孕期保健计划、育儿计划,甚至规划到孩子上哪所小学、考什么大学、学什么专业——她看着他笨拙地忙碌,内心再一次受到重击:杜嘉陵是爱她的,爱到没有城府、没有保留、没有自我。他的整颗心为了她而跳动,而她,扎扎实实地欺骗了他。

也许是因为怀孕了,也许是终于感觉到了一些愧疚和负罪,她给马知路写了一封长信,告诉他以后不能再往来了。

意外的是,马知路竟然很配合地同意了,不再过多联系,而是祝福和理解。他当时已经挂职期满回到州教委,与她见面的机会也不多了。

她没有告诉他怀上孩子的事。

既然已经告诉了杜嘉陵,那就认定是杜嘉陵的孩子吧,这个时候,她开始从孩子的角度考虑他们的未来,考虑这个家庭的未来。尽管她曾经和马知路各种恩爱,但凭直觉,她也知道马知路不可能和她有什么结果的。马知路和杜嘉陵不同,杜嘉陵可以承担一个家庭的责任,但跟马知路在一起,她没有安全感。杜嘉陵像土地一样让她踏实笃定,更重要的,要让未来的孩子踏实笃定。所以,马知路一直不知道他婚姻之外还有一个孩子。直到后来。乐乐三岁的时候,有一天突然从幼儿园的滑梯上被小朋友从后面推了下来,重伤,眼看不治,杜嘉陵狂怒着要去砸那家家长的车,而她居然颤抖着拨通了马知路的电话,告诉他他的女儿——乐乐,快不行了,如果可能的话,赶紧到色当,也许还能见上最后一面。打完电话的那一刻起,田小兰知道,原来她根本就没有忘掉他,马知路还是那么强势,那么有力,以更强大的荫蔽力量让她再次迷失方向。

第二天,州教育局副局长马知路就狂奔着进了医院。他焦急异常,满头大汗扑进急诊室。

杜嘉陵只知道对着乐乐掉眼泪,而马知路迅速地了解情况,找到医院院长让他集合最好的医生,拿出最好最有效的救治方案,他甚至安排好了实在不行去成都华西医院的飞机票。那一刻,田小兰觉得,在马知路身边,她真正有了依傍,有了靠山,有了主心骨。杜嘉陵让她心累,马知路让她全身无力但又希望满满。

马知路强大到好像可以代替她呼吸。田小兰再次失陷在一种近乎眩晕的感觉里。

马知路在乐乐的病床边见到了杜嘉陵,以田小兰前领导的身份对他进行慰问,然后又抚摸着乐乐的脸,泪水就下来了。杜嘉陵很感动。田小兰看着马知路和乐乐,他们有着酷肖的眼睛和鼻子。如果杜嘉陵细心点,再细心点,他一定不会忽略这个,也一定不会忽略马知路不合常理的焦急和热情。但是,老实的杜嘉陵怎么会想到那里去。他对马知路的细致安排充满了感激。

好在乐乐活过来了,而且几乎没有任何后遗症。

杜嘉陵买了两斤顶级虫草,自己亲自到州里交给了马知路。

乐乐好了之后,田小兰恢复了和马知路的联系。

马知路没有孩子,现在突然从天而降一个女儿,喜出望外得不行。也许人到中年,膝下荒凉,乐乐成了上天赐予的意外的珍贵礼物,他一时不知道该如何是好,对田小兰充满了感激。色当,成了他常来踏访的点。除了和乐乐见面,就是偷偷叫来田小兰,在宾馆里、在杜嘉陵外出时的他们的家里,两人重拾旧梦,肆意恩爱。

马知路甚至要田小兰离婚,他要娶她,要乐乐真正成为他的女儿。他仕途顺利,唯一缺少的就是后代,现在有了乐乐,他希望一切圆满。

田小兰拒绝了。

田小兰不是没有想过和马知路结婚的种种好处,但是,杜嘉陵怎么办?

一想到自己真的要彻底伤害杜嘉陵,她还是感到了老大的不忍。那个对这个世界充满了无尽信任和热爱的男人,那个像个孩子般无条件地爱着她和乐乐的男人,她怎么忍心,怎么忍心?

杜嘉陵的目光让她想起那些坐在教室里崇拜地望着她的孩子,那么干净而温热。

马知路让她激越而动荡,杜嘉陵却让她安宁幸福——而这也是乐乐需要的。

她没有随马知路而去。马知路恳求了两次,她都拒绝了。

直到现在。直到许小青告诉了杜嘉陵一切。

杜嘉陵不想告诉田小兰许小青当时的叙述。他觉得哪怕就是去复述一遍那些事情,也会让他恶心到呕吐。

可是,他怎么能忘记许小青的讲述。他觉得许小青可能吐得比他还多。

可怜的小青。

许小青是马知路的妻子,杜嘉陵大学四年的同学。小青毕业后托父亲的福分到了州某电力部门,改行当会计,后来当上了办公室主任,一直很顺利。唯一不顺的是与马知路结婚多年后却没有生育。

四月五日那天,许小青要为马知路过五十岁生日,下班后兴冲冲地到马知路的单位去找他。马知路正在主持一个会议。许小青在他办公室坐下来,无意中拉开他的抽屉,发现了两本存折,一本三十八万元,一本二十六万元,都是很大的整数,户名都是杜乐乐。杜乐乐是谁?这名字好像听到过,但到底是谁呢?许小青想了半天想不起来。直到最后翻出了一本影集,翻看第一页,她有如魔怔,惊呆在那里。

杜乐乐,杜嘉陵的女儿。她见过那孩子。两年前杜嘉陵夫妇带着孩子到州医院看病，马知路热心地四处张罗，还请他们一家吃饭。现在，抽屉里一大本乐乐的照片。马知路，乐乐，两张酷似的脸。

许小青完全蒙了。

当马知路走进办公室看到她的脸，顿时神情黯淡。

许小青拿出存折和照片集，平静地追问，他也平静地回答了一切。

许小青呆若木鸡。

马知路说："这件事已经这样了，我也知道隐瞒不下去。但是现在还有一件更糟糕的事情：上面在查我，凶多吉少。"

到底是十年的夫妻，马知路把自己面临的困境告诉了许小青。他分管的教材处的处长涉案被查，在审察期间供出了一连串同伙，其中就有他这个分管领导。而他，这么些年来许小青也知道，并不干净。

许小青隐隐有种预感，马知路总有一天要出事。这几年他们的经济情况发生了翻天覆地的大变化，马知路给她送的生日礼物不再是一个包、一只手表，而是一出手就是一辆奔驰。虽然是低配，但也已经让她胆战心惊。现在终于来了，许小青的预感应验了。

马知路说，事情就是这么个事情，情况就是这么个情况，要分要合，全看你。你怎么选择我都没二话。我现在自身难保，这笔钱可能也到不了乐乐手上了，我现在没办法了，你不要和我背黑锅，我反正是完了。

许小青说，那一刻她恨不得他马上进监狱，最好是死刑，立即执行。

果然，两个星期后，马知路被检察院带走。

在五四青年节那天的大学同学会上，许小青向杜嘉陵出示了田小兰给马知路的信，还有那本影集里两张照片——马知路搂着乐乐和田小兰的合影。

至于那两本存折，已经上交检察院了。

杜嘉陵的天一下子塌了。

田小兰讲完了。

杜嘉陵的思绪是在一种梦游般的状态下回到色当家里的。他眼睛望着天花板，还是问了一个打死也不想问的问题："那段时间你不是不喜欢那事么？怎么就想和别的男人做了？"

田小兰："和他在一起就喜欢了。"

杜嘉陵的眼睛冒出火来，几乎想跳起来去掐她的脖子。

田小兰本能地往后退。

杜嘉陵望着她，脸扭曲到变形。他搁浅的鱼一般喘了一阵，又道："你把他带到家里来了？"

田小兰说："就两次。"

杜嘉陵从沙发上跳起来，往窗边躲："你们——去死吧！我不想再看到你！滚！滚！"

他声嘶力竭地大叫着，泪水飞迸。

田小兰一动不动。当她再次抬起头来的时候，砰的一声，杜嘉陵倒在地板上，失去了知觉。

她大叫一声，赶紧扑过去把他扶起来，杜嘉陵昏厥了。

田小兰抱住他的头,号啕大哭。

杜嘉陵再次醒过来的时候,已经是第二天了。

他疲惫极了,眼睛空洞而麻木。他望着田小兰,只说了一句:"离婚。"

田小兰一下子崩溃了,跪在他面前:"错了,我全错了,我不离婚!不离婚!"

杜嘉陵站起来:"六年了。六年。你想想,六年。"

田小兰摇头:"我是爱你的。你也爱我。"

杜嘉陵笑起来:"不要说这个字,你不配。"

田小兰望着他,泪水使劲往下掉。

这回轮到杜嘉陵摇头了:"你把我做人的根基都打没了,我现在就是一个彻头彻尾的失败者,我们在一起还有什么意义?明天,明天去民政局。"

田小兰继续跪着。

杜嘉陵不再理她,走到一边去,想找一点水喝。

田小兰跪在地上,膝行到他身边,伸手想去拉他的衣角,杜嘉陵本能地往旁边躲开,像碰到毒蛇一样:"别碰我!"

田小兰低下头,不再说话。

杜嘉陵喘着气,在屋子里乱转着,没有水,屋子里什么都没有。他一旦不做事,这个家就相当于瘫痪。一想到这个他又干呕起来。

这么多年他都在费尽心血宠着一个和别的男人在床上翻滚的女人。他恶心。他闭了闭眼睛,心痛自己,也厌恶自己。极度厌恶。

他真傻啊，六年啊。六年里被一个女人耍到这个地步，想起以前他经常摸着田小兰的头说：你这个小傻瓜。原来他才是这个世界上最傻最傻的傻瓜。你这蠢货，你这瓜娃子。

他茫然地坐下，不知道该怎么办。

也许，这个时候世界消失了就好了，那所有的屈辱、所有的欺骗、所有的心痛就都消失了，再也不会有人知道了，再也不会这么难受了。

田小兰突然说："乐乐。还有乐乐。想想乐乐。"

杜嘉陵的身子抖了一下。

"关我屁事。"

田小兰哭倒在地上。

过了很久，田小兰站起来走到他面前："最后一次，求你最后一件事，最后一次去见见乐乐。"

杜嘉陵咬着牙看着她，田小兰又说："乐乐天天问爸爸什么时候去接她。"

杜嘉陵崩溃地叫："你不如杀了我，你杀了我吧！"他不想哭，但是泪水就是忍不住。

他同意了。

2

星期天下午，十一号。他们一起走进了田小兰父母家所在的大院。

田小兰父母住一楼,外面带个小院子,杜嘉陵远远就看见穿着大红裙子的乐乐坐在院子里的一棵巨大的七里香树下,怀里抱着她那个从小不离不弃的大布熊,尽力扭着头往院门外张望。她一看见杜嘉陵,丢下布熊欣喜若狂地奔了过来,嘴里乱七八糟地叫着:"爸爸!爸爸!坏爸爸!乐乐要,爸爸,哦,爸爸抱!"

杜嘉陵情不自禁地蹲下,张开怀抱,乐乐扑进他怀里,一时间馨香满怀。乐乐疯狂地亲着他,口水弄了他一脸。

"爸爸,你不要乐乐了吗?怎么现在才来啊?我好想你啊!"乐乐挤在他怀里,用脸去蹭他,被胡子扎痛了,又躲开,笑得上气不接下气。

杜嘉陵只是抱紧她,死死地抱住。

乐乐半天等不到他开口,把他的脸强行扳过来,愣住了,小心翼翼地:"爸爸,你在哭?"

杜嘉陵拼命控制住自己,长长地呼了口气:"没有,爸爸看见你太高兴了。"

"你想我了是不是?你想我想哭了吗?你说是,说呀,赶紧说!"

"是,爸爸想乐乐了,想哭了。"

"那你现在笑一个。"

杜嘉陵咧嘴笑。

"这样不对,是这样,"乐乐把他的嘴巴往两边扯,"这样才对。"

杜嘉陵说:"痛!"

乐乐赶紧放开手,拍拍他的脸:"好好,爸爸乖,不痛不痛。爸爸,我要回家,接乐乐回家。"

杜嘉陵摇摇头:"不行,爸爸下星期还要出差,你得在外婆家再待几天。"

"几天?你说,几天?"

"这个……"杜嘉陵把她放下来,"三天。"

"三天哦,好吧!"乐乐再亲了他一下,"爸爸,我相信你。"

田小兰走了过来,杜嘉陵呛了一下,乐乐挣扎着要跳下来:"爸爸,我在外婆家学了一首歌,专门唱给你听的,来来,你听着哦!"

她后退两步,站直,背着两手,唱了起来:

落雨不怕　落雪也不怕
就算寒冷大风雪落下
能够见到他
可以日日见到他面
如何大风雪也不怕
我要　我要找我爸爸
去到哪里也要找我爸爸
我的好爸爸没找到
若你见到他
就劝他回家
……

杜嘉陵听完，呆在那里半天不说话。乐乐摇头晃脑地唱完，期待着他的夸奖。真难为她了，那么长的歌词居然一字不错。

"爸爸，好不好听？"

"谁教你唱这首歌的？"

"幼儿园的杨老师啊。"

"我明天就去找这个杨老师，不许她再教这样的歌！"

"可是这是乐乐最喜欢的歌啊，《星仔走天涯》，星仔的歌啊！"

"行吧。那我不找杨老师了。"

乐乐又"啵"地亲了他一下。

杜嘉陵把她搂在怀里，乐乐挣扎着躲开。杜嘉陵站起来，看到田小兰在旁边掉眼泪。幸好乐乐没看见。

乐乐又扑过去抱住他的腿："爸爸，三天哦，三天后来接乐乐，别忘了！"

"好，爸爸记着呢。"

"你说过要给我带德芙巧克力的，瞧，也没有带。"

"好好，爸爸一定记着去买，三天后给你带来。"

"记着哦！"

"记着呢！"

那天晚上他不知道自己是怎么走出岳父岳母家的。岳父和他喝了很多酒，他醉得东倒西歪。他想，他再也不会走进这个院子了，这是和他们吃的最后一顿饭，以后，再也不会这样醉了。那老两口对他很好，在他面前一直小心翼翼，甚至有些讨好他。他们的潜意识里,相貌平平、工作平平的田小兰能找到他这个政府公务员,而且一直对她好,他们认为女儿是掉进福窝里了。他们对他好,是希望他对田小兰好。他们就没有想到田小兰对他不好。

以后,再也不会跨进这个家门了。

走出大院,告别了抱着乐乐的岳母,他头也不回地对跟在后面的田小兰说:"明天下午三点,我在民政局门口等你,身份证带上,办手续。"

田小兰没有吭声。

杜嘉陵高一脚低一脚地走远了,一直没有回头。

他不知道,田小兰一直蹲在地上,无声地痛哭。

3

五月十二号下午两点。

从县委地方志办公室到民政局,也就二十五分钟的步行路程。五月的色当太阳已经很毒辣了,当顶照着,走几步就让人冒汗。

色当县政府所在地为五粮镇,一条水量丰沛的雪水河蜿蜒流过,把小城一剖为二。此地自古以来就出产一种叫作清溪老窖的好酒,镇上酒坊众多,酒窖密布,大半的人家从事酿酒。还有一个著名的卷烟厂,产值巨大。县经济不错,在四川西北地区是少有的繁华城镇,酒香十里,烟香四方。

作为一个县委地方志办的副主任,杜嘉陵在色当已经生活近二十年了。县志办编辑是他干过的唯一一种工作,而且可能会一辈子干下去。"耐得住寂寞写史修志,守得了清贫千古流芳",这是自嘲,也是安慰。他毕业于一个普通大学的中文系,简阳人,当年要不是爱上了班上的色当美女央金,他怎么会跟着她跑到这个藏汉混居的小县城来?可是,他到了色当,央金却在第二年就调到了成都,现在移民英国了。

杜嘉陵最好的一点就是没有野心,最坏的一点也是没有野心。而这最没有野心的人,还是被涮了。先是央金,现在是田小兰。她们先后一刀一刀地把他心中的单纯、善良、忠诚、热情一点一点地割走了。

他走在雪水河边,心里很平静。他是个优柔寡断的人,但此刻却非常冷静。既然已经如此,那就去把手续办了吧。

还有一千米就到民政局了。

有个年轻的母亲牵着一个两三岁的小女孩走了过来,两人边走边念着儿歌,小女孩儿大约走累了,伸出手叫:"妈妈,抱!"

母亲不肯,一直背着手往前走,仰着头,微闭着眼,脸上是笑意。

小女孩儿蹲在地上,开始耍赖不走,嘴巴里继续叫着:"妈妈,抱!抱齐齐!"

母亲不理,再往前走,小女孩儿急了,坐在地上捂着脸哭:"妈妈不要齐齐了,不要齐齐了——"

母亲回过身来,把她抱起来,小女孩儿咯咯笑着,抱住母亲的脸使劲亲着，口水都在响。

杜嘉陵看着她们笑闹着走远，蓦然发现自己泪水满脸。

他答应过乐乐三天后去接她。三天，怎么办？三天后乐乐回来，天哪！

他反正不会再见她了。但是，刚才那小女孩的笑声还在耳边。他下意识地往左右看了看，旁边山坡下就是县里刚刚开张没多久的家家福超市第六分店。这是色当最大的一家超市，老板是川西超市连锁大王夏德旺。超市设在一幢十层商住楼的地下一层。他想了想，向超市走过去。

乐乐说过要德芙巧克力。

三天后她就要回来了。他在色当没有任何亲戚，即使离了婚，可能近期还得在那个房子里住下去，他没理由不见乐乐。就算是搬去办公室，乐乐也找得到的。她会来找他的，她说过，刮风也不怕，下雨也不怕，她要找到爸爸。

杜嘉陵头疼死了。

最后一次了，给乐乐买点东西。她的奶粉不多了，她最喜欢吃的QQ糖没有了，还有水彩笔、小画板、夏天的衣服——好多东西都得给她添上。平时田小兰没有时间管乐乐，乐乐所有的事情都是他在办。一想到这里他就钻心地痛，无比羞耻。但是，最后一次了。

至少，得去买点德芙巧克力。他答应过她的。

家家福超市第六分店是色当县最大、最时尚、货物最齐全的一家。超市设在当地一个名叫临水佳园的楼盘里，就在临街的一号楼地下一层。一号楼位置不错，在一片缓坡之上，紧临着雪水河，地势较高，雪水河把城市劈开，日夜从一号楼的右侧滔滔流过。站在楼顶，真可以一览众山小，环视全镇，风景绝佳。楼盘的一层照例是百货商场，进入商场下到负一楼才到超市。

杜嘉陵走向商场大门。

一辆越野车突然停在他面前，哐啷一声，一个长发青年带上车门走到他面前："师傅，问一下，哪里可以买到瑞士军刀？"

他一下蒙了："什么？"

"瑞士军刀。出门忘带了，想买一把。"

"瑞士军刀？没有。"杜嘉陵摇摇头，"这儿没人用得上这个。藏刀倒是有。"杜嘉陵指指商场的玻璃大门。

长发青年肤色黝黑，一张脸还挺秀气，只是一身打扮很粗犷。

"藏刀？也成啊。"

长发青年转身就要进商场，又一辆黑色的轿车轻盈地驶了过来，酷炫的外形一下子吸引了路人的注意，连长发青年都停下了脚步。

那是一辆很少见的玛莎拉蒂总裁2008精英款，即使在这豪车经常出没的小城里依旧醒目异常。长发青年的目光落在车身上，眯了眯眼，情不自禁地低低吹了声口哨。

车停下来了，但车上的人却迟迟不见下来。车窗摇下来，一个女人坐在副驾上，四十出头，深栗色长发，精瘦，长相一般，眼睛细小，目光冰冷，腰板挺得笔直。

开车的是个五十岁左右的男人，神色岸然，身材粗壮，常见的乡镇企业家小平头，小腹肥壮，放在方向盘上的左手腕戴着三串已经把玩得精光水滑的名贵木头手串。

两人不下车，也不看对方，女人一脸凌厉。

男的开口了："算了吧，到成都再买。"

女人皱着眉头："不行，就在这儿买！"

男人："这里能买到什么好东西？这都是卖给城乡结合部的，假冒伪劣！"

女人："如果路上遇到堵车怎么办？那时候到哪里去买吃的？"

男人："怎么会堵车？尽讲些没用的。"

女人瞪着他："你到底下不下去？你不想走了是不是？"

男人瞪着她："又来了！"

女人不依不饶地望着他："我就知道你会反悔！我就知道你要半途撇下我！"

男人也瞪着她："你存心是不是？都到这一步了我想反悔？要反悔我他妈早反了！跟你说没有必要在这儿买……"

女人一听，扑上去对着男人一阵无声地撕打。

男人抓住她的双手，把她整个人紧紧地箍在怀里。

女人斗不过他的蛮力，放弃了反抗，男人也放开她，女人双眼血红地抬起头，瞪着男人。

男人终于服软了："好，下去。"

女人咬着牙，打开车门，径直往超市走去。

杜嘉陵和那长发青年都看傻了。

男人也下了车，关上门，铁青着脸从杜嘉陵和长发青年面前走过，跟在那女人后面进了店。

杜嘉陵看着那两人，直觉他们绝对不是一对正经夫妻。那男人突然让他想起马知路。他胃里一阵痉挛。

那对男女进了商场，长发青年回过头来兴犹未尽地看着玛莎拉蒂，冷不防一个人把一件物品递到他面前。

长发青年惊讶地抬头，是他刚才问路的杜嘉陵。

杜嘉陵把一把瑞士军刀从钥匙圈上取下来，递到他面前。

"这里买不到这东西。这个送你。"

长发青年愣了一下："不不，我不能要你的东西……"

杜嘉陵面色淡然："我反正也没用，挂着很沉的。你进藏吧？进藏这个实用，削铁如泥，功能又全。"

长发青年："那哪成……我不能随便……"

"不能随便要陌生人的东西是吧？"杜嘉陵把刀子塞到他手里，"无所谓啦，人都可以丢，一把刀算个屁。"

他真是这么想的。事到如今，他才发现什么都无所谓了。过去那么珍惜的东西，那么笃定的东西，原来随时可以失去，原来都一文不值。现在就是谁来要他的命，他也觉得无所谓了。

他真是这么想的。

他还不至于去自杀。为了田小兰马知路去自杀，那真是太不值当。他就是突然觉得一切都没意思了。连自杀都没意思了。就是进去给乐乐买一些巧克力，然后找田小兰离婚，先办完这些事，接下来该干什么，他不知道，也不想知道。没听说一个被骗得精光的人还可以计划未来的。

长发青年握着小刀，那是把紫红色的、已经磨得很光滑的老款瑞士军刀。他没来得及多想，掏出一张名片："师傅，谢谢，我叫李晓,认识一下——"

杜嘉陵看都不看他,转身就往商场走。

李晓顿了一下,也往里走。

正在这时,突然听到身后公路上"砰"的一声,两个人同时停下往回看,只见一个小女孩被一辆飞驰而来的自行车给撞倒在地,摔出去两米远。

小女孩十二三岁,长发,穿一身蓝白条校服裙,背上还背着书包,躺在地上不能动弹。骑车的是个小伙子,个子很高,黑T恤,牛仔裤,面目英挺,相貌不俗。

李晓和杜嘉陵赶紧跑过去,小伙子也从自行车上跳下来去扶那小女孩,皱着眉头问:"你跑什么呀?我这是自行车,要是汽车不就惨了?喂,你没事吧?"

杜嘉陵也去扶那女孩,对小伙子嚷着:"你嚷嚷什么?丫头,伤着没有?"

小伙子看上去也很着急:"哎呀,我真没看见她,她突然跑过来……喂,小妹妹,到底有没有事啊?"

小姑娘抬起头来,众人看清她的脸,都吓了一跳,小姑娘泪流满面的。

小伙子蒙了:"受伤了?很痛吗?你哭什么呀?"

李晓掏出一包纸巾递过去:"很疼吗?哪里疼?胳膊疼还是腿疼?"

小姑娘不说话,咬着嘴唇看着他们,只是一个劲儿无声地掉眼泪,眼睛死盯着那辆玛莎拉蒂。

杜嘉陵的心又痛起来了,他揪住小伙子:"你就不能骑慢点儿？你慌什么慌？赶着投胎啊？"

小伙子争辩着："不是我的问题啊，我好好骑车，是她横穿过来的，是她的责任啊！"

李晓正想检查一下那小姑娘身上到底伤着没有，她却突然挣脱众人，一拐一拐地往超市跑去。

小伙子赶了几步："喂，你等等啊！伤哪儿了我赔你！"

众人愣了，李晓："好像没受伤。"

小伙子呆在原地，李晓说："不管怎么样，还是进去看一下吧。"

小伙子把车子扛到一边："好好！"

杜嘉陵很想喊住那小伙子，再仔细叮嘱他一下一定带女孩去检查，后来又摇了摇头。你热心个什么劲啊。人家受伤了你去着急，你受伤了谁来管你？

李晓和小伙子一起追着女孩进了商场，杜嘉陵漠然地跟在后面走了过去。走到商场大门口，他突然停住了脚步。仔细端详着大门，有些异样的感觉。今天那两扇玻璃大门怎么看起来那么陌生？

六号店开张几个月了，他也没少进来。但是，今天的一号楼一层商场大门落地玻璃在阳光的照射下，呈现出一种刺目诡异的光，让他眼睛发痛。

今天的阳光太强烈了。

他抬手挡住反光，慢慢地走了进去。

超市在负一层，进大门后左拐要往下走二十多级台阶，有一种通往地下室的感觉。好在下面全场亮灯，还不至于让人压抑。

为什么一定要把超市设在负一楼？他想不通。

这几天他一直害怕黑暗，害怕憋闷的环境。他不想下去，尤其是不想到地下室，但是，乐乐要巧克力，最后一次了。

他犹豫了一下，还是往下走。

前面的李晓和那个年轻小伙子已经到了超市里了，就在他的前面，他能看到那小伙子穿着黑T恤的高高的背影。

4

李晓本来已经走到超市入口了，突然又想确认一下自己的车门锁了没有。他转身快步跑上楼梯，返回商场，往停在外面的越野车跑去。

这时，一个男人突然从他的越野车右侧转了出来，小个子，约莫三十五岁，光头，一脸焦黄，挎着一个布包从他身边擦肩而过。

李晓感觉到一阵阴风从身边卷过。那男人身上的气息让他莫名其妙地有些不安。

那人目不斜视，径直进了超市。

李晓再次仔细地看了几眼停在越野右边的玛莎拉蒂，突然，他怔了一下：玛莎拉蒂的门没锁！

他呆了一下，想起那男车主下车时一脸匆忙的样子，想必是忘记锁门了，不过，不对啊，当时还分明听到了那电子锁悦耳的声音。怎么回事？是他忘记锁了，还是——李晓不由自主地转向刚才擦肩而过的男人——怎么可能？谁能把玛莎拉蒂的车门撬开？

李晓心里咯噔了一下，莫不是刚才那人……不过，不可能吧？

他想了想，决定帮那车主看着这没上锁的玛莎拉蒂。那男车主那么匆忙的样子，应该很快就会出来。现在是下午两点十分。李晓站在那儿，太阳很大，他把藏式牛仔帽拉下来，尽可能地遮住脸。

可是，他等了五分钟，那对男女都没有出来。左右看看，马路上匆匆开过一些车辆，没有什么行人。现在是下午两点过，再等下去也不是个事儿，还是赶紧去把他们喊出来吧。他快步向超市跑去。

刚一进门，超市里的场面让他吓了一大跳——

这是一家足足有两百多个平方米的大超市，在这座小镇来说，应该是最阔气的了。货架设计时尚，货物品种齐全，灯光充足，货品摆放有序，看着让人舒服，刚进大门时那种压抑感减轻了不少。但有几个人围在收银台边，两个大男人正在吵闹，双方气急败坏，要不是一个中年女服务员拦在中间，两个人差点就打起来了。

超市店长老罗觉得自己今天下午倒霉得撞了鬼了。

本来今天他轮休，和老伴约好了要到彩霞阁去拍婚纱照。老伴嚷嚷了一年，非说要在结婚纪念日去拍照，再不拍人就真的老了，哪天翘辫子了都说不定，到时候连张遗像都找不出来。前院的吴太婆跛着脚去照了，后街的马阿姨坐着轮椅也去照了，照出来都跟天仙似的，而她这个真正的天仙到现在都还没有拍过任何一张婚纱照。老罗百般不情愿，平常连证件照都不想拍的人，怎么肯去拍那假到恶心、俗到羞人的婚纱照。但老伴不知道中了什么邪，劲头相当足，三天两头在他面前威逼利诱，软硬兼施，他实在拗不过也就同意了。

早上起来洗了澡、抽空去理了个发，找出那套很多年都没有穿过的西服。摄影师约的时间是下午三点，两人两点钟就准时出了门。没想到走到家家福超市门口时，他突然想起供货商老潘那批有问题的米和油还在货架上，昨天交接班时忘了跟售货员莲姐说，怕她搞混了，于是赶紧让老伴先到影楼去化妆，他去处理好了再赶过来。

老伴愉快地先走了。

没想到一进超市就碰到老潘。

老潘今天没有送货，正站在收银台前和莲姐吵得不可开交。

每次看到老潘，老罗心里就恨恨地：世界上怎么会有老潘这样的人？那么有钱的人，竟把日子过成一坨便秘的狗屎！老潘绝对是老罗见过的世界上最抠门的人，没有之一。有时候老罗觉得老潘总有一天会把自己抠死。老潘是他们家家福的供货商。每次开来那么大一车货，他自己装车、自己运输、自己卸货。搭一块长木板从商场楼梯口直通到超市大门，然后一点一点地把货搬下来，再一点一点地扛到货架边。累得半死，连瓶可乐都舍不得喝，自己带个大茶缸子，每次都接店里的白开水。身上老是那件军绿色的外套，结收货款时连一毛钱都不放过。

老罗和莲姐早就跟他说过,你也雇个人,把自己累死了于小华又跟别人去了,于小华那么水灵的女人你都舍得给别人?还有你那帅气的小儿子,才七岁,难不成到时候你要他叫别人爹。老潘说,正因为疼老婆孩子,所以才自己吃苦。我吃苦是为了他们不吃苦,你们懂个啥。

老罗和莲姐于是就袖着手看着他如何坑死自己。

老潘不仅抠门,更要命的是,他居然胡来。

老罗是家家福老板夏德旺亲自任命的第六门店店长。夏德旺的家家福连锁几乎垄断了川西北的超市企业。此人从一个小烟酒摊起家,一直做到如今的家家福超市集团,其致富身世颇有传奇色彩。老罗四十八岁那年从长城钢厂被精简下岗,当时的身份落差简直让他喘不过气来,一个国营大厂的车间主任突然在一夜之间成了失业中年男,在家里憋屈了很久。老婆同时下岗,不得已先转变观念在小学门口摆了个小摊,卖四川名小吃蛋烘糕,起早贪黑不说利润还很薄。儿子成绩不好,却疯狂喜欢影视表演,以二百八十九分的成绩考上了一家私立影视学院,学费贵到让老罗难以接受。眼看家里生计都成了问题,老罗只好放下身段应聘到家家福从一个杂工干起。一个偶然的机会让他认识了老板夏德旺,夏德旺对他非常器重,把他从一个最底层的员工提升到店长,再派他到最大的新店六号店当店长——也就是现在这个滨江店,只用了三年时间。老罗今年五十一岁,正是年富力强的时候,他真的把家家福当作了自己安身立命的地方,当作自己的家,所以,他要维护家家福的利益,就像维护自己的生命一样。他容不得自己的六号店出一点儿差错,他要对得起夏德旺,更要对得起自己的良心。

老潘居然在货物里掺假，这让老罗很是震怒。

前天下午，店里就老罗和收银员莲姐、售货员水竹三个人。下午四点一刻，店里进来几个邻近中学的初中生，三个人买了几瓶可乐、一些起酥面包、酸奶，收银的时候，一个孩子叫起来："面包里有什么？天哪，虫子！"收银的莲姐很不以为然："起什么哄呢？面包今天早上才上的货，怎么会有虫子？"

三个孩子把开了封的面包递到莲姐面前，莲姐啊的一声尖叫起来，那面包里不止有蛆一样的虫子，而且还已经起了一层黑霉！

按店里规矩赔付了三个孩子三倍的价钱，老罗和莲姐赶紧把糕点区的所有货品都检查了一遍，查完后，两人都傻眼了：老潘送来的面包和油都有问题。面包腐烂霉变，菜油过期。

老罗气不打一处来。老潘已经给店里送了两个月的货，除了要货款催得急以外，倒不是个不能合作的人。头几次老罗要亲自验货，见没有什么问题也就不太在意了，由着老潘自己往货架上堆，没想到他居然来这一手。

老罗昨天回到家里琢磨了一宿，想着怎么把老潘好好教训一番再让他把货扛回去，然后终止合同，没想到这一进店他居然就来了。

老潘正在收银台催着莲姐给他结货款。莲姐说按照合同时间还没到，到了时间一定结。老潘不依，非要莲姐赶紧拿钱，说有急用。莲姐不理他，他就扯着莲姐衣袖不放。两人正在纠缠中，老罗正好走了进来。

一见老潘,老罗怒从心头起,冲过去就一把揪住老潘:"你还有脸来要货款,昨天的发霉面包你来好好看看!"

老潘大叫起来:"干什么?放开我!什么发霉面包?"

老罗把他扯到糕点区:"你看看,紫蝴蝶!你的品牌!你好好看看!"

老罗把那些已经霉变的面包塞到老潘鼻子下,老潘理屈,老罗再把他拉扯到粮油区:"还有,三春牌菜油,这种油你都敢往家家福送?你看看,连标签你都懒得换,你以为顾客都是白痴?现在是几月份?今天是二○○八年五月十二号,你再看看,你这菜油是五月二十八号生产的,你穿越啊你?你还要脸不要?"

老潘恼羞成怒,涨红着脸:"哎,罗店长,你说事儿就说事儿,怎么骂人呢?"

"我骂你咋的?你砸我家家福的牌子,我就砸你的生意!别说骂你,我打你的心都有!"

周围几个人都围了过来,老潘脸上更挂不住了,开始强词夺理:"面包在你店里放了一天一夜,怎么就能证明是我的问题?弄不好是你们以次充好想讹我,我才不上当呢!把货款结了,拿钱!"

这下连连姐都受不了了,冲过去就要和老潘撕打,正闹着,一个衣着整洁、面目慈蔼的太婆拖着一个白面鬼似的小伙子冲了进来。

太婆走到收银台面前,大声叫着:"我请问一下,你们谁又把烟卖给他了?!"

声音洪亮,中气十足,穿透力很强,显然不是普通居民老太婆的发音，众人都吓了一跳。太婆的脸涨得通红，随手举起收银台上的水杯，大声叫着："到底是谁卖给他东西的？谁卖的？"

莲姐和老罗赶紧放开老潘。

老潘幸灾乐祸："瞧，砸店的人来了，用不着我动手了！"

老罗揪住他："你别躲，这事儿非解决不可！"

莲姐赶紧跑过去对太婆赔着笑："赵妈，您来了！来来来，坐坐！"

超市里没有凳子，她用袖子拂干净一个啤酒箱货架，拉那个叫赵妈的太婆坐下。

赵妈显然是气急了，身体微微抖动着，大声说："是你啊香莲，我早就说过，不要赊账给这小子，你说，我告诉过你们多少次了？"

莲姐看了看那个小伙子，赔着笑："赵妈，都是邻居，熟人熟面的，九指儿要买东西，态度又好，我们不能不卖给他……"

赵妈抬起手指点着莲姐："他给钱了吗？他是在赊账！赊了还得我还上！你们怎么只听他的不听我的？"

白面鬼儿站在她身边，一言不发，哈欠连天。

莲姐："我们总不能看着他饿死是不是？赵妈……"

"饿死？那你给他面包和水啊，可你们给他烟和酒！你知道他一转身都干了啥？他在你这儿赊东西，出门就到对面当了，拿去赌了！日复一日的，这么多钱，我怎么还得起啊？"赵妈实在控制不住，哭了起来。

白面鬼儿擤了擤鼻涕："你们尽听她瞎说，我奶奶死抠，我爸妈把钱给她，她不给我用……"

赵妈浑身哆嗦着:"你还好意思说!干什么都干不好,整天待在家里,你爸妈的钱都让你糟践完了,临了打我的主意,我看你要作孽到什么时候!"

莲姐一把拉住他:"九指儿,别惹你奶奶生气,到那边去。"

九指儿指着他奶奶:"我爸妈给我的钱,让你给扣了!"

赵妈的手也抖起来了:"他们几年都见不到人影儿,还给你钱?钱在哪儿?你告诉我!"

九指儿梗着脖子:"就是,谁都不理我,从小他们就不待见我,我爸恨不得把我吞了,我妈见我像见仇人,现在你也不管我了,我找谁去?"

赵妈一激动,腿都站不稳了,差点倒了下去:"你……你说你多大了?你说说!"

九指儿:"再大我也是你孙子!我有病,干不了活儿,你就得养着我!"

赵妈差点背过气去,莲姐赶紧拍拍她的背:"赵妈,别急,别急,九指儿,你走开啊,快走开!要把奶奶气死了,我看到时候谁养你!"

九指儿哼着歌逛到一边去了,赵妈失神地坐在货架上,揩着眼泪。

莲姐走到她面前:"赵妈,实在对不起,我们不知道他要拿去赌,对不起啊,我们下次不赊给他了,你放心,没有下次了。"

赵妈:"你们不知道,没人管得了他,我早晚要让他给坑死……"

莲姐："不会啦，孩子小还不懂事，等他长大了，就知道孝敬你了。"

"他二十二了！二十二了还小？"赵妈瞪着莲姐，"瞧见他的九指儿了？那是他自己剁的！他就是戒不掉，赌了小半辈子了，他就是把剩下的九个指头都剁掉，还是戒不了！"

那边，九指儿下意识地把自己的手举到面前，右手真的少了一根小指。他撇撇嘴，拿起一包烟偷偷地揣进怀里。

"在外面欠了一屁股债，家里三天两头有人上门，堵在门口，不给钱就不走。今天下午又来了一拨人……他爸妈早被他弄得活不下去，躲外面去了。就剩我一个老太婆，哪儿也走不了，天天跟他耗着，这日子，没法过了！没法过了！"

莲姐站在赵妈面前，不知道该怎么安慰她。

正说着，一个顾客选好了东西，在收银台叫喊："收银员，收钱啦！"

莲姐赶紧跑了过去。

水竹端了一杯水过来，递给赵妈："奶奶，你喝杯水，消消气儿！"

赵妈把水接过去："瞧瞧你这孩子，水竹，你才十七吧？十七岁就知道出来打工挣钱了，你瞧瞧那浑球！"她指指在烟酒摊前驻足不前的九指儿，"大学毕业了，找什么工作都干不长，干脆在家里赖着，就指望着爹妈，指望我，还是个男的！水竹，你是好孩子，你要是我孙女儿，奶奶就不愁了！"

水竹笑着摇头："奶奶，我一个农村丫头，怎么能跟你家大学生比,我家里穷,总得出来打工啊,要不然我爸爸妈妈更辛苦……"

水竹说到这里,突然就住口了,脸泛红晕,眼睛直直地定在前方。

赵妈疑惑地一瞅,只见一个帅气挺拔、足足有一米九的小伙子走了过来。

李晓也回头看,认出那小伙子正是刚才在门口撞倒小女孩的那位。

小伙子一脸的茫然和不耐烦。他到处寻找那小女孩,但小女孩不知道转到哪个货架后面去了,一时不见人影。

水竹一副痴痴迷迷的样儿。

赵妈伸手在水竹面前晃了晃,她浑然不觉,只是呼吸急促、面色潮红。

赵妈:"水竹!水竹——这丫头!"

"那谁,强子,你来了就好了!快来快来!"老罗对老潘一挥手,"你一边待着,等我把问题处理好了再跟你算账!"

老罗跑到那高个子男孩身边,一把拉住他:"强子,你总算来了,快过来!"

那叫强子的小伙子有些发蒙,被老罗拉到一边去了,老潘嚷嚷着:"你们不给我结账我就不走!今天我非拿到钱不可!"

他靠在收银台上,顺手拿起台边货架上一包火腿肠,撕开一根咬了起来。

莲姐:"那不是你的火腿肠!"

"所以我才吃!"老潘又咬了一口。

小伙子挣开老罗："什么事啊，这么急！"

"你怎么才来？这冰柜里的东西都要臭了！"

强子仿佛这才想起来自己是干什么来的，他挠挠头皮："哦，对了罗店长，你这里到底出了什么事？需要我做什么？"

老罗仰着头看他："我要知道还用得着你？你不是水电巡检员吗？水电工？"

强子一脸蒙："谁说我是水电工？"

老罗愣住了："昨天我们店的冰柜出了问题，不能制冷了，打电话给公司，他们说派水电工来修，老天爷，你不是水电工吗？你赶紧来吧，检查检查，看看到底是哪里出了问题。"

小伙子摇摇头："我不是水电工，我不会修电器。"

老罗瞪大眼："那你来干什么？我让他们派水电工来的。"

强子靠在货柜上，一双大长腿非常显眼："这么跟你说吧，我就是一个办公室行政人员，平时坐机关的，我每天到各个店晃晃，那是看夏总的面子，好歹他每个月给我发了份工资。"

老罗呆住了，盯着强子："我没听错？你是为了照顾夏总的面子？"

强子懒懒地："那是。"

"你说的这个夏总就是咱们家家福连锁的夏总？"

"对呀，要不我背他身份证号给你听？"

"我不相信夏总能干出这种事来。"

"他可以干出任何事来。只要你足够了解他。"

老罗突然冒火了："我不管，既然上面派你来修冰柜，你就把冰柜修好！没有冰柜什么冻货都不敢进！现在是什么季节？五

37

月！夏天了！夏天没有冰柜怎么成？快去！"

他把工具箱塞给了强子，转身就走。这下轮到强子发呆了。

强子跟在老罗后面叫着："店长，店长！"

老罗："修冰柜！"

强子把工具箱放在地上："我不会！"

老罗："随便你！只要你还是家家福的人，你就自己看着办！"

强子站在那儿，一时不知道该怎么办。

水竹迅速地冲了过去："强子！"

强子回过头来："什么事？"

水竹："我带你去看冰柜！我告诉你哪儿坏了。"

强子瞪着她，水竹奉上一瓶格瓦斯："喝吧！很好喝的！"

强子下意识地接过饮料，看了看她，大大喝了一口，跟在水竹后面向冰柜走去。

水竹："没关系，没关系，我相信你能行！你一定能修好的！我相信你！"

强子"切"了一声，不知道该怎么应对水竹的热情。

这边，老罗继续走过去和老潘纠缠，老潘一脸浑不吝的样子。

李晓看到强子被老罗拉住，想了想，走到货架里去一排一排地寻找着那女孩。远远地望见女孩也在货架处寻找着什么，走起来很正常，不像受伤的样子，李晓也就没有再找强子了。

杜嘉陵也走进来，径直去零食区，找到了巧克力。

强子蹲在冰柜面前，实在不知道该怎样下手。水竹一直盯着强子，眼睛亮亮的，脸庞发红。强子根本就没有看她。

水竹:"找到问题没有啊?是哪里坏了?"

强子不吭声。

水竹:"会不会是电路短路啊?要不就是电线断了?"

强子:"那还不是一回事?"

水竹:"我哥说,电工其实很简单,学过高中物理的人,都能搞定。"

强子白了她一眼:"那你来啊!"

水竹尴尬地:"我……我没上过高中啊……"说完她就后悔了,赶紧说:"我初中毕了业的,我还上过烹饪学校,我的菜做得可好吃了!"

强子不再理她,开始认真地查找问题。

水竹想了想,跑到外面倒了一杯温水递过去:"那个……强子……请喝水!"

强子专注地察看着,没有理她。

强子站起身来:"这里看不出来什么啊,会不会是电匣出了问题?"

水竹:"我知道电匣在哪里,你跟我来!"

两人走进一间小小的储物间,电路表在那里。强子揭开盖子,老罗跑了进来,看见水竹的头都快凑到强子脸上了,他驱赶着水竹:"你在这儿干什么?碍手碍脚的!快出去!"

水竹:"我在帮他忙!"

老罗:"你能帮什么忙?坚守岗位!"

水竹:"我——我就看一会儿!"

老罗嗅了嗅鼻子:"这是什么味儿?怎么这么香?"

老罗嗅着鼻子搜寻到小小的储物间，走了进去，再推一道门，后面还有一个卫生间，打扫得非常干净。

水竹一看大惊，赶紧扑过去拦住老罗："店长店长，不要进去！"

老罗不管，把她往一边推："你们又在搞什么事情？"

水竹想拦又有些不敢："没有啦，没有啦！"

老罗："我都闻到味儿了，还不让进！"

老罗把门大力推开，洗漱台上一个电饭锅里正炖着一只鸡，咕嘟咕嘟冒着热气，香气扑鼻。

水竹望着老罗，一副听天由命的样子。

老罗大吼一声："杨香莲！我就知道你没有一天不搞事情！"

外面的莲姐吓住了，站在收银机前不知所措。

他气冲冲要往外走，水竹一把拦住他："店长，店长——罗叔！"

老罗望着水竹："我晓得了，原来就是你们俩乱来，冰柜都短路了！怪不得冰柜三天两头短路，我早就说过，不许在超市里私自用电，不许用电炉，不许用炖锅，你们不听，好啊，连鸡都炖上了！"

他把电饭锅的电拔了，继续大叫："杨香莲！你过来！"

水竹拖住他的胳膊："店长，是莲姐，是莲姐啦！请你体谅一下，她家小飞刚刚动了手术，她给小飞补身体才炖了点汤，你行行好啦……"

老罗："在超市里炖汤？你们怎么不上天呢？那么多货物，

上面一再要求不许用火,你们不晓得这利害啊?要是失火了怎么办?"

莲姐跑了过来,拎挲着手:"店长,我错了,我……"

老罗:"你哪里错了?你厉害!所有人都不敢破坏店规,你凶!"

莲姐快要哭出来了:"店长,我错了,下次再也不敢了……"

强子走过来:"有那么严重吗?不就是炖了只鸡吗?在卫生间炖,不会出事的啦!"

老罗吼道:"住口!这是规定!再怎么着也不能破坏店规,你们很清楚超市的规矩,这个月工资扣一半!"

水竹:"扣一半?那你让他们一家怎么活?莲姐就靠着那点工资,罗叔!"

老罗:"这不是第一次了!你们说说,这个月冰柜坏了几次?"老罗说着从他们身边挤了出去,留下水竹和莲姐在那儿发呆。

强子碰了水竹一下:"鸡汤?很香啊!"

水竹:"这下完了!"

强子:"完什么啦,就一半工资嘛,有几个钱啊。"

水竹:"那点工资,对莲姐来说就是天了。"

莲姐傻站在那儿,欲哭无泪。

水竹走到她身边:"姐,别怕,等他冷静下来我再去求他,老罗刀子嘴豆腐心,不会真扣你钱的,放心啦!"

强子也说:"本来工资就少,扣了也没关系,怕个什么呀。"

莲姐瞪了他一眼，走过去揭开锅盖，看了看里面的汤，垂着头走了出去。

5

第三排货架那里，杜嘉陵找到了一大排巧克力。他一股脑儿把所有的德芙每个品种拿了三盒。他推着购物车想去结账，转脸看到前面的方便面、火腿肠，犹豫了一下，还是又选了一些。平时他坚决不让乐乐碰这些垃圾食品的，再忙再累他都坚持要自己给乐乐做饭，但以后……以后乐乐就要跟着田小兰了。田小兰自理能力相当低，他不在了，她们应该用得着这些东西。一想到乐乐要吃这些方便面，杜嘉陵的心就扭曲得生疼。

透过货架，他突然看到对面有一双美丽的大眼睛，正在紧张不安地盯着前方。是个小女孩儿，扣在货架上的一双小手青筋暴露，很是瘦弱，看上去让人心疼。

杜嘉陵认出来了，是那个在门口被强子的自行车撞倒的小女孩。

小女孩的眼睛一瞬不瞬地盯在她斜对面一对男女的身上。那对男女正是那个玛莎拉蒂车主和他的女伴。他们没有发现小女孩。

杜嘉陵顺着她的目光望向那对男女，玛莎拉蒂车主和女伴显然又和好了，两人亲昵地靠在一起，已经挑选了一堆食物。

那女人一件又一件地把物品丢在购物车里。

小姑娘跟着他们一步一步挪动，紧紧地揪住自己的书包带，眼睛里有愤怒、悲伤，肩膀控制不住地在颤抖。

玛莎拉蒂车主不知道在女人耳边说了一句什么，那女人羞涩地笑了，打了他一下，两人搂在一起笑。

小姑娘把头低了下去。

她的小手痉挛地握住货架上一包方便面，双手在用力，方便面在她手里被捏得粉碎。杜嘉陵望了望那对男女，搞不清楚他们和眼前这个小女孩有什么关系。他也不想搞清楚。他现在对任何事情都无可无不可了。

杜嘉陵在方便米饭面前停了下来，每一种都挑选了一盒，总共七种口味，他看了看手表，两点十八分。他提着购物篮往收银台走，突然一个男人走过来，撞了他一下，他让开，那男人径直往前走了。他注意到那男人是个光头，背着一个大布包。

杜嘉陵走到收银台前，莲姐给他算账："买这么多，谁吃啊？"

杜嘉陵愣了一下："小孩儿。"

"小孩子吃那么多巧克力？怕不好吧，上火。"

"喜欢，没办法。"

"方便面也不成啊，你们家大人不做饭啊？让孩子吃这些东西？"

杜嘉陵没有回答。

"一共二百六十块。"

"好。"

杜嘉陵掏自己的裤袋，咦，钱包不见了。

他一怔："我钱包呢？"

莲姐耐心地站着等他翻找。

杜嘉陵把全身都翻遍了，把衣袋里所有的东西都掏了出来堆在收银台上，就是没有钱包。他脑子里嗡了一下："小偷！我钱包被偷了！"

莲姐也怔了一下，下意识地往超市里搜寻，超市里一共就十多个人，她瞪着杜嘉陵："不会吧？你再找找！"

杜嘉陵转身也在超市里搜寻："确实没有了。刚才我摸过，还拿出来过一把军刀，就在门口，当时都还在，一转眼就没了！就在刚才，没了，就在超市里。"

莲姐怔了一下："里面钱多不多？"

杜嘉陵："才发的工资。四千二百多块。"

李晓也推着购物车走了过来，听到了杜嘉陵的话。他很关心："钱包掉了？"

杜嘉陵点点头。

李晓："我刚才还看见你掏出来过啊！"

杜嘉陵："没了！"

莲姐："你这钱不少啊，没事身上揣那么多钱干什么呀！"她朝着里面喊了一声："水竹！"

水竹跑了出来："莲姐，什么事？"

莲姐小声地说："出事了，叫店长来！"

水竹的嘴唇动了动，想说什么，但还是跑了过去。

老罗和水竹匆匆跑了回来。老罗听杜嘉陵说完，想了想，对水竹说:"赶紧报警!"

水竹赶紧拿起电话拨号。

莲姐对杜嘉陵笑着:"没事没事,稍等一下!"

老罗突然想起什么,跑到大门边拿起一把大锁头,众人还没有反应过来,他已经利索地上了锁。

老罗自言自语地说:"这么多钱……谁也不能出去,警察来了再说……"

水竹放下电话说:"你放心,警察说了,先把门关上,等他们过来帮你查,一定会找回来的!"

杜嘉陵看了看时间,两点二十分。反正和田小兰约好的是三点,时间还来得及。事已至此,还能怎么办?

莲姐把一大堆账单拿在手里,望着一直坐在一边发呆的赵妈:"赵妈,这个……"

赵妈摆手:"我管不了了,是你们赊给他的,你们自己想办法。"

莲姐尴尬地望着老罗。老罗叹了口气:"赵妈,我们不能自己贴吧?我们这么点工资,都是底层……"

赵妈:"我不是当事人,你们找当事人说去。"

莲姐哭丧着脸,正要说什么,玛莎拉蒂车主和女伴一起走了过来结账,李晓也提着一大筐食物走过来排在他们身后。

车主摸着衣袋正要付账,突然想起什么:"哎哟,我包在车上,你去拿一下。对了,还有手机。"

那女人推了推脸上的墨镜:"外面太阳那么大,你去。"

车主皱了一下眉,放下推车正要出门,那小女孩突然发出一声尖厉的叫声:"爸爸!"扑过来抱住了男人的腰。

车主一愣,众人也呆住了。女人下意识地后退了一步。

那车主拉开女孩:"晴晴,你怎么在这儿?你逃学?"

晴晴扑上去又抱住他,大声哭喊着:"爸爸,不要走!不要走!"

车主怔住了,又把小女孩拨拉开:"你不去上课跑这儿来干什么?"

晴晴大声叫着:"我不让你走!我不让你走!"

众人都呆住了,连赵妈都走了过来,指着车主叫起来:"哎哟,这不是何老板吗?吕文静?吕老师?你们俩这是怎么回事?何老板,你把晴晴怎么了?你瞧她哭得这个伤心劲儿!"

那何老板一脸尴尬,蹲下身来扶着女儿的肩膀:"晴晴,你听我说,爸爸不走啊,爸爸就是陪吕老师买点东西,晴晴,听爸爸话,快回去上课,等会儿下课了爸爸来接你……"

"不,我不!我走了就再也看不到你了!"晴晴再也控制不住了,放声大哭,"我要和你在一起!"

何老板还想说什么,那吕文静突然把他拽起来,拖着他就往门外走。

何老板叫着:"你等等……晴晴!"

晴晴尖叫着扑过去:"爸爸!爸爸!"

她声嘶力竭地哭喊着,人们看着这一幕,有些发蒙。杜嘉陵想起乐乐,心里又是一阵绞痛。

吕文静大喊一声:"何亮,你到底走不走?!"

那叫何亮的男人抬起头来,瞪视着吕文静,眼睛里有火,但还是忍住了。他软了下来:"好好,你再等等,等一会儿。"

老潘又拿起一根火腿肠,咬了一口,笑眯眯地望着那纠缠在一起的三个人。

何亮看了看众人,赵妈死死地盯着他,吕文静抱着手也盯着他,何亮尴尬地笑笑,拍拍女孩的头:"晴晴不哭,爸爸去拿钱包,马上回来啊,马上就回来!"

正在这时,那个背着背包的中年光头男人跑到门边,对老罗吼道:"锁门干什么?打开!我要出去!"

李晓一看,正是刚才那个从玛莎拉蒂车门边钻出来的男人。

老罗手里拿着钥匙不让,光头抵住门要出去。

老罗赔着笑:"这位客人,对不起,店里临时出了点事,我们就关一会儿门,等警察来了就开,请配合一下,对不起对不起!"

光头皱着眉:"你店里出事关我什么事?打开!我要出去!"

老罗不开,何亮也拨开女儿的手走了过去:"我出去一下,拿钱包,我钱包就在外面车上。"

老罗还是摇头:"警察已经来了,等警察来了大家再出去吧。"

何亮和光头怔了一下,两人正要大闹,正在这时,地面突然狠狠地晃动了一下。接着,一种从来没有听过的怪声自地底传来,整幢大楼剧烈地抖动起来,所有墙壁都在左右撕裂,然后上下波动。同时,远处也传来一阵天崩地裂的声音,轰隆隆、轰隆隆,由远而近,震得人头皮发麻。

屋子强烈地震颤起来,灯在乱晃,货架上的物品哗啦啦往下掉,房梁发出嘎吱嘎吱的怪响,尘埃掉落,所有物品倾泻一般倒下,砸中了正趴在柜台上翻书的九指儿。他怪叫一声,扶住墙壁大叫:"出什么事了?谁他妈在晃?"

何老板大叫一声:"地震了!"

所有人都醒悟过来——地震了!

所有人都没有经历过那样剧烈的抖动,都本能地想要抓住任何可以依靠的东西,但是,谁都没有抓住。不少人跌倒在地,滚翻着、跌撞着,掉落的物品砸中了几个人,众人发出恐怖的大叫。

这其中只有一个人很淡定,那就是杜嘉陵。他不是不怕,他是无所谓了。自从五月四号以来,他就处在一种大脑僵直的状态中。人们都在号叫,都在颤抖,只有他呆在那里,没有反应,也没有害怕。

众人回过神来之后想到的第一件事就是逃跑,在尖叫声中,一群人向超市大门拥去。

吕文静跌倒在地,她站立的地方正好是饮料区,酒水和饮料从货架高处滚落下来,一瓶五粮液正好砸在她头上,把她的额头砸开了一条口子,她摸了一把,一头一脸的血。她大叫着向何亮伸出手:"何亮!"

没有人应她,她一扭头,看见何亮从大门边转过身扑向他女儿,跌跌撞撞地跑过去一把把她抱在怀里,怜惜地叫着:"晴晴,不怕,不怕,爸爸在这儿!"

他看都没有看吕文静一眼,搂着晴晴向门边艰难地跑去。

吕文静一下子红了眼。

九指儿也被砸伤了,他吓呆在那里,一动也不能动。等反应过来,第一个动作就是蹲在地上,抱着头尖声大叫,还没等他抬起头,一个人猛地扑了过来,把他抱在怀里,大声说:"奶奶在这儿,奶奶在这儿,别怕!别怕!"

九指儿被奶奶紧紧地搂在怀里,震动越来越厉害了,九指儿闭上眼睛使劲张着嘴,大声哭泣起来:"奶奶,我要死了!我要死了!"

强震中赵妈站不稳,两人一起扑倒在地,赵妈仍旧死死地搂住孙子:"不怕,有奶奶,不怕!九指儿不怕!"

吕文静大叫着:"何亮!"

何亮这才回过神来,他转过脸,大叫着:"走啊!走啊!快跑!"

吕文静伸出手,向他哭喊着:"你过来!你过来!我要你!"

何亮只好放开晴晴,跑过来拉起吕文静就跑。没想到吕文静抬手就是一耳光,无比响亮地扇在他脸上。

何亮一怔,他瞪着吕文静,吕文静脸都扭曲了,狰狞无比。何亮扭开脸不理她,拉着她往门边跑。

晴晴跌坐在地上,望着自己的父亲拉着那个女人夺命逃生。

一堆东西砸下来。晴晴看不见父亲了,她本能地用手抱住头,躲避着所有砸下来的各种物品,大脑里除了父亲弃她而去那幅面画,其余一片空白。

众人集中逃到门边,可是,大门被老罗锁住了,等他抖抖索索地找出钥匙打开门,轰隆一声,大楼塌了……

6

不知道过去了多长时间。

不知道过去了几个世纪。

不知道到底发生了什么。

不知道现在身处何方。

人们陷落在无边的黑暗里。

人们跌落在无边的恐惧里。

一切都过去了。

一切又才刚刚开始。

最先醒过来的是杜嘉陵。

所有人刚才都在逃命,只有他和晴晴没有动。晴晴是动不了,他是不想动。他就一直靠在墙边,看着人们辗转呼号。当所有人都被倒塌的货架和物品掩埋的时候,只有他就势蹲在倒塌的货架支撑起来的三角区里,完好无损。

电灯的光亮随着房屋倒塌的那一刻戛然而止。

整个超市一片黑暗。

他能听见整幢十层高的楼房倒塌时那天崩地裂的声音。

那是上帝的审判。

那是命运的结局。

现在，全完了。

原本尖叫、哭喊的人们一下子安静了。屋子里出奇地宁静。烟尘四散，上面的楼层塌陷下来，把原本半截处于地下的超市严严实实地掩盖住，成为一个与世隔绝的幽闭空间。

光明和自由一下子成了最绝望的希望。

炼狱开始了。

杜嘉陵试探着叫了一声："有人吗？"

没有人回答。

他再叫了一声："还有活的吗？"

话音刚刚一落，只听到一声爆炸似的号哭，大门处传来一个人扑打着另一个人的声音，那是一个女人的声音："都是你，都是你！我打死你！都是你锁门！你把我们害死了！我打死你！"

是吕文静在大声哭喊，同时用手里的皮包击打着老罗。

老罗被打的声音在黑暗中闷闷地响着，他的呼吸声很重。

莲姐的声音在喊："你住手！不许打人！"

另一个男人的声音也声嘶力竭地喊叫着，同样在扑打着老罗。那是老潘。

老潘疯狂地叫骂着："楼塌啦！楼塌啦！叫你关门，叫你关门！"

老潘一边推搡着老罗，一边大叫："完了，完了，我们要死了！出不去了！出不去了！"

老罗喘着气，对他们的击打完全没有躲避。他已经失去了反抗的本能，坐倒在黑暗里，任由那两人疯狂地暴击。

水竹的声音在哭泣："不要打了！不要打了！"

水竹一边哭，一连试探着叫："强子？强子？你在哪儿？"

一个声音在她头顶上响起，那是强子温和的嗓音："我在这儿，在你身边。"

水竹一把拉住他，喜极而泣："你没死！你没死！"

"我当然没死，我们都活着，放心。"强子抓紧了她的手。

强子的声音很高，在她头顶上响着，他本来就很高啊。水竹的心一下子安定下来，只要他还在，只要他的呼吸还能听闻。她在心里一万遍地感谢着观音菩萨。从很小的时候母亲就让她每天要记着给观音菩萨的佛像敬礼膜拜，记着上香供水，看来是有用的。观音菩萨一定会保佑她的，保佑所有人。

母亲的话一定没错。

水竹没有忽略强子的手冰凉。他在微微颤抖，这让水竹很心疼。他也害怕，尽管努力控制，但内心一定是怕的。水竹的心里突然没来由地生出一股豪气，她把他的手反握在自己手里，仿佛要保护他，给他力量。

这边，赵妈一直把九指儿搂在怀里，两人都没有声音。九指儿也出奇地安静。

赵妈感受着孙子身上的肌肤传来的那一阵阵温热，心里一下子就很笃定了。他们都还活着，只要活着就成。活着就有希望。

九指儿动了一下，死死地抓住奶奶的手臂。

老潘和吕文静不停捶打着老罗，老罗哼了几声，莲姐摸索着要过去帮他，老罗的声音传了过来："对不起，是我不好……"他刚一说话，吕文静和老潘抽他耳光的声音更响了。

赵妈大声说："你们干什么？住手！"

那两人没有住手。

"别打了!"一个声音破空而来,是杜嘉陵。

杜嘉陵站了起来,厉声吼道:"都什么时候了,打人有什么用?想办法出去才是正事!"

吕文静和老潘两人同时停了下来。

老潘瘫倒在地,摸了摸地上,四处找他的包。

"我的包呢?我的包呢?"他喃喃着。

水竹说:"都什么时候了,还找你那破包!"

老潘吐了一口痰:"你懂个屁!我的钱都在里面!"

水竹说:"你就只记得你的钱!死到临头还是钱!"

老潘正要再回嘴,杜嘉陵的声音传来:"好了,别吵了,赶紧想办法,找个出口出去!"

"到底是怎么回事啊?"赵妈说,"怎么一下子楼就塌了?什么地方垮方了?天哪,太严重了,到底怎么回事啊?"

"等会儿出去就知道了!"莲姐说,"肯定是放炮,到处都在盖楼修路,经常有人放炮!"

"对,咱这里是山区,肯定是放炮把楼震垮了。"水竹也说。

"放炮能有那么大能量?"何老板摇头,"不可能,我们矿山上都是定点定向放炮,怎么可能造成这么大破坏。"

"那是怎么啦?山洪暴发?泥石流?"九指儿喃喃自语。

"别瞎猜了。"李晓的声音很清楚,"是地震,大地震。"

众人颤抖了一下。杜嘉陵的心也抽搐了起来。他在编史志,色当地处著名的龙门山地震断裂带,他从史书上读到的多次惨绝人寰的大地震都发生在这里。

他情不自禁地抓紧了手里的购物车。

"是的,是地震。"他把声音提高了些,"只可能是地震。咱们赶上地震了。"

所有人都不作声了,屋子里死一样沉寂。

"余震!那肯定有余震!"老潘叫了起来。

"天哪!"赵妈的声音在颤抖。

老罗呆呆地坐在那里,心里只有一个声音:是我的错,我把大家锁住了,我有罪……如果不是我把大门锁上,好歹能跑出去几个……是我错了,我错了……

人们都沉浸在各自的情绪里,谁也没有关心老罗在想什么。

黑暗里传来九指儿颤抖的声音:"怎么那么黑啊?"

杜嘉陵站了起来:"要有光,没光什么也看不见。"

不知道谁说了一句:"线路断了,没电了。"

莲姐说:"楼塌了,我们——我们出不去了!店长,外面呢?外面是什么情况?会不会外面的楼也塌了?!"

她这么一说,人们一下子才想起来,既然这里都塌了,那外面也一样好不了多少。

莲姐再次碰碰老罗:"店长,店长!"

老罗擦掉嘴边被老潘打出来的血迹,呆呆地坐在那里,半天没有说话。

老潘叫道:"把他拉出来,我要杀了他!是他把我们困在这里的!"

莲姐大声说:"住嘴!"

老潘住了嘴。

莲姐摸着老罗的胳膊，说："店长，你是领导，你不能蒙，你得清醒，我和水竹，我们都是女的，这些人都是到我们店里来买东西的，我们全靠你了！"

老罗喃喃地说："不知道，我现在什么都不知道……"

莲姐还要说什么，水竹说："是不是真的地震啊？我不相信，我不相信，怎么会有地震呢？我觉得一定是哪里放山炮，把楼震塌了，你们都错了！"

"对，一定是山炮！现在开山炸炮的人那么多！"九指儿说。

"地震，只可能是地震！"老潘又开始喃喃自语，突然又厉声道，"不管是不是地震，楼都塌了！你们别想出去了！"

晴晴哇的一声哭了："我要妈妈！我要妈妈！"

何亮这时候仿佛才想起来还有一个女儿，他伸出手去抱住她："晴晴别怕，爸爸在这儿，你放心，妈妈没事，妈妈没事！"

晴晴一把把他推开："走开！别碰我！我不要你！"

何亮怔了一下，再次把女儿搂过来："晴晴，爸爸在这儿，爸爸在你身边，来！"

晴晴愤怒地大叫着："你去救那个女人，不要碰我！"

吕文静哼了一声。

何亮把晴晴搂在怀里，任由她踢着，不再放手。

晴晴累了，哭得声音沙哑，终于不动了。父女俩在黑暗里一动不动地依偎着。

莲姐见老罗不理她，也哭了，是那种无所顾忌的大哭："我的孩子！我的小飞！我的小叶子！我的天哪！"

她坐倒在地上，哭得震天动地。

"妈妈在这里，你们在哪里啊，你们到底有没有事啊？要是出了事，我怎么办啊！……"莲姐继续哭喊着。

人们都不说话了，每个人都知道，这座色当县里堪称豪华的大楼都倒塌了，外面其他的建筑可想而知。

那么，就是难以想象的末日了。

灾难临头了。

莲姐哭喊着孩子，所有人都想起了自己在外面的亲人，每个人心里都翻江倒海，每个人都在打着寒战。

水竹摸索着要过去安慰莲姐，但一时找不到方向。

"莲姐你在哪儿？别哭！小飞和小叶子不会有事的，你放心啦！学校房子是新修的，结实着呢，没事，别哭啊！"

莲姐还在哭。

水竹也哭了。

在黑暗中，强子死死地抓住水竹的手，他也蒙了。一时间发生的事情让他很难适应，他的大脑里一片空白。年轻的小伙子从来没有遭受过这种巨大的、无法预知后果的灾难，他怔在那里，听着人们的各种喊叫和哭泣，想不起来自己身在何方，接下来应该怎么做。他只是本能地把水竹抓住，因为只有眼前这个女孩是活的、温热的、可信赖的。

老罗呆坐着，突然想起在影楼等着他的老婆。如果真是地震了，那她怎么办？影楼是在临街的一座小楼的二楼上，即使塌了，也不会太严重吧？这样一想，老罗的心里稍微平静了些。苍天保佑，但愿她没事。

他现在只想尽快把大家弄出去，一定能出去的，超市虽然在地下一楼，但一定能出去。他盘算着，如果能尽快出去，人们就不会怪他了。老婆也会没事的，一定会没事的。

老罗在短暂的迷茫之后，终于想起了自己的店长身份。莲姐说得对，现在这么一群人，都是店里的顾客，他们的生命都在我手上，我一定要把他们带出去。

老罗心里这么一想，很奇怪的，他不再慌乱，反而镇定下来了。他是那种想通了就不再纠结的人。

但是，怎么出去呢？凭他一个人的力量，能怎么办？

杜嘉陵的手无意之中触到了一个东西，是刚才推着的购物车，篮子里一大堆巧克力、方便面等，还没有付款。他苦笑了一下。乐乐，你在哪儿？还有田小兰。想起田小兰，他心里剧烈地疼痛了一下，但只是一瞬间。她们现在在哪儿？她们安全吗？她们会不会也想着他？

虽然时间只有一瞬，但居然还是会想起她，杜嘉陵很为自己不值。

没来由地，杜嘉陵鼻子一酸，泪水滚落下来。这几天他流了一生中流得最多的泪水。他想，以后再也不会掉眼泪了，都流完了。如果没有田小兰这件事，那么他还会在乐乐身边，在她们娘儿俩身边，在这种从来没有遭遇过的重大灾难来临时保护着她们，用自己的身体给她们撑起完整的天空。她们一定吓坏了，那么可怕的事情。但是，现在他们天各一方。她们触摸不到他，他也管不了她们了。乐乐，那个他用尽生命来爱护的小家伙，现在不知道在哪里，是生还是死。

他哭了，没有声音，没有动作，只是喉头哽咽得很痛。

他能理解莲姐的号啕。但凡有孩子，但凡爱过他们。

他哭得泪水飞迸。人们都在各自的激越心情之中，谁也没有注意到他的情绪变化。

不过，他心里还是掠过一阵连他自己都吃惊的复仇般的快意：我叫你背叛，我叫你欺骗。现在你一个人去承受吧，去害怕吧，去一个人独自面对吧。我知道你在外面也不好过。你也可能和我一样被压在某一个地方，也可能很幸运地躲过了被掩埋。但是，你现在孤身一人。我不相信马知路会来保护你，他连自己都保护不了。你活该！

毕竟是七年的夫妻，毕竟七年里朝夕相对、肌肤相触、呼吸可闻，他从来没有想过要和她分开，从来没有想过这辈子他们会成为陌生人。他一直以为田小兰就是他的命，就是他的肉体和灵魂。有谁知道他是那样爱她们啊！把整个心、整个灵魂都系在她们身上，而她，居然在六年里都有二心。田小兰，算你狠。杜嘉陵心里一阵阵抽搐。更要命的是，还有乐乐。乐乐不是我的了，我不会再为她担心，那都是你一个人的事，生，还是死，你自己去承受吧。

杜嘉陵在黑暗里咬着牙，一点点咀嚼着那复仇的快感和狠毒。

可是，乐乐……

一想到乐乐也可能这样被掩埋，他的心就猛烈地疼痛起来，泪水更加不可控制。

他痉挛地抓着那个购物篮，肩膀剧烈地抖动。

此刻杜嘉陵还没有体会到死亡的来临。他心里倒没有像其他人那样惊慌，也没有绝望。这种绝望比不了被田小兰打击带来的绝望，那才是生不如死。

好了，不要再想田小兰了。现在的问题是怎么样找到出口。超市在负一楼，还不知道外面的状况，但楼房塌了是很显然的。也许是天意，也许是地形，也许是其他的什么原因，总之，他们幸运地没有被完全压垮，负一楼还有足够的空间，他们还活着。

杜嘉陵在最初的震惊和恐慌之后，心里感到了深深的庆幸。命运之神并不是那么斩尽杀绝的，总还会有一线生机的。

老潘挣扎着向门边摸去，尘土钻进了他的鼻子、嘴巴，他咳嗽着，大声咒骂："罗永康，你他妈不得好死！你把老子封在地下，你不得好死！"

老罗不出声，由他骂着。

这边，何亮一直把晴晴紧紧地搂在怀里，晴晴突然就不再挣扎了，而是静下来，过了一会儿，她反手抱住何亮的脖子，声音很清晰地问："爸爸，妈妈真的没事吗？她现在在哪里？"

何亮被女儿的安静弄呆了一下，刚才晴晴还要疯狂地踢他。现在他已经很感激了。

他抱着她，像抱着一块水上漂来的浮木，重新抓住了希望。

何亮："妈妈在医院，她一直在上班，你放心，她一定会没事的。你想。她在医院工作，医院大楼该多结实啊，有那么多病人，大楼不会垮的，你放心。"

"爸爸，我们快点出去吧，我要去找妈妈。"晴晴说话的时候，脸转向了吕文静这边。她好像是说给她听的。

"好，爸爸带你出去，你放心，爸爸一直在你身边，不要怕。"

何亮一直安慰着女儿，一边突然发出一阵吃痛的喊叫："你干什么？！"

吕文静的声音很冷静地传来："何亮，我恨你。"

何亮叹了口气，伸手把她揽到身边："对不起，文静，过来，我在这里，你放心。"

吕文静："拿开！别碰我！"

何亮放开晴晴，把吕文静拉过来："别怕，有我在不会有事的。我们一会儿就能出去。"

啪的一声，吕文静打开他的手，大声说："滚开！"

何亮沉默了一会儿，还是再次去拉她。

"别生气，情况已经这样了，千万冷静，保持体力，会出去的。"

吕文静不吭声了，挣扎着想向大门边挪动。

老罗终于站了起来，大声说："天塌下来还有高个子顶着，大家不要慌，也不要怕，我们超市员工都在，一定会想办法让大家出去的，请大家放心！"

一个低沉的声音冷冷地传了过来："能有什么办法？全黑了，没有电，没有光，能想什么办法？"

李晓本能地感觉到，这一定是那个光头。

赵妈说："你们就听罗店长的吧，他说有办法就一定有办法。"

"他懂个屁！"老潘怒声说，"刚才要不是他锁了门，大家早跑出去了！就是他害的大家！"

光头反而不开腔了。

老潘怒吼道："刚才是哪个龟儿子说他的钱包掉了，是谁？是谁偷了他钱包？掉钱包的不是东西，小偷也不是东西！杂种，你们不得好死！"

杜嘉陵没有吭声。

你永远不知道下一秒会发生什么。你永远会为一些不知所谓的东西付出惨痛的代价。杜嘉陵，你也有今天。

他在黑暗中咬着牙笑了。第一次，他觉得自己原来过去的一切都是虚幻，什么身份，什么尊严，什么爱情，什么自重，全都一文不值。我就是一瘪三，我就是一傻瓜，我就是一蛆虫，我就是一个卑贱如蝼蚁的生物体，随人践踏，听天摆布，我到底算得了什么？

你以为你在家里是唯一，你以为你在爱情里是主人，原来都是骗人的，原来都是幻象，是你自己想象出来的，根本就不存在。

他期期艾艾，沉浸在一种从来没有过的虚无和沮丧中。

老潘、吕文静、光头和莲姐都在向大门口寻摸，老罗说："大家听着，我是本店的店长罗永康，大家别怕，我们很熟悉超市的地形，我们知道哪里有障碍哪里是通道，也知道哪里有出口，听我指挥，千万别乱来！"

老潘叫嚷着："别听他的，他要害死我们大家！就是他锁的门！"

莲姐大声说："老潘，你还有完没完？"

老潘大声说:"等老子出去再找你算账!"

吕文静也说:"何亮,你赶紧想办法啊!我只听你的!"

何亮说:"都震成这样了,店长有屁用!你别瞎指挥了,大家赶紧找大门,找到了大门才能出去!"

几个人开始在黑暗中乱撞。

一个清朗的声音响了起来,是一直没有出声的李晓:"大家还是理性一点吧,现在什么都看不见,大家还是听店长的比较好,他知道地形。"

众人终于住了口。

老罗大声说:"杨香莲,水竹,你们听着,我是店长,现在什么也看不见,大家一定要听我的指挥!你们都是超市员工,大家在超市里出了事,我们就要负责,保证大家的安全,听见了没有?"

莲姐哽了一下,止住了悲声:"是,我在!店长,我听你的!"

老罗又大声喊:"水竹!"

水竹大声说:"店长,我在!我们都在!"

"好,听我说,我们三个,家家福六号店的工作人员,第一,一定要保证大家的生命安全;第二,一定要保护店里所有的商品货物,不能少一毛钱、不能少一件货物,听到了没有?现在我站的地方是收银台的位置,莲姐,我听声音你在洗涤区,水竹在饮料区,你们都向我靠拢,我们一起去大门边,想办法把大门打开,让大家出去。"

"是!"水竹和莲姐一起回答。

听到老罗镇定威严的声音，人们慢慢平静下来。

三个人向大门边慢慢走去，到了大门口，他们试着去摸索那两道玻璃大门，三个人都大喜过望，玻璃门早就震碎了！

"门是开的！"水竹惊喜地叫起来，"玻璃门碎了！用不着我们砸开了！"

众人都吁了一口长气。

强子大声说："你们要小心，玻璃伤人！"

水竹心里甜甜的，仿佛强子是对她一个人说的。

老罗也说："好了，门是开的，那就好办了。"

莲姐的声音随之响起，但却在发抖："外面……外面是什么啊？店长，是墙啊！那么多的砖，还有什么？……钢筋……门堵住了，出不去！"

众人惊住了。

老罗抖索了半天，没有说话。

这时，九指儿突然不可抑制地发出声来，在赵妈怀里哭喊着："我要出去！我要出去！奶奶，带我出去！我不要在这里，我要死了！我要死了！"

赵妈一把抱紧他："不会不会！好孩子，奶奶在这儿啊，奶奶抱着你，没事的，没事啦！"

"奶奶，我怕！我不要在这儿！我怕！"

九指儿一个劲儿地往赵妈怀里缩。

"我喘不过气了，我要死了！"九指儿呻吟着。

赵妈实在没辙了，只听光头一声爆吼："一个大男人，号什么号？！"

九指儿一听，喘得更厉害了，双脚在地上乱蹬。

赵妈大声说："好啦好啦，乖，别怕！你张大嘴，张大嘴！"

九指儿大口地呼吸着。

光头愤怒地大叫："你再号再号！看我不一砖头拍死你！"

赵妈说："你们别喊，九指儿他……九指儿，你怎么啦？没事没事，奶奶在这儿！"

老潘也说："烦死啦，老太婆，让你孙子安静点！反正早晚得死！"

九指儿的声音在黑暗里显得很刺耳。

赵妈非常过意不去："对不起，我这孩子他有病……幽闭恐惧症，他从小就怕黑，对不起……"

"幽闭症！都埋啦，还幽闭症！"老潘哑着嗓子叫。

赵妈把九指儿紧紧地搂在怀里，泪水滴在他脸上。九指儿努力地张着嘴大口呼吸着。

杜嘉陵突然想起什么，赶紧从怀里掏出手机，谢天谢地，还有电！

他一打开屏幕，整个黑暗的空间突然有了一线光明，却像是开天辟地的爆炸性闪电，众人眼前一亮，顿时有些不适，有人闭上了眼睛。随后，屋子里爆发出一阵欢呼。

"有电！有电了！"大家都叫嚷着。

人们仿佛这时候才想到手机，纷纷把手机拿了出来。

人们不约而同地拨打手机。

九指儿看到光亮，终于安静了下来。

他望着搂着他的奶奶,突然有些不安,也有些难堪,他撑起身子,离开了奶奶的怀抱。

九指儿不自然地叫:"奶奶……"

赵妈望着他,用手背把脸上的泪水擦掉:"不怕,有奶奶在啊!"

九指儿直起身,不再去看奶奶。

何亮傻傻地坐着没动,吕文静一边打电话一边推他:"你干什么?打电话啊!问问公司外面到底出什么事了!"

何亮叹了口气:"手机在外面,车上。"

吕文静狠狠地揪了他一把:"你到底会不会做事啊?你到底有什么用啊!"

何亮没有回应,坐在地上不吭声。

晴晴一把推开吕文静:"不要打我爸爸,不要打我爸爸!"

吕文静瞪着晴晴:"何晴晴,你反了天了!我是你老师!"

晴晴被她一瞪,有些害怕,缩在爸爸怀里:"你不是我老师,我恨你!"

吕文静猛地一怔,呆住了。

何亮把吕文静揽在怀里,吕文静呜呜地哭了。

几个人都在疯狂地拨号……

可是,人们再度陷入了失望:没有一个人的手机能打出去。

所有人打的第一个电话都是他们心目中最重要的人,父母、妻子,但是,没有人能通上话。

杜嘉陵第一个本能地拨出去的,居然是田小兰的电话。正要拨出去的那一瞬,他赶紧掐断,然后,拨了母亲的电话。

母亲和父亲住在遥远的南充，嘉陵江边的一个小城里。

没有信号，电话根本打不出去。他的心开始一点点地往下沉。

"喂，喂！"还有人不甘心，在大声叫着。

没有回音。没有回音。

他们与整个世界失联了。

人们终于可以看见对方的脸，每个人脸上都灰尘满面。很多人的衣服扯破了，有人脸上还有血迹。

每个人的脸上，都写满了失望和焦虑，还有无边的恐惧。

没有人接听，也没有人打进电话来。

他们现在是一个孤岛，一个与世隔绝的孤岛。

老潘更加焦躁了，使劲拍打着手机："什么破手机，没有信号！什么也打不出去！完了，完了！"他靠在一堆倒塌的货物上，大口喘着气。

"怎么就完了？"赵妈理了理头发，站了起来，"以后，不许说'完了'两个字！还有，不许说死啊死的！我一个老太婆，我都没说死，你们在座的，一个个小年轻，好意思吗？记着，以后都不许说死字，都得好好的，好好活着，好好活着出去，听见了没有？！"

人们望着她，第一次觉得老太太好高大。

赵妈走了一步，突然一个趔趄，站不稳，赶紧扶住柜台才没有倒下去。

水竹喊道："奶奶，你怎么啦？"

赵妈痛苦地扶着腿："我的腿……是不是断了……"

众人一惊，这才想起来好像有人受伤了。老罗赶紧过去扶住她:"赵妈,来,先坐下,让我看看。"

赵妈坐下,老罗察看了一下,皱着眉头:"刚才让什么东西砸了吗?"

"那个,货架。"赵妈指指货架,就在她刚才搂住九指儿的地方,倒下了一排货架。

老罗摇摇头:"说不准,那么重的架子,赵妈,你坚强点,可能是骨折了,要出去以后让医生诊断才能知道。"

九指儿的脸都白了。

"奶奶,你没事吧?"他扑过去,跪在奶奶面前。

赵妈笑了一下:"没事,反正在这里也用不着走路,会出去的,出去了就没事了。"

老罗站了起来,莲姐指着他的头说:"店长,你也受伤了!"

老罗的额头上有一大块血迹,一条口子绽开来,看样子被砸得不轻,好在血迹已经凝固了。刚才被老潘和吕文静暴打流出的血也已经擦掉了。莲姐借着杜嘉陵的手机亮光仔细察看着:"还好,不是很深。不过还是得清洗一下,不然可能会得破伤风。对了,店里有医用胶布,我去找!"

李晓这才想起,自己的后备厢里有着登山所需的一切,药物、胶布、消毒水等,但那都在车上。

他深深地叹了口气。

老罗说:"找什么找,一个小口子,不碍事。赵妈的伤才是大问题,骨折可能会很痛,现在不可能接骨,也没有镇痛药,老人家,你能撑得住吗?"

赵妈摇摇头:"撑不住也得撑!没关系,先看其他人,看看还有谁受伤，咱们心里好有个数。"她叹了口气，低声说，"看样子，这一时半会儿是出不去了。"

水竹下意识地拉紧了强子的衣袖。

强子努力地对她一笑："别怕，没事！"

水竹感激地嗯了一声。

每个人察看了一下自己，有三个人受伤，赵妈、老罗和何亮。何亮的肩膀被碎玻璃割伤了，袖子破了一大块，血溅在衣服上，胳膊已经肿了起来。

晴晴看了看吕文静，攀着父亲的手臂，心疼地向伤口吹着气。吕文静坐在他身边，罕见地没有再大吵大闹。

老罗说："谢天谢地，大部分人都是安全的，万幸！现在可以确定，是地震了，而且震得很严重，我这辈子从来没有经历过的大震！发生了这么大的事，我想外面的情况一定也很糟糕，但是，大家一定要相信，上面的人一定不会不管咱们的，特别是政府、国家，一定会在第一时间来救咱们！所以，请大家把心放下来，好好保存体力，相信党和政府，相信上面的人，相信我们自己，一定能挺过去！一定要活着走出去！"

老潘大声说："得了吧，这儿都埋成这样了，外面那些豆腐渣工程还不定倒成什么样呢！上面肯定都乱成一团了，救自己还来不及呢，谁会想到我们啊！"

"你想干什么？"老罗叫道，"老潘，从头到尾你都在说泄气话，那你说，你有什么办法把大家弄出去？"

"我能有什么办法？我是被你给锁在这儿的！我的命今天要是丢在这儿了，要拿你的命来偿！"

"潘胖子！"莲姐冲了过去，"不许再胡说！"

老潘端起架势护住前胸："干什么？想打架啊？反正没处活了，来嘛！"

莲姐轻蔑地收住手："就你那身五花肉，还不够姐捻你一指头。我跟你说，现在都埋这儿了，有翅膀你都没法飞，大家只有齐心合力才能出去，你就少哔哔了，听见了没有？"

老潘蹲下来，抱着头不再说话了。

"你让我们相信政府，政府在哪儿？"九指儿喃喃着。

老罗狠狠地说："我就不相信没人管我们了！"

"肯定有人想着我们的，"赵妈说，"那么大个超市，又是大白天，九指儿，放心，不会没人管我们的。"

众人都不说话了。

过了一会儿，强子开口了："好吧，我相信政府会管我们，但是那么大的事儿，就像你们说的，上面都乱成一团了，他们管得过来？"

老潘说："看吧，不是我一个人哔哔了吧？他也是这么说的！那么多事儿，那么多人，谁会管你几个不明不白被埋在这儿的人？而且我们有多少人，有哪些人，上面的人根本不知道，也不想关心！"

众人都不说话了。

过了一会儿，李晓幽幽地说："很多时候，我们只能自己靠自己。"

"现在就是。"光头说，"谁也靠不住，只能靠自己。"

强子突然说："手机打不出去，可以听收音机啊！用收音机！听一听就知道发生了什么。"

"手机都打不出去了，哪有信号？"李晓瞪了他一眼。

强子不甘心，继续用自己的手机搜索着信号。

手机还是没有半点声音，强子恼火地拍打着自己的手机。

水竹担心地说："别这样啦，收不到就是收不到，打坏了可不成，也许一会儿就有信号了。"

"怎么埋得那么深啊，什么鸟音都没有！"强子沮丧地说，边用手机使劲搜寻着，"我就不信，一点儿缝儿都没有？！"

水竹："我们本来就是在地下一层啊。"

强子烦躁得想把手机摔了，但还是忍了下来。

李晓站了起来："店里有没有收音机？"

众人一愣。

莲姐站了起来："收音机？有！"

众人简直要欢呼起来。

莲姐在东倒西歪的货柜里搜寻，终于找到了几台新的收音机，李晓赶紧拿过来装上电池试过，但结局一样，都没有信号。

超市里陷入了一片沉默。

赵妈的伤口剧烈疼痛，她抚着腿发出了呻吟。

老罗说："莲姐，找找看，有没有清理伤口的止血带、消毒液什么的，都拿来。"

莲姐："我们又不是药店，哪有这些东西啊。"

"你总得找个什么东西来把老太太的腿固定一下吧。"

"有毛巾！咱们店里有那么多毛巾。"

"有没有什么东西能做固定夹板？"

"让我想想，硬纸板可以吗？"

"纸板不行，太脏了。"

"包在外面，固定一下还是可以的。"

"行，都找来，先包扎一下再说。喂，有谁会包扎伤口？"

没有人答腔。

"简单包扎一下也行啊，就是把老太太的腿骨绑上，增加一些支撑力，如果是骨折的话，我们要避免她错位得更严重。"

一个声音低低地响起。

"我来试试吧……"

是光头。

"你是医生？"老罗惊喜地望着他。

"不是，我在……我学过一点急救知识。"

"那你来。"

光头接过莲姐递过来的毛巾，替赵妈把伤腿固定住，手法还算专业。

老罗高兴地拍拍他："人才！幸亏有你啊！赵妈，你就坐着不要动，小心再伤着。"

赵妈："好像不那么痛了，小伙子，谢谢你啊！"

她抚摸着蹲在她面前的光头的肩膀，光头抬起头，试着想笑一下，但脸部好像失去了笑的功能，没有一丝表情。

赵妈望着他，突然说："你好面熟啊，我好像在哪里见过你。"

光头一愣，本能地躲了一下，站起来："赵妈，你认错人了，我不是本地人。"

赵妈笑了起来:"真的吗?你是哪里人?"

"我是湖南人,做点酒生意,到色当酒厂谈业务,没想到陷在这里了。"

赵妈点点头:"天有不测风云,没办法!不过,你放心,好人有好报,老天爷不会错怪一个好人,会出去的!"

光头没有吭声。

杜嘉陵一直呆呆地坐着,像个局外人。所有人都很急躁,只有他一个人好像置身事外。

老罗接着说:"现在,我来分配一下任务——不好意思,既然都埋在这儿了,大家就是一条船上的人了,所有的大老爷们儿听好:事发突然,没有别的选择,现在得靠我们男人了,我们是顶梁柱,拿出气概来,要保护好在座的妇女和儿童。你,你,小伙子,你们几个,站过来。"他指着李晓、强子、九指儿、杜嘉陵和光头,"现在,跟我去找出口。我们就是刨,也要刨出一条生路来。"

李晓、强子和光头都站了过去,九指儿犹豫了一下,也站起身来,只有杜嘉陵不动。

何亮也想站起来,老罗说:"你受了伤,别动。"

吕文静拉着何亮的手,何亮只好坐了下去。

老罗指着杜嘉陵:"你这个同志,怎么回事?我好像认得你,你是县委机关的吧?县委干部,怎么不带个头?"

杜嘉陵懒懒地:"算了吧,我本来就不想活了。"

老罗一愣:"你说什么?"

杜嘉陵抬头望着一片废墟:"我在想,地震他妈的怎么没有一下子把我震死。"

"呸呸！"赵妈叫起来，"这孩子，瞎说什么！赶紧呸呸呸！"

杜嘉陵不动，目光很冷。

老罗冷冷地："原来是主动找死的，那你来超市干什么？你应该直接去火葬场啊！反正路又不远！"

赵妈更生气了，大声说："你们还嫌不够热闹是不是？都少说几句吧！"

众人闭上了嘴。

杜嘉陵把手机摁暗，不作声。

人们又陷在黑暗里。

强子把自己的手机屏幕打亮："店长，你说，我们做就行了。"

老罗走到杜嘉陵面前："兄弟，你姓什么？"

"无所谓啦，姓啥都可以。"

"这样吧，"老罗用商量的语气说，"就算你一个人不想活了，但现在这里老老少少那么多人，这些人可都指望着咱们几个爷们呢，这样，你先和我们一起搭个手，找到出口，把他们救出去，你再考虑自己活不活的事儿，好不好？"

杜嘉陵望着他，老罗一脸诚恳。

李晓走到他面前，也静静地望着他。

杜嘉陵怔了一会儿，想站了起来，却因为蹲久了，腿有些发麻，他又坐了下去。

老罗把手伸给他，一把把他扯了起来。

赵妈说："从现在起，谁也不许说丧气话，我带个头，老太婆我今年七十三了，还想活到九十九，你们都给我听着，谁也不许胡思乱想,都要打起精神来,少废话!"

老罗对几个男人说:"现在跟我来,我们去找出口。"

李晓说:"店长,我有个提议!"

"说!"

"事情没有那么简单。现在谁也不知道我们要在这里待多久。根据我的经验,在这种困境下人活下去首先要水和食物,这里是地下一层,没有光,没有充电器,电话线也断了,唯一能和外界保持联系的只有手机。手机就是我们的生命线,第一件事情,就是要把大家的手机集中起来保管,节约电源。"

老罗拍拍他的肩膀:"好,听你的!这样吧,所有人把手机交上来,就由这位同志——你叫什么名字?"

"李晓。"

"你是干什么的?"

"职业登山家。"

"好,手机都交给李晓同志集中保管,一台用完了,再用另一台。大家交手机。"

李晓挨个儿收手机,何亮、老罗、赵妈、九指儿、强子、杜嘉陵、莲姐等人都交了上来,水竹、晴晴、何亮、光头没有手机,走到吕文静面前时,她抱着手一动不动。

李晓望着她:"请交手机。"

吕文静避开他:"得了吧,哪有那么严重。最迟明天我们就出去了,交什么手机。"

李晓摇头:"特殊情况,特殊对待。现在我们的命都在一条船上。"

吕文静继续把手抱在胸前:"我的命我自己保管,谢了。"

李晓对着老罗摊摊手。

老罗摇摇头。

李晓走到老潘面前。

老潘眼睛一翻:"我也是,要钱没有,要命一条。"

"我不要命,只要手机。"

"如果我不交呢?"

李晓:"我攀登过十七座世界排名前五十的山峰,没有一座海拔低于六千米米,在那样的生命禁区里,什么事情都可能发生。现在的情况和登上海拔六千米非常类似,我的经验是,给别人留条生路,就是给自己留条生路。"

"我不留。我有我自己的生路。"老潘斜眼看着他。

李晓又对老罗摊摊手,老罗对他摇头。

几个人仔仔细细察看了所有出口。

超市就两个出口:一个是通往一楼的玻璃大门,另一个是通往负二楼车库的小门。

在李晓手机的照射下,老罗费力地把堵塞的货物和架子搬开,众人倒吸一口凉气:通往一楼的玻璃大门已经砸得粉碎,楼梯扭曲变形,楼道塌陷,通道全部被堵死,这条路显然是走不通了。

杜嘉陵其实已经知道是这个结局,刚才莲姐他们已经试过,老罗还是不死心,想徒手把玻璃碎渣清理出来,李晓拦住了他。

"保存体力,别蛮干。还有没有其他出口?"

老罗望着堵死的大门喘气。

"上不去了。"

"是上不去了。"强子的手在微微发抖。

老罗的心一直往下沉,手开始发抖。这种状况,断绝了他的最后一线希望。

出不去了,出不去了——这四个字一直在他的心里回响,把他的汗水催了出来,湿透了后背。

"上不去,那咱们就下去。"李晓大声说。

"下面还有路?"众人都愣住了。

"刚才店长说下面有路,对不对?"李晓拍了老罗一下,老罗一下子惊醒过来。

"店长,你说。"

老罗点点头,勉强控制住狂乱的心跳。"从下面走,到负二层,负二层有个出口,通往车库——"他梦呓一般地说。

"车库?"老潘说,"我们要出去,到车库有什么用?"

李晓明白了,大声说:"对,车库!大家想想,车库里有什么?"他望着众人。

"出口!"老潘喊了出来。

李晓说:"对!有车就得出去,出口在下面!"

老罗终于平静了下来,把拳头往空中一伸:"这下明白这个楼盘为什么是色当最好的楼盘了吧?"

"是,开发商居然预留了两层车位。"强子说。

赵妈点头:"所以,也是最贵的!"

"好,大家听我的,一起把路清出来,找到负二层楼梯口,下到车库,就可以出去了。"老罗说。

屋子里像是被迫击炮来回轰炸过几次,一片废墟。几个男人艰难地开辟出一条通往负二层楼梯口的通道。搬开乱成一片的各种杂物终于找到了楼梯口,众人又是倒吸一口凉气:门已经被压变形了,勉强可以打开,但出去后是从中部断裂的楼梯,一个巨大的切口形成断面,十一层楼的废墟倾斜着压下来,车库看不见了,到处是黑乎乎的一片,隐约可以看见被垮塌下来的楼层压成铁饼的车辆。

现在,整座大楼就是一座山,严严实实地压在所有人心上。

两个出口都堵死了。

几个人在楼梯口站着,在李晓微弱的手机灯光照射下,人人脸上一片惨白。

杜嘉陵看着他们,知道大事不妙。

何亮站了起来,面色紧张,他也预感到情况不好,但还是忍不住开口问:"找到了?可以出去?"

老罗坐下来,扶着被砸破的头,不吭声。

光头的腿不自觉地发抖,他扶住一个物体,有些站不稳了。

何亮明白了,颓唐地坐了下来,下意识地把晴晴拉得更近。

赵妈也明白了,把九指儿招呼到身边:"没事的,啊,没事,九指儿,过来。店长啊,没关系,我们再找找,找找看,还有办法的。"

众人不再作声,李晓把手机锁屏,黑暗再次把人们吞噬。

晴晴终于控制不住了,哭了,声音很低但却很清晰地传进每一个人耳朵里:"爸爸,爸爸!我怕……"

何亮把晴晴搂紧在怀里,下巴抵在女儿头上,泪水掉了下来。

何亮喃喃地说:"对不起,晴晴,别怕,爸爸在这儿,别怕……"

吕文静在黑暗中冷冷地哼了一声。

赵妈的脸朝向这三个人,突然叹了口气。

赵妈对着何亮说:"唉,要是钱医生在这里就好了。"

何亮猛地听到钱医生三个字,身子震了一下。晴晴转过脸来,对着赵妈,声音里一下子充满了惊喜:"奶奶,你认得我妈妈?"

赵妈说:"色当县谁不认识你妈妈呀,钱医生啊,那是大大的好人啊,我的心脏病就是她给做的手术,县医院最好的外科医生啊!"她转向吕文静,"何老板,你有个多好的爱人啊,她是我的恩人呢!"

何亮在黑暗里勉强笑笑:"对,她是个好医生。"

"还那么漂亮,是个大美人。"

何亮又笑笑:"是。"

吕文静从鼻子里哼了一声。

赵妈说:"吕老师,你认识钱医生吗?"

吕文静没有开口。

赵妈说:"何老板啊,我认识钱医生,我也认识你,色当县都知道,你何亮是个大老板。不过,你和吕老师是什么关系啊?是你妹妹,还是你亲戚?"她的脸朝着吕文静。

何亮一下子尴尬住了,含糊着说:"她……她是我女儿的老师,教她钢琴……"

晴晴大声道:"她不是我老师,她是坏蛋!"

吕文静扑过去，一记脆亮的巴掌准确地扇在晴晴脸上。

众人都惊呆了。

何亮呆住了，本能地把晴晴护在怀里："吕文静，你疯了？！"

晴晴没有哭，她的呼吸清晰可闻，小姑娘清清楚楚地说："爸爸，你瞧，这就是你给我请的好老师。"

何亮气得浑身发抖，他盯着吕文静的方向："这都什么时候了，你到底想干什么？"

吕文静冷笑了一声："何亮，你有个好女儿。"

何亮呼呼地喘着气。

赵妈叹了口气："吕老师，你可是我们学校最好的钢琴老师，那么多孩子崇拜你，那么多家长想找你给孩子上课，你怎么就辞职了？"

吕文静哼了一声："赵老师，就不要再提我的事了。"

赵妈点头："也是，人死留名，雁过留声，一个人走到哪里，如果还能让人记着他的好，那真是不容易呢。"

晴晴继续朝向赵妈："奶奶，反正我们现在哪儿也去不了，你再给我讲讲我妈妈吧，我想听！你讲多久都行！我妈妈可好了是不是？我妈妈是顶顶有名的医生，还是个大美女，是不是？"

赵妈哽了一下，点点头："是，孩子，你有个好妈妈。"

"对啊，我有个世界上最好的妈妈，最美丽的妈妈，哪是那些坏女人能比得上的。"晴晴的声音里充满了骄傲。

吕文静大吼一声："何亮，你到底管不管？"

何亮的声音很平静地传来："她说的是事实。"

吕文静的声音已经很不稳定："那是我错了？！"

何亮摇头："是我错了。"

吕文静："你到底想怎样？想我死？是不是盼望我死在你面前？"

何亮还没开口，晴晴倒清清楚楚地说了："不要着急，我瞧着快了，大家都埋在这儿，早晚都会死的。"

何亮把晴晴放开："晴晴！"

晴晴说："我妈妈说过，做过坏事的人，都会为坏事买单。爸爸，这就是报应，我们被埋在下面，就是报应。"

众人不说话了，黑暗里弥漫着一种可怕的沉默。

吕文静的呼吸很不稳定。

"你们每个人都干过坏事？"九指儿突然说，"小妹妹说得没错，要不然我们也不会都埋在这里。我就干过很多坏事，所以，我就被埋在这里了！"他差点要哭出来。

赵妈拍拍他："小妹妹说的玩笑话，当不得真。老天爷一时糊涂，让我们在这儿受考验呢，没事，会出去的！"

九指儿瑟瑟抖着，牙齿在打战。

过了很久，晴晴又说："好黑啊，什么也看不见，爸爸，给我光，我要光。"

何亮的声音充满了悲哀和羞愧："爸爸给不了你，晴晴，爸爸不是好人，爸爸什么都帮不了你……"

晴晴叹了口气："算了，我现在才知道，大人也有搞不定的事情，我以为你们都很了不起呢，看来我想错了。爸爸别担心，我们会好的，会好的……爸爸，我好困啊，我想睡觉……"

何亮："在我怀里睡，爸爸抱着你，睡吧，睡吧……"

晴晴的声音渐渐小了下去,她真的睡着了。

吕文静的啜泣声传了过来。

何亮把她揽在怀里。

何亮:"我在这里,别怕啊,我在这里。"

吕文静:"我就知道,会有这一天的,会有的,走也走不了,死也死不了……"

何亮:"别瞎说,会好的,会出去的。"

"这真是报应?我不信!我才不信!"吕文静冷笑起来,"我又没有干坏事,报应也轮不到我!"

7

五月十二日的下午。

地面上。

一场史无前例的大地震把所有人都震蒙了。下午两点二十八分之后,整个色当县陷入了最初的震惊、慌乱、迷茫和恐惧中。

一直到后来,人们才知道,整个中国都陷入从未体会过的震惊、慌乱、迷茫和恐惧之中。

震中在四川省阿坝藏族羌族自治州的汶川县,所以,这场巨震被命名为"5·12汶川特大地震"。

色当县是整个"5·12"地震中受灾最严重的县城之一。

人们在最初的震惊醒过来之后,第一件事就是拨打电话,寻找家人和亲友，严重的灾难吓住了每一个人，但是，政府、武警消防、医护人员第一时间投入到救援之中。

田小兰站在民政局大门口，几乎是看着周围的房屋像积木一样垮塌下来。

一切都不像是真实的，倒像是一部好莱坞灾难片。

整个世界变形了、消声了，她听不到人们的尖叫声、哭喊声，只听到自己内心那撕心裂肺的恐惧和长号。她拼命想站稳，但大地在波动、江河在倒流、公路在折叠、大桥在撕裂……整个世界一下子面目全非。田小兰号叫着，被几个从民政局大门楼逃出来的人死拉着远离建筑物。

跑到公路上，她抱着一根电线杆，那电线杆拦腰截断，她惊恐地跑远，一路上大声喊着："杜嘉陵！杜嘉陵！"

杜嘉陵没有来，他还没到民政局。他还在路上。田小兰疯狂地拿出电话，拨打杜嘉陵的手机，但是，没有人接。信号中断了。

她一下子傻了，坐倒在地上，号啕大哭。

到处都有倒塌的楼房，到处是掉落的玻璃碎屑和建筑物残片，到处是倒下来的树木、电线杆，警车、120急救车的声音不断传来，不时有受伤的人被抬着从她的身边经过。事态的严重性远远超过她的想象。

她不敢看那些在她身边倒塌的楼房，也不敢看那些被震得东倒西歪的民居。她瞥见一个女人在倾斜的一楼房间里隔着防盗栏惊恐万状地挥着手叫喊，她只穿了一件睡衣，披散着头发，她身后的穿衣镜已经震成了碎片。

她看到了无数人被埋在楼板下无力的双手和衣物。

那真是人间地狱。

她不能再这么待下去了,她得去找杜嘉陵。她不能坐等消息,她发狂般跑到县委大院,平时二十五分钟的路程只用了十五分钟。谢天谢地,大院还在,办公大楼还在,尽管已经有些倾斜,但楼没有倒,楼顶上的五星红旗也没有倒。跑出来的人们聚在楼下的空地上、公路上惊魂未定,人们都害怕室内,害怕建筑物。田小兰疯了一样往一楼冲,两个保安把她拽住:"里面都没人了,你进去干什么?"

"我老公不在了,我要找他!"

"你老公是谁?"

"史志办的杜嘉陵,他在不在里面?"

"杜嘉陵早就出去了,不在里面!都搜了好几遍了,里面所有人都撤出来了!"

"你确定他出去了?"

"他两点钟出去的,我还跟他打过招呼呢。"

田小兰听到这个消息不知道该高兴还是惊恐。她站在那里发呆,保安把她拉离办公楼:"赶紧到别处去找,这里楼没塌,没问题。"

田小兰在公路上失魂落魄地走着,走几步就拨一下手机,走几步就拨一下手机,没有信息,没有信息。

她哭了,蹲在地上又一次大声哭泣。

她这才知道,杜嘉陵已经是她的血液,是她的依靠,她不想他死。一想到这个她就痛到呼吸不过来。

为什么要这样！为什么要出轨！为什么要背叛他！为什么要伤害他！

他是她所有的希望和幸福。没有他，她现在什么也不是，家没有了，人没有了，孩子呢？乐乐在哪儿？

她把手揣进衣袋时，摸到了那份离婚协议。她把离婚协议拿出来，撕成碎片扔进身边滔滔的雪水河里。

她再拨父母的电话，手机没通，她再拨座机，电话通了，但没有人接。她的心再一次往下坠。

还有父母。不知道他们怎么样了，还有乐乐，乐乐和他们在一起。家里这两天完全乱了套了，杜嘉陵一撒手，家里什么都停摆了。她依赖了杜嘉陵近十年，现在那个人撒手了，真的就什么都没有了。她就会欺负老实人。她就会伤害他。

她死死地捂住自己的嘴，一路无声地哭泣着赶紧跑到父母住的小区。老远就看见小区下面的花园里挤满了人，每个人都焦急不安，不少人茫然失措，不少人拿着手机在打。

父母抱着乐乐正坐在石椅上发呆，看到她，赶紧站起来。

田小兰腿一软，跪倒在地上。感谢上帝，感谢观世音，感谢所有的神佛，她的亲人们没事，他们还活着，安全地活着。

父母也向她跑过来，他们把她扶起来，父亲和母亲都在流眼泪，他们同样激动到语无伦次。

父母也已经焦急很久了。

旁边就有很多垮塌的居民楼，父母受到了严重的惊吓。母亲的脸煞白。

田小兰冲过去把乐乐抱在怀里，泪如雨下。

"爸，妈！"她把他们也搂在怀里。

"爸爸呢？爸爸在哪里？"乐乐第一句话就问。

田小兰把她死死地搂在怀里："爸爸在外面，一会儿妈妈就去找他。"

母亲一再问："嘉陵在哪儿？安全吗？联系上了没有？"

父亲也说："嘉陵在哪儿？他在不在单位？他们单位有没有事？你见到他没有？"

田小兰不敢再多说什么，只是回答杜嘉陵没有出事，只是一时半时联系不上，他从办公室出来了，保安亲眼看见的，也许他正在救灾，她一定能很快找到他。父母听她这么一说，心情稍微平稳，但还是一再让她去找杜嘉陵。只有找到他，他们才会安心。一家人不能出事，看见人才行。

出了那么大的事，杜嘉陵成了家里最大支柱，他们一定要见到他。田小兰这才意识到，如果他们真的离了婚，那这个家就塌下来了，父母肯定是受不了的。

安顿好父母和乐乐，田小兰沿着从县委到民政局、再到色当二中的路走了不知道多少个来回，都没有看到杜嘉陵的影子。

她无数次从家家福的废墟边走过。

她做梦也没有想到，杜嘉陵会被深深地埋在她身边那幢垮塌的大楼下面。

在她的身边，有几个人在废墟边绝望地哭泣。

一个穿着婚纱裙的中年女人呆呆在站在那里，眼睛红肿，声音嘶哑。她已经哭不出来了。

那中年女人是老罗的妻子。

只有她知道老罗在里面。

身上的婚纱已经被泥土糊得看不出形状了。

8

地下。

人们仍在死寂的沉默中。

没有人动作,也没有人出声。

过了很久,强子站了起来,大声说:"有谁知道现在是白天还是黑夜?"

众人都不作声。

水竹小声说:"应该是夜晚了,我们……埋了很久了。"

李晓又把手机摁亮:"七点十七分。"

老罗说:"手机没有信号,上面的人一时半刻联系不上咱们,咱们也不能傻等着啊,手机不行,再试试座机,座机应该能打得出去!最要紧就是把电话线接通……"

李晓说:"还有电线!电线也要接通,只要上面一来电,我们就有救了!"

老罗:"对,强子你是电工,大家全靠你了!"

强子支吾着:"我不是电工,我早就跟你说了……"

老罗大声说:"都这个时候了你还说不是电工?!"

强子:"我真不是……"

老罗急了:"你还是男人不是?"

强子:"我……"

老潘叹息着:"这下完了,彻底完了!"

老罗再也控制不住了,顺手捡起地上的一个什么物件砸了过去:"你要我的命啊?你不是电工你来干什么?你想把大家都害死啊!"

强子往一边避让着:"地震又不是我招来的!"

老罗跌坐在地上:"老天爷!你成心要收我们的命啊!"

他的声音哽住了。

老潘继续念叨着:"这下完了,十层楼,我们在下面,什么也听不见,什么也看不见……"

强子终于有些不忍了:"店长,没事啦,那……我试着修一下吧……"

老罗呆着,他终于累了,三个多小时的恐惧、焦虑、疼痛终于击倒了他,他靠在一堆货物上,不想再说话,不想再行动,就那么睁着双眼,无神地、发呆地靠着。

强子轻轻碰了碰他:"店长,店长!"

莲姐担忧地:"店长,你没事吧?"

赵妈:"别烦他了,他太累了。李晓,你,陪强子去。"

水竹站起来:"强子哥,我知道电话线在哪里,我带你们去。"

李晓和强子在零乱的货物、砖块、框架中间跌跌撞撞地寻找着电话线。好不容易,水竹终于在收银台附近的杂物堆里摸到了电话线,她惊喜地叫起来:"有了,找到了!"

莲姐喃喃地："但愿线路没坏。"

水竹顺着线理了一会儿，发现电话机被埋在货物堆下面。李晓把手机递给她："你点亮，我们来。"

李晓和强子费了很大的劲把货物搬开，终于看到了半截露在外面的电话机。两个人小心翼翼地刨出来擦掉尘土，顿时傻眼：电话机已经被砸得变了形，拨号盘碎成一片。

李晓举着话筒的手在发抖。

强子不甘心地试图拨号，但根本找不到完整的按键。

众人都呆了。没有人再问话。

李晓捧着电话机转过身来，笑了一下，露出白得吓人的牙齿。

李晓："这个，怕是收废品的都不要了……"

水竹呆呆地举着李晓的手机，屏幕上的光很微弱，但足以把他们三人的剪影照得巨大而诡异。

老罗撑着身子正要起来，一个黑影突然扑到他面前，举起手里的一个物件狠狠地砸在他头上："我叫你锁门！我叫你锁门！"

是老潘。他面目狰狞，势如疯虎。

莲姐大叫一声，扑过去想拉住他，众人这才看清楚，老潘手里举着的是一块砖头。

老罗的额头被击中，伤口破裂，鲜血长流。

所有人都惊呼起来。

几个人一起扑了过去，都没有拉住老潘，他的砖头再次落到老罗头上，老罗应身倒下。

老潘嘴角边溢出白沫，眼睛血红，高声叫着："我打死你，打死你就完事了！反正都是死！"

莲姐发疯般击打着老潘："你要打死他了！你这个浑蛋！住手，住手啊！"

老潘被众人撕扯，也跌倒在地，他继续叫嚷着："我本来是要去接我儿子的，他等着我去接他，他看不见，他看不见啊……你让我怎么办，怎么办啊……"老潘涕泗长流，用手臂抹去泪水，脸上全花了。

他用砖头一下一下地砸着地。

水竹举着手机，站在一边发抖。

强子死死地抱住老潘，忘了松手。

老潘望着众人，像在哭诉："我儿子，七岁了，一年前和同学们玩火，把眼睛烧着了，瞎了，我起早贪黑挣钱，就是想治好他……等了几年，排队，好不容易等到了合适的眼角膜，说好了今天下午我送他到成都，到成都去做手术……这下全完了，全完了，他等不到我了，我的儿子啊……"

众人默然。

老罗挣扎着跪在众人面前："对不起，是我错了，是我错了……我不该，不该把门锁上，这样大家再怎么也能跑出去……"

正说着，突然大地和房屋又是一阵惊天动地的剧烈摇晃。

"又震了！"

"又来啦！又来啦！"

"余震！余震！"

"又来了，天哪！"

轰隆声、震颤声，来自地狱的死神再次降临。

又有物体从天掉落，一些建筑物碎片砸了下来，人们尖叫着徒劳地寻找着可以躲藏的地方，但是，一切都没有用。

人们绝望地等待着，等待着地震结束或者完全把他们埋葬。

晴晴惊恐地尖叫着："爸爸，爸爸！"

九指儿拼命地仰着头，好像脖子被卡住了一样。

只有莲姐和老罗没有躲藏，老罗是动弹不了，莲姐把他护在身下："店长，店长！"

老罗头上还在流血。

赵妈喃喃地闭上眼睛："上天，上天！停了吧！我们知道了，知道你的威风了，你停了吧！"

地震终于停了。人们静下来，一动不动。

九指儿哭泣着，浑身发抖："我要出去！我受不了啦！我受不了啦！奶奶，帮帮我，我要出去！"

他在地上爬着，像某种奇怪的动物一样爬着，想要找到一个安全之所。

赵妈没有办法，扑上前去把他拖住，再把他抱在怀里，一个劲儿地抱着，九指儿快崩溃了。

九指儿尖叫着，哭泣着，赵妈也哭了。

李晓的脸也变了颜色，挣扎着寻找自己掉在地上的眼镜："早晚要塌的，这房子撑不了多久的，有的余震比主震还可怕，说不定更大的主震还在后面……"

"肯定有余震！肯定有余震……"老潘靠着货柜，嘴里念叨着。

"我们必须尽早出去，这房子早晚会塌！"一直没吭声的光头说。

吕文静尖声叫道:"不要说啦!"

她的声音里带着哭腔,何亮伸手去揽她,吕文静倒在他怀里。

吕文静抚摸着何亮的脸:"亮哥,我只是想和你在一起,只是想跟你一起离开色当,我没想到会这样,是我错了,我不该拉你回来,如果你不回来,就不会有这种事……我错了,我没想到会这样……"

何亮的声音很温和:"不说这些了,打起精神来,会出去的,相信我。"

"我相信你。"吕文静的声音也变得无比温柔,"就是死,我也要和你死在一起。"

"我爸爸才不会死呢,要死你一个人死!"晴晴清脆的童音在废墟里响起。

吕文静不再说话,更紧地搂住何亮。

过了好一会儿,一个人慢慢地开了口:"对不起,是我错了,是我连累了大家。一个钱包算什么,四千块钱算什么,我不该告诉店长,他就不会锁门……对不起,是我错了!"

是杜嘉陵的声音。

众人这才注意到他的存在。

光头冷冷地开了口:"如果你不找什么鬼钱包,大家怎么会困在这里!"

老潘阴森森地转向了杜嘉陵:"原来你才是祸根啊!你才是凶手!"

杜嘉陵站在那里,没有说话。

"如果我们能出去,我甘愿受罚,随便你们把我怎么样。我愿意受罚。"杜嘉陵说。

老潘点点头:"就冲着你这句话,老子拼死也要出去。"

赵妈慢慢地开了口:"做人要讲良心,你们真认为是他的钱包把你们锁在这儿的?这是负一楼,那么大地震,真让你们跑,能跑得出去?就算你跑出去了,也跑不出一楼,不要怪他们了,谁也没有错,是老天爷错了。"

老潘直着脖子:"那不一定,只要门是大开着的,总能跑出去一两个!"

赵妈摇头:"谁也跑不了,天灾人祸,谁也跑不了。"

老潘指着老罗和杜嘉陵:"对,他们就是人祸,他们就是凶手!"

老罗又喘起来。

水竹把手机举到老罗面前,声音里充满惊慌:"店长,店长,你怎么啦?"

老罗面色惨白,快要晕过去了。

李晓看了看老罗的伤势,"必须赶紧止血,有没有什么干净点的东西?"

莲姐说:"超市没有药品,也没有消毒水,怎么办?"

"新毛巾,再找找消毒水……84消毒水!管不了那么多了,先用着。"水竹蹲在老罗面前,"罗叔,你忍忍,不疼的。"

李晓赶紧制止她:"消毒水?不行,对皮肤伤害太大。他想了想,拿起一瓶五粮液,用它吧!高度白酒,当酒精用。"水竹瞪大眼睛:"太奢侈了吧?罗叔平时都不舍得喝的。"李晓没理她,在老罗面前蹲下来,杜嘉陵不再袖手旁观,帮着李晓替老罗消毒止血。

时间又不知道过去了多久。超市里没有一点声音,看样子老罗平静下来了。

人们都在沉默着,沉默中隐藏着非常可怕的未来。

又过了不知道多久,晴晴低低的声音响起来:"爸爸,我饿!"

何亮:"你想吃什么?爸爸给你买!"

晴晴:"我想吃妈妈烧的菜,我想回家。"

何亮叹了口气:"好,我们很快就回家,回家啊!"

"爸爸,给我买点东西,我饿!"

何亮:"店长,能不能先赊账啊?我的钱包在外面车上。"

老罗:"好吧,水竹,给他记账,出去再付钱。"

何亮走到货架边想拿东西,莲姐走到老罗面前:"店长,给大家分一些吃的吧,现在已经很晚了。"

老罗望着她:"你什么意思?"

"我觉得……现在是特殊情况,我们超市……我们超市的东西可以先给大家发一点,那么大地震,这点吃的,算不了什么事,我想……"

"你想干什么?这笔钱你来出啊?"

"我……"

"我是不会垫支的,你自己想办法。"老罗冷冷的。

莲姐呛住了。

老罗再补了一句:"在座的各位啊,要买可以,记账;要想白吃,不行!"

众人呆了一下，莲姐突然说："等等！"

莲姐扑到储物间门口，使劲想推开震倒的门，但她力气不够。强子和李晓赶紧过去帮她。

"你想干什么啊？找什么东西吗？"

"得把门打开，水管在里面，厕所也在里面。"

强子叫着："有什么工具没有？"

水竹想了想："你不是有电工箱吗？"

强子找到了工具箱，几个人用改刀、钳子等工具，好不容易才把卫生间的门卸下来，打开一个小小的通道，莲姐艰难地爬了进去，定睛一看，她简直要哭出来，那锅鸡汤因为是在地上，居然只断了电，完好无损！

她把鸡汤端出来，人们情不自禁地吸了一下鼻子，空气里弥漫着令人动容的香味。

那香味差点使人们落泪了。

那是日常的香味，那是安宁的香味，那是幸福的香味。淳厚而温暖，热烈而真诚。现在，每一个普通平常的时刻，都让人们无比怀念珍惜。

水竹知道，那是莲姐花一个星期工资买来的土鸡熬的汤，是她千方百计偷偷摸摸瞒着老罗熬出来的汤，是要给小飞送去的汤。

莲姐把汤端到了众人面前，笑着说："没想到今天晚上困这儿了，反正一时半会儿也出不去，大家不要嫌弃，把它分了吧！"

众人怔住了，没有人动，也没有人说话。

莲姐说:"水竹,去找几个碗。"

水竹找来一些碗,把汤和肉分给每一个人,人们端着汤,除了老潘马上就开喝,其他人都不动。

莲姐大声说:"赶紧吃啊,你们还不饿啊?"

众人犹豫了一下,都喝了。他们都很饿了。杜嘉陵喝着喝着,泪水滴在碗里。

李晓碰了他一下:"怎么啦?"

杜嘉陵把头扭开,没有回答。

莲姐在汤里放了当归和人参。这汤的味道和他给田小兰熬的鸡汤无比相似。他想起了田小兰。如果不出那场意外,他和田小兰也许正坐在家里,正在餐桌边吃晚饭。他喜欢煲各种汤,田小兰每天从学校里回来,他总是系着围裙热烈地捧着汤锅奉上。田小兰望着他,也曾一脸幸福。

他想起自己熬的那些汤。突然觉得自己是那么可怜,那么犯贱。

水竹把汤端到老罗面前,老罗不愿意接。

水竹说:"店长,你受伤了,更要喝点,别熬出病来。"

老罗:"水竹,你们不怪我吧?"

水竹:"你是店长,店里的事你要负责,我们都懂的。"

老罗:"我也不想这样,但是事情已经这样了,我也没办法。"

水竹点头:"店长,来吧,先喝汤,再吃点东西下去,你肯定很饿了。"

老罗喝着汤,突然说:"我老婆还在影楼等我呢,没有我消息,她肯定急死了。"

"你放心好了,她不会有事的,只是一时半时联系不上。"莲姐说。

"是哪家影楼啊?"莲姐又问。

老罗说:"我们俩说好去拍婚纱照,就是彩霞阁影楼。本来一起的,我想起店里还有事,就让她先去……"

"彩霞阁啊?那没问题,他们也就两层小楼,就算是塌了,跑出来也快,绝对没问题!"莲姐说,"你放一百二十个心!"

老罗说:"真的?你觉得他们那楼结实?"

"结实!没问题!我去过!只不过嫂子联系不上你,肯定非常担心的。"

水竹说:"嗯,上面的人肯定都急得要死。不过店长,现在的科技那么发达,他们一定能发现咱们,很快把我们救出去。"

"那就好。你说,女人为什么那么喜欢拍照呢?"

"因为女人喜欢漂亮啊,还有,时间是最不等人的,拍照是为了留住时间。"

"我和我老婆结婚那么多年,确实没有认真和她拍过几张照片,她一直怨我工作忙,其实拍几张照片的时间还是抽得出来的。我现在好后悔。"

水竹:"那你就好好休息吧,咱出去再拍!"

这边,晴晴端着汤望着莲姐:"阿姨,真香啊,像我妈妈熬的一样。"

莲姐笑笑:"那你多喝点。"

晴晴:"阿姨,你别担心,我想你的孩子肯定和我一样,就算是地震了，也有人照顾着他们呢，你瞧，我现在不是好好的吗？还有鸡汤喝！"

莲姐忍住泪水："是，我想也是！"

晴晴："学校里有老师，别怕。上次我们学校的宿舍起火了，我们班主任和宿管老师全都来了，第一时间冲进着火的房间把所有同学都救出来了，其中就有我呢，阿姨！"

莲姐抹了一下泪水："好，阿姨知道了。"

何亮皱着眉头："你们学校起火？我怎么不知道？你受伤没有？"

"有啊，"晴晴把胳膊伸到他面前，"你瞧，这里。"

何亮仔细看了一阵，晴晴的胳膊上真的好大一块伤疤，但颜色已经淡了。

"二度烧伤。"晴晴说。

何亮一把拉住她，心痛地盯着晴晴："你怎么不早说啊，怎么不告诉爸爸啊！"

"你一直忙啊，是我自己到医院去找妈妈的，妈妈给我处理了，现在好了。"

"晴晴……"何亮心痛地吸着气。

晴晴把手抽回来："又是对不起是不是？我都不想听了。你不知道的事情还多着呢。妈妈说，要学会自己的事情自己处理，免得别人不理你的时候你什么都不会。"

何亮叹了口气："以后不会了，一定不会了。"

吕文静伸出手来，拉扯何亮。晴晴原来是自己坐着的，看到吕文静的动作，就靠了过去，依偎在何亮怀里，闭上了眼睛。

9

第二天早上。在蒙蒙眬眬中,不知道谁叫了一声,所有人一下子睁开了眼睛,都坐了起来。整个超市里还是老样子,到处是掉落的货物、柜子、架子,人们还是睡在纸壳上。

"天亮了吗?"晴晴揉着眼睛问,她倒是睡了大半夜。何亮的手都被她枕僵硬了,但他心里很踏实。

李晓摁亮手机,时间是早上七点零五分。

"现在是五月十三号了。"

老罗:"还是打不通?"

"没有声音。"

老罗:"我们真的被埋得那么深?真的没有信号?"

杜嘉陵指了指周围:"现在,这里就是一座孤岛。"

老罗:"我不相信!我不相信!"

李晓主动把手机递给他,老罗飞快地拨着家里的号码,依旧无法拨出。

"你再看看其他手机,看有没有人打进来过!"

李晓逐次开机把所有手机都看了一遍,没有。

老罗大吼一声:"难道我们就要在这里等死?"他的声音把周围的尘土震得掉了下来。晴晴抱紧了何亮。

九指儿又叫起来:"我要出去!你们让我出去!奶奶,求你了，带我出去吧！"

他跑到大门边，拼命地刨着杂物。

李晓和杜嘉陵跑过去拽他，九指儿反手就是一巴掌，打在杜嘉陵的脸上。光头一下子冲过去，三拳两脚就把九指儿制服了。三个人把九指儿拽到赵妈面前。赵妈冷冷地看着他。

看来出去不是一件容易的事了。一夜之后，赵妈改变了想法，她不能再惯着孙子了。

"奶奶，我怕！"九指儿哭了。

赵妈端端地坐着："接下来让你怕的事情还多呢，九指儿。"

九指儿哭泣起来："奶奶，我真的怕！"

赵妈一下子暴怒了，她伸出手，想扇过去，但还是忍住了："九指儿，过来。"

九指儿赶紧爬到她身边去。

赵妈叹了口气，把他拉过来，伸手抚摸着他的脸："不要怕，啊，现在没有人再关你黑屋子了，你爸不在这儿，不能再关你。别怕，你跟奶奶在一起，没事啊，那么多人陪着你呢！有奶奶在，你爸不敢再关你，他再关你，有警察治他！好啦，去，洗脸去！洗完再等着罗叔叔给你分配任务，我们自己要想办法出去，明白吗？"

九指儿望着她，赵妈说："去，就跟在家里一样，早上起来要洗脸刷牙，去吧。"

九指儿站了起来，向卫生间走去。

水竹说："水管也坏了。"

莲姐说："一直都没水。"

九指儿站住了,回头望着赵妈。

赵妈一招手:"没事,等出去了咱再好好洗。"

九指儿走回来,坐在赵妈身边。

杜嘉陵站了起来:"好吧,去看看,修水管。"

李晓和强子等人一起向储物间走去。

由于没有水冲洗,卫生间里面已经臭气熏天了。强子捂住鼻子:"这样下去不行啊,没有水,三天就是极限了。"

"总不至于用矿泉水来冲厕所吧。"杜嘉陵说,"忍忍,习惯了就好了。"

"你的意思是我得回到原始社会?"

"回到你的最初,猴子。"

强子:"我希望我第一时间就被压死了。"

李晓:"人总是到死的边沿儿了,才想尽力活下去。"

"你登山就没有遇到过极度危险的事儿?"

"有,每次都很危险。我每次出门前都留下遗嘱。"

强子瞪大眼:"那又何必去爬山?"

"体验极限。人的能力是有限的,但人的潜力是无限的。"

强子摇头:"我不想体验什么极限,我就想平平常常地活着。"

"总得有人去体验。我就是。"

杜嘉陵制止了他们:"现在不是你们谈论哲学和理想的时候,赶紧看看水管是怎么回事。也许从今天起,我们要一一修复这个超市。以后,这里就是我们唯一的生存空间了。"

"这里?!"强子叫起来。

"未必你还想上天?"

"我不想待在这里!一分钟也不想多待!"

"能出去之前,我们都得待在这里。"李晓说,"我就不明白,你明明不是水电工,为什么一定要冒充?"

"我没冒充啊,我爸……我在超市打工,他们非要我到各个分店巡视。超市行业哪里来巡视员?他们就叫我冒充水电工,到各个店检修。"

"你真的一点儿也不会?那你是干什么的?"

"我做音乐。"强子做了一个手势,"我学音乐的,从小学钢琴,后来做乐队,我是贝斯手。贝斯你们知道吗?"

李晓和杜嘉陵对视一眼。

"摇滚?"

强子叹了口气:"我的理想是成为中国的约翰·恩特威索尔,世界排名第一的贝斯手,到世界各地去演出,舞台的灯光都在我身上——可是,现在我在这儿,在这个不足五平米的卫生间里,和你们一起等待死亡。"

"等待重生,臭小子。"

"等你出去了,一样可以弹贝斯。"李晓说。

"他不会让我弹的,他就是想让我待在家家福。我在北京好好的,自己唱歌、自己挣钱,他非要把我弄回来,那个老浑蛋。"

"你爸?"

"对。那个老家伙。这下好了,我就要在这个超市里生根开花了。"

李晓和杜嘉陵不再说话了,两个人一起把水阀拧下来,检查管道。

"一句话,水管断了。据我的经验,这里应该是进水管,如果我们把断头找到,接好,可能会恢复通水。"

"有没有办法?"

"先一点一点地把水管找出来,理好,再慢慢修。"

但是,等他们一直理到水管的尽头时,三个人都傻眼了,水管埋在墙外,根本找不到断头处。水管应该在超市外面断裂了。

他们默默地回到人群里,人们都看着他们。

"没关系,超市里的水管没坏,是外面坏了,等外面的人修好了,恢复了供水,我们这里就有水了。"

"那我是不是就可以洗脸了?"九指儿问。

"你洗澡都成。"杜嘉陵说。

晴晴高兴地叫起来:"那太好了,外面的人有工具,修起来比我们这里容易多了!这是好事儿!是不是啊奶奶?"

众人也努力笑了一下。

晴晴大声说:"反正我们这里有矿泉水,还有饮料,只要有喝的就成。"

众人的目光情不自禁地望向超市里的饮料区。那里有矿泉水、饮料和啤酒、白酒。

莲姐和水竹正在一点一点地清理着货物,尽量把各个区理顺,把货架排好,再把货物都摆上架。

10

时间又过去了很久。

光头站了起来,到处寻找着什么。

"得想办法。"他焦躁地在屋子里走来走去,脸上是阴晴不定的神色。

"你干什么?别老晃来晃去的好不好?"九指儿大声叫着。

"你喊什么?"光头转过脸来,脸上掠过一丝凶狠,"你敢对我叫唤?"

"有什么不敢?你以为你老大?"九指儿直着脖子,"你老大我也不怕你!"

光头盯着九指儿,眼睛里似乎要伸出刀来,九指儿也毫不示弱地望着他。

"都他妈埋这儿了,我怕你!"九指儿不知道哪里来一股横气,光头倒先后退了一步。

"好好坐着,晃得老子头都晕了!"

光头愤怒地踢着脚下的一堆物品:"该死的!还是这么大的地方!还是被关着!老子要出去!我要出去!"

人们望着他,不知道他哪里来那么大一股邪火。

李晓说:"安静一点吧!上面的人一定会想办法救我们,你急也没用。"

"这么屁大的地方你让我怎么坐?怎么坐?"光头快疯狂了。

九指儿幽幽地说:"比这还小的地方我都待过呢,一平米,腰都直不起来,还没有吃的,什么都没有。"

光头走到他身边:"你坐过牢?关过禁闭?"

九指儿把头扭开:"没有,没有!别问我!"

"你一定被关过,一定在小黑屋子里待过,所以你才怕!"光头一步步逼近他,"你这个窝囊废!"

九指儿一把掐住他:"我杀了你!"

光头轻蔑地把他拨到一边:"说到你痛处了?你现在又被关起来了?小子,后面有你哭的,等着吧!"

他把九指儿一掀,九指儿被扔到奶奶身边。

经这么一吓,九指儿反而不作声了,歪在地上一动不动。光头走到一边,去大门边推动那些倒塌下来的建筑物。他努力想开辟出一条通道来。

人们看着他发疯,都没有说话。

老罗说:"莲姐,把蜡烛熄了吧,省着点用。"

"不不!"吕文静尖叫起来,"不要熄!"

老罗说:"还不知道要等多久呢,蜡烛不够。"

"不许熄!"这次是九指儿在叫,"太黑了,我要死的!你们这些坏蛋!你们就盼着我死!"

没有人理他,连赵妈都好像没有力气了。

莲姐坐在那里一动不动。

九指儿见众人没有理他,靠在一边喘着气。

"要是有个收音机就好了。"赵妈喃喃地说,"我小时候,农村那阵没有电啊,就收听广播,什么新闻啊、评书、相声啊、故事啊、歌曲啊,都可以在广播里听到,好听得很啊。"

"奶奶,我给你唱歌吧。"强子说。

"你会唱歌啊?那好啊!"

强子开始唱起来,奇怪的是,他并没有唱市面上很流行的歌曲,而是唱起了一首"夜半三更哟,盼天明……"

他的声音出人意料地好,清澈、淳厚,穿透了整个屋子,赵妈的眼泪都出来了。

杜嘉陵很想说,你他妈这时候唱这首歌,是想把大家弄死。但所有人都没动,也没说话。

莲姐用手抹着眼泪。

"我感觉得到,我妈妈一定在上面等着我。"晴晴说。

"上面的人不知道急成什么样子了,他们肯定在忙着救我们。"赵妈说。

11

随着时间的推移,人们的情绪越来越不稳定,饥饿和焦虑双重夹击,连漫不经心的杜嘉陵都感到了饥肠辘辘。昨天晚上喝了莲姐的一碗鸡汤之后,到现在还没有吃饭呢。

莲姐和水竹已经清理出一大片空地,那些货物几乎又回到了原位。

光头还在大门边不懈地努力着。

他徒手搬着那些倒塌的砖头、混凝土和钢筋,如参孙一般与命运过不去。

没有人去帮他,因为所有人都认为他是徒劳。

一直到他双手鲜血长流,才不得不停了下来。

他饿了,躺在地上直喘气。

老潘一直望着超市里的货物,站起身来,掏出手机打开电筒,大踏步走到零食区,开始一箱一箱地搬运面包、水和牛奶。

光头原本是躺着的,现在也坐了起来。过了一会儿,他实在抵抗不住肚子里的饥饿,也站起来去寻找食物。

老潘回过头来:"你们还指望什么?上帝?观音菩萨?告诉你们,谁也救不了我们啦,自己救自己吧!"

他拿起一个面包,大力撕开,就着矿泉水吃起来。

人们开始骚动。

九指儿也去拿面包和水,转过身来递给奶奶。赵妈犹豫了一下,九指儿说:"奶奶,赶紧吃!有我在,你饿不着。"

赵妈把面包撕开,背对着老罗,大口吞咽着。九指儿狼吞虎咽地吃着,打开一瓶水,咕嘟咕嘟灌下去,也没忘了给奶奶一瓶。

晴晴听到了他们的咀嚼声,扯扯何亮的衣袖:"爸爸,我饿!"

何亮犹豫着:"好,爸爸给你买。"

他站起来,去拿面包和水,还有饮料,回过身来走到老罗面前的时候,对老罗鞠了一躬:"对不住了罗店长,我会付你钱的,不白吃,我买。"

老潘呸了一声:"命都快没了,还钱啊钱!现在食物就是命，现在就应该共产！对，共产党不会让我们饿死的！"

老罗指着他们，喘息着："这不是公有的超市，这是我们家家福的！是私人财产！你们不能太过分！"

"那更没问题了，不是公家的更好，那就先借用一下吧。"光头把一箱啤酒搬到自己面前。

老罗急得说不出话来。

莲姐走过去，也拿了一瓶水过来，拧开递到老罗嘴边："店长，命比货物重要，你先喝口水，其他的事情以后再说。"

吕文静突然笑了一下："以后？我们还有以后吗？"

何亮把面包和水递给她："吃点吧，你一定饿了。"

老罗把莲姐的手推开，拉着杜嘉陵，挣扎着说："这个店，就指望你了！"

杜嘉陵一怔："罗店长，你什么意思？"

老罗艰难地喘着气："我受伤了，没力气了，你年轻，又是国家干部，我们的店只有拜托你了！请你出个面，帮我们管好店，谁也不许拿走一分钱货物，求你了！"

杜嘉陵怔住了，呆呆地站在那里。

"瞧，他们都是普通群众，你不一样，你是国家干部，在这个时候只有你站出来才行，求你了！"

杜嘉陵咽了一下唾沫："我帮不了你，你高看我了店长，我比普通群众还不如，比他们更糟。"

老罗呆在那儿。

莲姐走到他面前，犹豫了一下："店长，这个……你能不能……"

老罗收回盯着杜嘉陵的目光,咬着牙:"我是店长,我不能让店里的货物受损失!"

老罗努力着要站起来。

老潘冷笑着:"都什么时候了,还店长。"

"你们资本家就不能发挥一下人道主义精神?一堆食物摆这儿,你让我们饿死?"光头呸了一声。

莲姐望着老罗,有些不赞成的样子。强子呆立着,对老罗欲言又止。水竹抱了一大堆食物和水过来,堆在强子面前:"这些都是你的,你守着点儿,不要叫别人抢走了。有东西吃才能撑到活出去,明白吗?"

强子有些意外,但还是感激地望着她,水竹把水拧开递给他。

强子犹豫地望着老罗和杜嘉陵,还是忍不住喝了一大口。

强子:"这里这么多人,不能我一个人……"

水竹大胆地望着强子:"你得活着,我希望你活着!"

强子一听,放下了手里的食物,避开她的目光。

水竹的神情很郑重,但又竭力想装得很轻松:"就是我死了,也要保护你活着。"

强子彻底呆了。

其他几个人开始争抢食物。

莲姐望着老罗:"店长,这种情况……"

老罗厉声说:"越是在这种情况下越要保护好我们的店!不许抢!住手!"但是他的双腿就是站不起来。

众人吃着,抢着,当他透明人。

何亮递给晴晴一盒牛奶:"店长,我说了,我们记账,你放心吧。"

赵妈也说:"我们心里都有数呢,吃了多少、用了多少,出去一准儿还你,现在这情况,你灵活点。"

李晓走到杜嘉陵面前:"罗店长,放心吧,形势逼人,人命关天!"

"我不管,我只知道我是店长,我要看好我的店!"老罗打断他,"你不是店长,你不知道这责任!"

"神经病!"李晓不再理他,走到杜嘉陵面前,"拿个主意吧,如果都这样抢,能撑多久?"

杜嘉陵望着他:"你是说,我们几天内出不去?"

"不是几天,可能是十几天,几十天。你算算,我们头上堆了多少土石方?或者,地面上的人会不会知道我们还活着?如果他们认为我们都死了,你觉得我们要待多久?"

杜嘉陵打了个冷战。

"退一万步说,就算有人来救我们,也得需要时间。照这个样子,我们不能乐观。"

他挨近杜嘉陵:"要做最坏打算,打持久战了,做好准备。"

杜嘉陵站了起来:"不至于吧?"

"你说呢?"李晓一屁股坐在他旁边。

杜嘉陵望了他一眼:"干吗跟我一个人说这些?谁想活你跟谁说去。"

李晓望着他:"你不想活?你不想出去?"

杜嘉陵:"我现在就挺好,死活对我不重要了。"

李晓望着他，感到匪夷所思。

杜嘉陵摇头："别看我，我无所谓。"

李晓死盯着他："你瞧瞧，你仔细瞧瞧，这儿有几个是正常人？到最后都会疯的！你也可以疯，但别第一个疯掉！"

杜嘉陵："我没有疯，我不会抢你们的，也不会干涉你们，我就求一点：谁也别管我，谁也别来烦我。"

李晓点点头："好，第一个疯，你有种。"

李晓不再理他，杜嘉陵坐下来，继续发呆。

那边，老罗正对人们吼叫着："都住手，谁也不能动！"他急得快疯了。

老潘望着他，呸了一声。

老罗大声说："水竹，杨香莲，你们俩干什么吃的，不许他们动啊！"他爬起来，揪住抱着满怀面包和水的光头，"放下！"

光头轻轻一抖肩膀，老罗噌噌后退了几步。

水竹赶紧跑过去，把光头推到一边："你干什么？抢东西你还有理了！"

光头不吭声，抱着东西走到一边。

李晓转过身来走到老罗面前："罗店长，也许你不知道，我郑重地告诉你，在非人力可抗的战争、自然灾害面前，政府有权征用一切物资。人的生命重于一切。"

"政府？你代表哪门子政府？！"

"在人命面前，谁都有权征用！"

老罗坚决地摇头："你别急，我们肯定很快就能出去的，用不着这么吓我！我相信政府明天就会找到我们的，谁也不许侵犯私人财物！"

"你还不知道上面都发生了什么，明天出去只是你的想法。"

"有我在，就不许拿走一分钱东西！"老罗红了眼。

光头轻蔑地走到他面前，老潘也盯着他。

光头："我们饿归饿，这么多人对付你一个，想想看。"

"人死了，你守着一堆东西有什么用。"李晓指着老潘和光头等人，"饿到最后，最先失掉的是理智，你想想看。"

老潘走到老罗面前："这里面有我送的货，你们都没有给我付账，也就是说，我拿的是我自己的东西，你管不着！"

老罗费劲地说："还没到最后时候，你们现在就失去理智了！"

他挣扎着要站起来，想去制止人们，但是，连水竹都不听他的了，在和老潘抢一箱矿泉水。

水竹大声说："店长，出去你怎么扣钱都成，现在要救命！"

老罗大声叫着："你们疯了！都不许动！"

他扑过去，一把揪住光头，奋力想抢回他已经拿走的食物和水。

光头暴怒，一个过肩摔，老罗重重地摔了出去，像麻袋一样掉在地上。

杜嘉陵呆了。

李晓扑过去，把老罗扶了起来，回头大声对杜嘉陵叫着：

"你他妈还是不是男人？你还不拦着？"

杜嘉陵坐着没动，机械地握紧手里的篮子。

老罗把李晓甩开，又想扑过去："老子今天跟你们拼了！"

光头抱着胳膊，不笑，也不说话。

老潘红着眼："过来，上啊！你有种你过来！"

老罗转过身，向老潘扑去。

老潘狠狠地把手里的面包袋子摔在脚下，站起来摆开架势，老罗还没有扑到他身边，突然眼前一黑，倒在地上。

一阵尘雾腾了起来。

屋子里一片死寂。

老罗晕了过去。

莲姐叫了一声，水竹吓住了，两个人一起跑了过去。

李晓把手机上的手电筒打开，大踏步走到屋子中间，把手机高高举了起来，大吼一声："都给我住手！"

他的声音震得屋顶上的尘土簌簌直往下掉，人们吓了一大跳，都停了下来。

李晓举着手机，电筒把屋子里都照亮了。他吼着："都不许动！昨天，二〇〇八年五月十二号，这里发生了强烈地震，我们现在十三个人被困在家家福超市负一楼，电话打不通，电线也坏了，没有消息，没有照明，没有供水，所有的一切都事发突然，谁也不知道发生了什么，震源在哪里，震级是几级。但是，我们一定感觉得到，这是一次非常严重的地震，严重到超出我们的想象，我相信上面的人也在想着我们，也在着急要把我们救出去。你们也看到了，事情没那么简单，如果是整座大楼都塌了，我们头顶上就是高达十层楼的土石方！我们在地下室，政府和救援人员就是玉皇大帝，要来救我们也得有个时间段。所以，这是一个从来没有遇到过的事件，是一个非常时刻，大家一定要做好思想准备，做好同舟共济的准备，团结起来，共同面对困难，不要着急，不要哄抢，才有可能等到救援人员来救我们，大家都听明白了？"

李晓的话第一次把事件的严重性挑到了明处，提醒了人们，也震住了人们。

吕文静一把抓住何亮，何亮的手也在颤抖。

赵妈把身边的晴晴搂在怀里。

九指儿张望着大伙，脸色惨白。

杜嘉陵慢慢地站了起来，他看到了李晓的肩膀，看到了李晓后背。李晓的身子在微微发抖。

李晓看到人们都专注地望着他，压抑住心里的激动，继续说："事情已经这样了，我们也不能傻待着什么也不做，我们有十三个人，除了晴晴和赵妈一老一小，我们还有七个大男人，三个女人，听我的，大家总得做点什么。"

"为什么要听你的？你算老几？"老潘跳了起来。

其他人也议论纷纷。

杜嘉陵站到了李晓身边，制止着人们的骚动："听他说，先听他说。"

"首先，第一件事，找电源。手机的电一定要节约着用，不能再用手机照明了。店长，我们店里有应急灯吗？"

老罗发着傻不回答，任由莲姐扶着。水竹说："没有。我们店里只有电池,没有应急灯。"

"天哪,你们怎么这么糊涂,没有电有蜡烛啊!"赵妈说,"我在你们店里买过蜡烛。"

水竹一拍脑门:"我去找!还有打火机!"

何亮:"我口袋里有打火机。"

"店里有打火机,也有蜡烛,但是不多。"莲姐说,"现在买蜡烛的顾客很少,我们存货也很少。"

"有多少?"杜嘉陵的心往下一沉。

"也就十来根。十来根都要卖半年。你自己算,能撑多久。"

李晓沉默了一下:"先拿来用着吧。"

水竹找到了蜡烛,何亮用打火机点燃了,火苗跳动着渐渐旺起来,屋子里一下子变得光明温暖。

人们脸上露出劫后余生般的欣喜宽慰。

人们安静地或站或坐,盯着那根小小的蜡烛,好像盯着一个辉煌灿烂的太阳。

李晓把蜡烛交给莲姐:"莲姐,这个给你,你来保管。限量使用。"

莲姐郑重地接过来。

杜嘉陵说:"李晓,你再拨手机,看有信号没有。"

李晓回头看了他一眼,对他的参与多少有点意外。

李晓:"每隔五分钟我就拨一次,没有。"

众人的焦虑和失望又被勾了起来。

李晓:"没有信号,肯定是通讯基站损毁严重,没办法使用了。"

九指儿跳了起来:"不可能,坏掉一两个可以,怎么可能都坏了?"

强子也说:"没那么严重吧?"

杜嘉陵说:"这跟停电是一个道理,一根线路,只需要断一个点儿。"

九指儿大声说:"那一个点儿也很好修啊,都多长时间了,还没有修好?"

杜嘉陵停顿了一下:"也就是说,地震非常严重,线路都毁了,修不了。"

九指儿:"你骗我,你骗我!"

杜嘉陵:"我是想骗你,这还用骗吗?"

杜嘉陵又对李晓说:"你的任务就是不断拨电话,不要急,会通的。我们那么多人在地下,肯定会有人来救我们的。"

"我妈妈一定在上面!"晴晴叫起来,"她一定知道我在这里,她肯定会来的!"

"她一定不会来这里。"吕文静慢慢地说。

晴晴叫起来:"你瞎说!我在这里,妈妈一定知道。"

"你不应该在这里。"吕文静的声音很冷静,"你应该在教室里。她根本没想到你跑到超市来了。所以,她不会到这儿来救你的,谁也不知道你在这里。"

晴晴顿了一下,哭起来:"爸爸,她胡说!"

何亮:"文静!"

吕文静:"你女儿逃学,你不知道吗?"

何亮:"你何必一定要惹她不高兴?这都什么时候了?"

吕文静哼了一声,不再言语。

李晓:"大家都别说话了,好好休息,估计上面正在想办法救我们,大家都太累了,安心睡觉。"

那一夜,几乎没有人睡着。恐惧余震、极度焦虑的心态让众人似醒非醒。老罗在警惕地盯着每一个微小的动静,莲姐不时地求着李晓频繁地拨电话,但是仍旧没有任何信号。

第二天早上,杜嘉陵被一阵奇怪的声音惊醒了。

他几乎是倚靠在一堆纸箱上睡了一夜。不过也没有完全睡着,半梦半醒,非常疲惫。

从知道田小兰的事情之后,一连几天他都在极度透支的状态下死撑着,亢奋、悲伤、愤怒整个裹挟了他,失眠、饥饿、体力和心力损耗巨大。现在又是地震,禁闭在这暗无天日的地下,说不紧张不害怕,也是不可能的。在迷迷糊糊之中,他听到了一两声强烈压抑着的呻吟。

他伸出手,触摸了一下,是李晓。

李晓在他身边靠着,同样疲惫而恐惧。

他瑟缩着,整个人蜷成一团,身下是几张硬纸壳。那是莲姐分发给大家的,权当是床铺了。

他好像在颤抖,牙齿还打着战。病了?杜嘉陵的心一沉,伸出手去,放在李晓肩膀上。李晓的身体的确在发烫。

杜嘉陵一下子呆住了。

莲姐没有再点蜡烛。晚上睡觉的时候,节约用电。杜嘉陵掏出自己的手机,打开电筒,看了看周围。

没有一个人是正常睡觉的,或者蜷曲着,或者斜倚着,面容扭曲,时不时惊悸一下。杜嘉陵再看看李晓,他的脸上没有了白天的镇静和温和,而是痛苦而瑟缩的。嘴角抽动了一下,眉头深锁着。他的手里握着一个日记本,杜嘉陵正想侧身,李晓把手伸过来,搭在旁边的强子身上,杜嘉陵看到那本日记落在地上,他捡了起来。

他的目光碰到了正好摊开的那一页上。

字迹非常娟秀,如李晓的面容,明朗、俊逸。

杜嘉陵才看了一行,就愣住了——

妈妈,这是我写给你的第三十二封信。

时间不多了。

还有三个月。

今天是五月八日,上帝给我的时间真的不多了。

妈妈,这些文字,就当是我在你以后的有生之年陪你说的话吧。

每天给你写这些文字,也是我的一根拐杖、一个靠山,让我还有勇气活下去。

我不化疗了。那些夺走我所有意志和生机的无用疗程还有什么必要去做呢?那过程带来的痛苦和煎熬远远超过了活下去的希望。努力了但还是没有用的事,咱就不做了,这是你从小教我的。妈妈,你一直觉得我软弱,一直觉得我不像你的儿子,你所有的硬朗和超脱好像没有在我身上起到什么作用。不,妈妈,活到现在,我才明白,你是对的。对自己残酷,就是对别人的温柔。

可是,妈妈,你说的都是常态,是日常生活中的遇到的可以解决的问题,而现在,是死亡,谁也战胜不了的死亡。所以,我不能告诉你真相,妈妈,原谅我。我知道,面对我的死亡,你也不可能镇定和坚强。那么,就当作什么也没有发生吧。

还有三个月,我就要和这个世界告别了。

上帝,你为什么不让我得一个体面点的病?而非要是这个?年轻的时候,我买过彩票,但从来没有中过。现在居然让我中了。几十万分之一的机会,让我中了。早知道我应该继续买彩票了。

我不想这么糟糕地死去,在你的教育下,我从小品学兼优,勤奋学习,积极锻炼,都是为了要体面地活着,命运却让我在最后关头失了尊严,早知道我就不那么用功不那么上进了。

妈妈,雨杭终于走了,她终于因为仇恨而离开了我。这是这半年来我做得最成功的一件事。在办完离婚手续的那天,走出民政局的大门,她叫了一辆出租车,上车前还专门走到我面前和我握了握手,很有风度,很有节制,到最后一刻,她还保持住了自己的尊严。妈妈,我很幸福,我有你,还有她,这世上最好的女人都让我遇上了。

她是带着仇恨走的,我知道,对我的不屑和鄙视让她临走的时候没有痛苦只有愤怒,没有希望只有失望。这很好,免却了陪在我身边看着我离去时那所有锥心的痛。

我不知道我做得对不对,妈妈,是我赶走了雨杭,赶走了最后的温暖和希望。还有一个人,娟子,你最喜欢的我的高中同学,是她帮了我。她说,她上了中戏,学了四年表演,没有演到什么好角色,却在我的剧本里演出了一个最成功的小三。她应该得到影后的桂冠，让我成了负心汉，让她成了掠夺者，让雨杭成为千千万万被抛弃、被侮辱的不幸女性中的一员。

长痛不如短痛，这是我的话，我力图要说服我自己，说服娟子。娟子可怜我，她帮了我。

妈妈，以后有什么事还找娟子吧，她就是你的女儿，我最好的妹妹，她会照顾你的，我相信。而雨杭不行，她只能被人照顾，以后会有人再照顾她，她天生就是一个被人怜惜的女人，我相信，会有那么一个人接着照顾她的。

妈，以后你就是一个人了，想到这里，我的心里充满了煎熬。有事找娟子吧，别嫌麻烦，她一定靠得住。

下周我就要进藏了。妈妈，在路上我还会给你写信，一有空就写。

也许，从西藏回来我就好了，人们说很多人都是到了那里就得到了重生。我想了一下，这大半辈子我没有做过一件大的错事，上天不会那么绝情，他也许会给我一个重生的机会。这个机会可以把我从恐惧中拯救出来，让我在离开这个世界前获得从容和安宁。

妈，我想你，我想活着，我想当面给你说这些话……

杜嘉陵把日记本拿在手里，望着李晓半睡半醒中惊悸的脸，心里五味杂陈。

他慢慢地伸出手去，抚摸着李晓的肩膀。李晓真的在发烧，不过是一种让人不安的低烧，身上汗涔涔的。这比高烧还让人心惊。

杜嘉陵的心缩成了一团。

他多年轻啊,头发那么浓密,那么黑。

他还很漂亮,是一个英俊的人。

杜嘉陵心想,他可能只有三十一二岁吧,那么年轻的一个男人。

他说他只有三个月了。三个月。

杜嘉陵伸出手,抹了一把脸。脸上是湿的,他竟然流泪了。

田小兰出事后,他流了太多的泪。他以为自己不会流泪了,可现在怎么那么忍不住。

他再次想去摸摸李晓,但伸到半空,又缩了回来。

杜嘉陵觉得,那就像是他的一个弟弟躺在那儿,他就要死了,因为一种不知名的病。他的心里突然生出了一种难以抑制的悲怆。人世从来没有什么公平可言,谁也别想和命运说道理。

活着。李晓想活着。此刻,这两个字轻轻地划过杜嘉陵的心,却又那么惊心动魄。

我也要活着。至少,和他们一起活下去。

杜嘉陵慢慢地再抹了一把脸,把日记本塞到李晓的身下。

12

水竹和莲姐把所有的货物包装箱拆开来铺在地上,给大家做了一个大通铺。没有被子,人们只能和衣而卧。虽然已经进入五月，地上还是很凉。毕竟是七十三岁的老人了，赵妈的背硌得很痛，再加上骨折的地方一阵阵剧痛，她忍不住呻吟了几声。

水竹赶紧跳起来："奶奶，要不我给你揉揉？"

赵妈强忍着："没事，你睡吧。"

"奶奶，你要喝水吗？"

"不喝，谢谢姑娘啦……"

"你得喝点水吧，奶奶，我看你都不怎么喝水，你放心，咱们超市的水应该管够的……"

"不能喝太多了，喝多了上厕所，太麻烦你……"赵妈声音里满是歉意，"姑娘，对不起啊……"

水竹说："没关系啦奶奶，有事就叫我好吧。"水竹自己也躺下了，身边突然传来一阵啜泣声。

水竹："莲姐，莲姐，你怎么了？"

莲姐："我没事，别管我……"

水竹躺了下去，眼睛却一直没有闭上。屋子里灰尘满地，空气也很肮脏，水竹的泪水也跟着下来了。

晴晴在何亮身边陷入昏昏沉沉的状态，时不时悸动一下，发出一阵阵极度惊慌的呓语，何亮一手揽着她，一手握着吕文静的手，心一直乱跳。

一直到现在，他都还不知道自己到底经历了什么。这些天来的混乱和紧张让他极度疲惫，已经到了崩溃的边缘。

那天夜里，当吕文静提着一壶滚烫的开水对着自己的脚背慢慢地浇下去的时候，何亮就知道自己要经受炼狱了。

和吕文静的相识其实一开始很平淡。

吕文静是色当中学的音乐老师，毕业于乐山师范学院音教专业，因为弹得一手好钢琴，在色当如火如荼的艺教市场里颇有号召力。何亮的爱人钱月月是县医院的外科主任，常年忙得脚不沾地，根本没有时间照管晴晴。何亮很爱晴晴，但也没有太多时间陪她。何亮原本在计经委上班，管辖全县的工矿企业，后来一个偶然的机会入股买下一个濒临破产的煤矿，没想到经营有方，煤矿不仅起死回生而且日益兴旺，何亮一下子跻身富豪之列。公务员经商违反纪律，单位找何亮谈话，何亮权衡之下索性辞职下海当起了煤老板。短短六年时间，他就成了当地矿业老大，迅速扩展了一家钛业、一家铜矿。随着事业的做大，他的肚子也越来越大，派头十足，前呼后拥。公司动转兴旺，钱医生的事业也风生水起，两口子的日子越来越好，但让人操心的却是晴晴。家里虽然请了两个保姆，何亮还是不放心，对晴晴的学习抓得很紧，不仅让她报了两个补习班，还从四岁起就让她学钢琴。晴晴八岁，钢琴已经考过八级，何亮觉得原来的老师已经跟不上了，四处打听哪里有更好的教师。后来听说色当第一钢琴老师吕文静的课一座难求，不惜花了重金给晴晴报了个名。吕文静绝对不会上门私教，晴晴只能到老师那里去上课。

何亮还记得第一次把晴晴带到吕文静那个名叫"盛音琴行"的私人小院里的情景。那是一个夏日午后，也是五月，石榴花正在盛开，"盛音"小院美不胜收。他走进去的时候，一个白衫白裤的女人走了出来。

吕文静不算漂亮，却有着从事艺术工作的女性独有的韵致和范儿，瘦，纤弱，眼神清淡，对一切事情好像都没有兴趣。那种冷性的美让何亮一下子被电到了。他周围有太多热情主动肉感丰腴的女人，像这样云淡风轻的女性极其少见。特别是当吕文静走近他身边时，那一阵若有若无的檀香型的香气袭来，让他不自禁地深深吸了一口气。这是什么味道？镌刻在灵魂里，从来不用记起，但永远不会忘记——他初中时英语女老师的香气。他永远忘不了女老师走过他身边时这股若有若无的檀香，让一个十五六岁的少年轰然开启了人性的另一道大门。女老师毕业于四川外国语学院，英语专业，在他家乡那个县城中学停留下来，初二时成为他的老师。虽然是英语老师，人却是古典而淡雅的，总是一身中式打扮，棉麻质地的白衣白裤，头发长长，手上永远戴着一些别致的木质手串，身上长年散发着檀香味。那时候的何亮身高猛蹿，一个夏天假期过完就像换了个人，嗓子也变了。英语老师是第一个闯进他少年性梦的女人。而那檀香味，一直让他昏昏沉沉，如饮砒霜。所以，当吕文静走过来时，他踏进了命定挣不开的那条浊水河。

钱月月不是不好，而是太好了。品行端正、容貌端正、工作优秀、床上出色。她太懂、太好，太知道怎样苦逼自己也要做一个最美好的妻子和最优秀的医生。她把自己修成了佛，常常让何亮有自惭形秽之感。在她面前何亮无可遁形，总要打起精神做一个不失格的人。他为钱月月骄傲，可是，他还是让吕文静走进了他的生活。

每周送晴晴去"盛音"小院，坐在旁边看着吕文静认真细致地教晴晴弹琴，被吕文静身上的檀香味熏得口干舌燥。直到有一天，晴晴考过了十级，他提出要请吕文静吃饭。

在一个名叫听香小筑的小院里，吕文静喝醉了，对他讲起了自己的身世，她少年丧母，父亲再娶，后母跋扈，上大学的钱都是自己弹琴挣的。后来毕业了，到色当中学教书，很快和大学的同学结了婚，没想到丈夫有家暴倾向，三天两头把她打得脸青鼻肿。后来怀了孩子，生下来是个女儿，夫家更是不悦，婆婆居然把女儿抱养给了不能生育的小姑子，目的是逼着她再生一个儿子……她思念女儿，又不能再忍受丈夫的拳脚，终于提出离婚……话还没有说完，人已经哭得不能自抑。何亮听得义愤填膺，又被那一阵阵檀香味侵袭，终于把吕文静揽入怀里。

两人有了苟且之事后，倒也蜜里调油好了一段时间。何亮惊讶地发现，他心里对钱月月竟然没有愧疚之心，也不觉得自己在干一件可能会招致严重后果的事。他从来没有想到自己会这样。事后他也反思，怎么会对月月没有负罪之心？难道真是人性最可鄙、最无法预测的阴暗面？

其实，对吕文静他真的不是贪图美。论美丽，吕文静真的相当平淡，没有月月夺目的光华；更何况，吕文静在床上竟然也跟她的外表一样寡淡，做了几次之后也就一览无余了，激不起更多的兴趣。比起月月卓越的软硬件来说，吕文静及格线都不到。但他觉得这样对比很不厚道，他认为自己并不是为了性才跟吕文静上床的，所以对吕文静呆板单调的表现倒不是很在意，相反倒是那股檀香味继续让他着迷。吕文静身体瘦弱，一问起来，说是先天不足后天又被老公伤害，所以气血严重不足。他心疼得不得了，百忙之中带她到成都华西去找专家诊疗，看完病，专家单独把他留下，只说了一句话就让他透心凉："你爱人身体没有病，但是，据目前看来，抑郁症的可能性很大，你再到附四院去看看。"

他呆住了。吕文静那么与世无争的人，那么恬静优雅的人，怎么可能是抑郁症？！

他委婉地提出，要吕文静再到附四院去检查。没想到吕文静的反应强烈到令人害怕，她坚决不去，又哭又闹，说他怀疑她，说他不安好心，说他不爱她了，然后又抱着他痛哭，倾诉爱慕，然后马上要求和他上床。

上了床后表现出笨拙的疯狂，表现出强烈的欲望，奈何她不是那块料，表演的成分让人尴尬，反倒让他非常不适。可是，她的攀附和撕扯让他绝难脱身。

他屈服了，从此不再提去附四院的事。

可是医生的话让他心里充满了恐惧。他隐隐意识到自己走进了一个可怕的死局，只怕再也解不开了。

从此他开始了一段心力交瘁的日子。白天忙工作，夜里就要陪着吕文静笑闹、听她弹琴。她可以一连弹上几个小时，还要让他乖乖地坐在一边欣赏，如果表现出不耐烦或者不配合，她就会又哭又闹，再次上演让人筋疲力尽的戏码。日子久了，他也变得易怒、暴躁、面目狰狞、修养全无。回到家里一不顺心就大砸东西，摔门狂吼，电视都砸坏了两台，家里经常一片狼藉，弄得月月和晴晴不知所措。月月以为他经济危机事业艰难，反过来安慰他，像母亲那样百般呵护、百般鼓励，甚至提出她不当科室主任了，也不值夜班了，就安心在家照顾他和晴晴。晴晴也吓得大气都不敢出。她们母女越这样,他越发难过,行为也就越怪诞、越骄横,直到有一天,他居然对月月动手了。

他觉得自己越来越像个魔鬼。

就在月月还躺在家里的时候,吕文静过生日,他不得不从矿山赶到县城接她出来吃饭。吃着吃着下雨了,吕文静放下筷子拉着他跑出去:"下雨啦,陪我去看雨吧!"

在狂风暴雨里他死一万遍的心都有,但还是陪着吕文静淋了好几个小时,半夜三点才回到屋里。他病了,发高烧,说胡话,最后人事不知。醒过来后,他是躺在医院里的,月月温柔的笑脸伴在旁边。

月月自己那会儿也在发着烧,整个人头晕目眩,但还是要为他治疗,给他熬粥,陪着他。

他抚摸着她的黑发,哭了。

出院回家后,晴晴搬了一张幼儿园毕业后拿回来作纪念的小凳子在他床前坐着,大眼睛一直望着他。

奇怪的是,往日对他百般依恋的晴晴那天显得特别疏远,特别冷静。他问:"晴晴,在学校里挨批评了?怎么不开心?"

"爸爸,我们不要吕老师了。"

"为什么?"他皱起眉头。

"你早就知道,我不喜欢她。"

"那你的钢琴怎么办?色当找不到比她更好的老师。"

"我说过,我不想再跟她学了!"晴晴说完向门边走去,头也不回。

他叫了一声:"晴晴!"

晴晴呆了好一会儿，才回过头来，只说了一句话："何亮，以后你发高烧昏迷的时候，不要提吕文静这三个字。"

何亮手里的杯子掉在地上。

他把吕文静的一些症状列了一个单子，漫不经心地给了月月，拜托她华西附四院的同学咨询一下，是否有问题。月月问："这是谁的病例？"他含糊地说是矿山一个工程师的夫人，最近出了些状况，又没时间去看病。

一个星期之后，月月给他一个纸条：重度抑郁症。

他呆住了。

何亮回想起，色当中学的藏族女校长兰卡跟他都是县政协委员，两人很熟识。他去了色当中学，找到兰卡，委婉地说女儿在吕文静老师那里学钢琴，想了解一下吕老师的教学效果到底怎么样。兰卡一听就皱起了眉头："吕文静老师早就不在我们中学了。"

何亮大吃一惊。

"你怎么会把女儿送到她那里去？"兰卡倒不忌讳什么，"吕文静刚到我们学校的时候还好，也很上进，就是上课方式不太适合中学教育。她要求学校一定要有钢琴教室，我们也就同意了，艺术教育要现代化、科学化嘛，就挤出经费买了两台钢琴，专门设置了两间钢琴教室。一到音乐课时间她就要求孩子们到琴房，但是却不怎么讲课，而是自己弹，一弹就是一节课。县城里的小孩子绝大部分都没有学过钢琴，而且家里也没有钢琴，哪里跟得上她的节奏。学生不好好听，她就对着钢琴发呆，说话很少。我们知道她的钢琴弹得很好，但中学不是大师班，怎么能这么教呢？我在教研会上提出来几次，她就说我打击报复她，说我要害她，还找了一些德高望重的老师来给我说情，求我放她一马。这是哪儿归哪儿啊，我怎么迫害她了？我解释不了，她就到处堵我，学校、家里、路上，堵住我，眼睛直直的，非要我给她一个说法……后来，有人提醒我，说吕文静老师可能是脑子出毛病了，可能是生病了，我倒是吓了一跳，好好的人嘛，怎么会有病呢？钢琴弹得那么好。再后来，她的合同期满了，我们也就没有再续签她了。"

何亮呆在那里，半天才问："那……她的家人呢？她爱人……"

"她没有结婚啊。她父母远在甘肃老家，好像是县城里的小学老师吧，听她说过一回。"

何亮目瞪口呆。

吕文静跟他说过，她有老公，有女儿，女儿被婆婆抱给了不能生育的小姑子，只为了让他们夫妻再生儿子。

她甚至向他描绘老公对她各种残忍的家暴。

也就是说，这一切都是假的，是吕文静向他虚构出来的故事，全都是骗他的。如果不是骗他，那就是她的被害妄想症，精神疾病的一种。

一个星期后，他主动联系了吕文静，要求见面。吕文静高兴极了，又是那件他已经看厌了的月白衫子，拖到地面的大长裙子，长头发，棉布鞋，瘦得快飘起来了。

他直截了当地提出分手。

吕文静当时就蒙了。

各种纠缠,各种哭闹,各种争斗。一百个不同意,一万个不同意。什么始乱终弃、什么陈世美、什么忘恩负义、什么落井下石……总之,再没有柔情蜜意,再没有燕语呢喃,只有让他震惊恼怒的各种疯狂与原始状态。

他们纠缠到了大马路上,他挣脱她要上车,她揪住他的裤腿不放,他强行拨开她的手,她顺势倒在了地上。

围观的人越来越多。

她闭上眼睛,昏死过去。

他万般无奈,围观的人越来越多,他只好把她抱上车。

在她那间布置得禅意十足的中式房间里,檀香隐隐,古风悠悠。一年前,他陶醉其中,乐而忘返。今天,只觉得鬼气森森,阴风四起。

吕文静要揪着他上床。

他望着她,只觉得匪夷所思,又感到深切的悲哀。这个女人爱过自己,爱得那么疯狂执着。月月是强大的,她是弱小的。月月是明媚的,她是阴森的。月月是健康的,她是有病的。也许,这份娇弱与病态就应该由他来呵护,就应该由他来治疗。他闭上眼睛,认了。

但是,清醒过来后,又是彻骨的后悔。他一定要决裂,如果再不挣脱,他也要被拖入深渊了。

又一次提分手。又一次旧戏重演。她的眼泪越来越不奏效,他的心越来越坚决。直到他躲她,不接她电话,不回她短信。

她用各种方法找到他,不再教学生,整天整天地守在他家小区大门前、他的办公大楼下,甚至直闯他的矿山。

他避无可避,直截了当地向她表达了自己的蔑视和厌恶,吕文静居然可以不计较、不理睬。

何亮崩溃到极点:"你到底想要怎样啊?"

"离婚,和我在一起。这个世界上我只有你了,我会用命来爱你一辈子。"

何亮欲哭无泪。

他一再说:"现在公司有点困难,上面正在查我的账,等我过了这个难关马上离。"

吕文静同意了。

何亮的话并非虚言。有关部门真的在查他矿山的问题。

接下来的四月份,吕文静的父亲病了,她回甘肃去探病,消停了一段时间。等她回来时,不知怎么想的,竟然退了一步,不再逼着何亮离婚,而是提出要何亮跟她一起离开色当,到上海去。他们在那里可以重新开始,凭着她的一手好钢琴,他们完全可以过得平安富足。

何亮心不在焉。过了几天,也就是五月十一号晚上,他拨通了吕文静的电话,同意了,他们一起出走。

吕文静反而惊异了一下,但已经喜出望外。行李不用收拾,她早就装好箱子了。

他们约定五月十二日中午走,因为何亮要从矿山上返回县城。这是一个星期一,人们都在上班上学,谁也不会注意到他们的消失。

何亮开车。路过色当最大的超市家家福的时候,吕文静提出要买一些路上吃的东西和生活必需品,于是,他们进了家家福……

何亮觉得这是老天爷的安排。在震惊和恐惧之后,他心平气和地接受了这个安排。他唯一想不通的是,上天怎么把晴晴也扯进来了?

晴晴不应该。她是无辜的,没有理由让她进来陪葬。

几天来,何亮都在五味杂陈中度过。他觉得就是不被地震震死,也会被这种精神折磨给弄死。

上天是公平的。上天从来不作声,但已经洞察了一切,也安排了一切。

现在,超市里的人们都在渴求活下去,他本来是生不如死的,但现在晴晴在身边,月月还不知道他们父女俩的生死,他也不知道月月的生死,这些情感让他的理智回归,他也得活下去,为了晴晴,为了月月。

夜里,何亮哭了,哭得上气不接下气。

晴晴在他身边疲惫万分地睡着了。

那一刻他无比想念月月,想她的明媚,想她的纯洁,想她在阳光下行走的坦然。他在阴沟里太久了,已经不知道怎么拯救自己。

月月是他的光,是他的温暖。挨近她,他就是快乐而平静的。挨着月月的所有日子,他从来不曾担惊受怕。哪像这两年,他就是一只耗子、一只蟑螂,随时冒着身败名裂的羞耻和恐惧。他现在的愿望就是拼死也要把晴晴救出去,让她回到月月身边。至于自己,该怎么样就怎么样吧,上天会有最公正的安排。

13

莲姐的蜡烛照亮了整个超市。

从来不知道那小小的烛火也能带来如此巨大的震撼和温暖。有了光,就有了生机,就有了希望。

没有光线,也就不知道白天黑夜。等大家再度清醒过来时,又一夜过去了。

杜嘉陵的脸在烛光的照耀下清晰而生动。

没有水,大家都不可能洗漱,空气里散发出难闻的气味。

老潘在吃他的早餐。

李晓已经醒来了,坐在他身边,静静的,没有说话,也没有动作。他看上去很平静,平静得像刚刚出世的佛陀。

杜嘉陵望着他,好像望着自己久别重逢的兄弟。

人们不知道下一步还会发生什么,有了烛光,仿佛就有了希望,死神暂时停止了脚步,大家进入一种平静的惯性状态,不去思想,也不想思想。

杜嘉陵把手里的最后一点面包咽下去,看了看众人,说:"大家静一静,我想说几句。"

众人抬起头,惊讶地望着他。

李晓也转过头来,有些困惑。这人这是怎么了?

杜嘉陵看了看李晓,说:"对不起,今天还是要接着讨论关于食物的问题。我想，还是李晓那句话，请大家把各自搬走的货物搬回来吧。"

众人怔住了。

李晓望着他，杜嘉陵把手放在他肩膀上。

"凭什么呀？"老潘叫起来，"你说搬就搬？"

九指儿说："你怎么和他穿一条裤子了？"

老罗也转过头来，惊讶地望着杜嘉陵，这才睡了一夜，这人怎么就转性了？

杜嘉陵站起来："这个时候，大家都得有点理智，李晓说得没错，我们现在得理性地对待眼前的困难，不能随随便便，这关系到大家的生死存亡问题。"

九指儿说："李晓不能解决的问题你就能够解决？你凭什么指挥我们啊？"

光头也说："对，你算什么东西？告诉你，老子不搬！"

何亮迟疑着："给个理由吧！这些东西是我自己买的，我出钱不行吗？"

"你又不是店长，东西又不是你的！你有什么权力让我们搬回去？"吕文静说。

杜嘉陵摆摆手："我不是不让你们吃了，我是说，这些东西要统一保管，统一分配。"

"谁来保管？谁来分配？"老潘说，"就凭你？把我们陷在这里的罪魁祸首？"

杜嘉陵摇头："李晓已经说了，如果不这样，没有计划，没有标准，我们撑不了多久。"

"我们不会在这里待多久吧?"水竹迟疑地看着众人,"我们很快就会出去的,是不是?"

没有人回答她。

"对!"九指儿说,"我敢打赌,明天我们就能出去了!还分个屁!"

赵妈拉着九指儿:"你坐下来!听他们说!"

水竹坐到强子身边,碰碰他的肩膀:"强子,你说话呀,我们很快就会出去,对不对?"

强子望着地面,没有吭声。

莲姐也说:"我也觉得问题没有那么严重,上面的人不会不管我们,他们就是挖,也会把我们挖出去的……"

"挖十层楼?"杜嘉陵说:"你们真的相信会有那么快?如果外面不止是倒了一幢楼呢?十幢、一百幢、一千幢,整个色当都倒完了,请问,谁来挖我们?"

众人一下子噤声了。

不知道过了多久,老罗走到杜嘉陵身边:"我相信你,我现在相信你了。"

杜嘉陵怔了一下:"罗店长,我只是……"

李晓也站起来,走到他身边:"爷们儿,下面的问题不好办。"

杜嘉陵说:"不好办也要办。"

李晓拍拍他的肩膀:"有你在,会好一点。"

杜嘉陵说:"你放心,你多休息,好好休息,不要伤着身体,剩下的事我会帮你办。"

李晓笑了笑："不是帮我办,是我们自己的事,我们都得活下去,越是这种时候,越要活下去。"

老罗点点头："好吧,以后这个店就交给你们了,你们得帮我一把,把这店好好守住。"

李晓说："那我们可以支配这里的一切了?"

老罗一下子又僵住了："这个……"

"我就不交。"老潘很平静地,"要东西没有,要命有一条。"

九指儿说："凭什么你们三个就把这里的家当了?现在大家都困在一条船上了,得讲民主!"

"你们,你们三个,谁都没有权力决定这里的一切。"吕文静说,"超市的老板不在这里。你们都不是超市的主人。"

"我可以决定。"一个声音在大家身后响起,强子走到了前面。

"你算老几?"光头望着他。

"又冒出来一个。"老潘说,"还真是啊,谁都想当头儿,这种时候还往前闯,行啊你!"

"你谁啊?"吕文静说,"你一个小孩子,少插嘴吧!"

"我叫夏文强。"强子站在那儿,长腿非常显眼,"夏德旺是我爸。"

众人一呆。老罗盯着他,拍了一下旁边的柜子："你还真能装,怎么不早说?"

"这里所有的东西,都是我家的。我本来不想管,"强子说,"现在情况不同了。这样吧,这位大哥,"他指着杜嘉陵,

"我信得过他,就全权委托他来管理,所有的物资统一管理,定员定量,谁也不许多吃多占,一定要保证每一个人都能得到足够的食物,否则,我们可能撑不到最后。"

水竹望着强子,嘴角瘪了一下,不知道该哭还是该笑,然后把头低了下去。

老罗说:"好吧,你是少东家,我们不争了,不过,六号店的店长是我,你爸把这个店托付给我,少一分钱的货都是我的责任。你爸可是世界上最认死理的人。"

强子说:"你说得太对了,夏德旺最认真的事就是鸡骨头上剐油,否则他也不会开那么多家超市,多到自己都数不清。不过,我相信,如果今天是他碰上了这种事,他肯定早就把东西分光了,还用你这么磨叽?"

众人惊诧地望着他。

老罗说:"我相信我还是理解夏总的,他爱店如家,最痛恨事的就是腐败和浪费。"

"这叫腐败和浪费?原谅我,叔叔,我想说粗话又怕对你不礼貌。"

老罗有些尴尬。

"要不然他也不会派我当店长……"他喃喃地说。

"他是夏德旺,不是哪一家分店的店长。"强子说,"我说了,夏德旺要在这儿,分得更快。大哥,你来负责,你分。"

老罗叹了口气:"好吧,杜嘉陵,现在你是店长了。"

杜嘉陵说:"老罗,我当不了店长,我不熟悉店里的情况,店长还是你。"

"不要再争了，"强子说，"非常时期，非常手段。老罗，你还是店长，但现在的事情由杜嘉陵说了算。"

老罗呆站着，杜嘉陵摆摆手："你怎么就看中我了？我不是，我不是……"

"看中你不是让你当官的，一个临时店长有什么好推辞的，我主要是觉得你能对大家负责。"强子说，"再说了，你看，病的病伤的伤，还有几个能站得稳的？"

杜嘉陵看了看李晓，不再说话了。

"我还是不服。"老潘说，"这里有十三个人，凭什么就他来领头。现在是民主社会，你们别想搞什么独裁。我信不过他，我信不过你们。"

光头阴着脸，一直不说话。

何亮说："我们还是记账吧，这是商业社会，按规则办事。"

吕文静也说："我们不白吃，会付钱的，这得说多少次？"

老潘又开始去搬东西。

李晓实在忍不住了，走过去拦住老潘。老潘顺手从旁边货架上端起一坛绍兴酒高高地举在头顶："谁敢动，我看你们谁敢动！"

李晓站住了。

水竹守住自己脚面前那一堆食物和水，张皇地望着众人。

光头从散落的货架上拆下一根不锈钢条，走到大门处，继续一点一点地挖他的通道，人们的行为他充耳不闻。

强子大声说："你们都疯了吗？现在不是和平时期，这是灾难，灾难！"

何亮说："小伙子，你爸爸是对的，商业社会，按商业规则办事,你又不是慈善家。"

强子愤怒地走到他面前:"你他妈少废话!你要想活着就得听我的!"

老潘走了过去,一把推开强子:"地震面前没有什么老板不老板,谁有吃的谁活着!"

"你!"强子想反扑,水竹跑过来把他拉住,"强子哥,别这样,你打不过他的!"

强子还想扑过去,杜嘉陵把他拦住了,李晓也走到他面前,拍拍他的肩膀。

老潘吐了一口唾沫,走到一边。

室内又陷入沉默。

杜嘉陵拉了拉强子,和李晓三个人坐了下来。

过了一会儿,强子把头埋下来,肩膀一耸一耸的,哭了。

杜嘉陵把他揽过来,强子使劲挣他的手。

强子没想到事情会变成这样。

在他的人生里,还没有谁用武力威胁过他。老潘的行为让他第一次知道原来自己是无能为力的。他是那种无忧无虑长大的孩子,别的孩子在为前途、未来担忧的时候,他只想着自己的音乐。父亲和母亲创业艰难他知道,但他们从来不让他参与他们的艰难,他成长的过程也是夏德旺一步步成功的过程,夏德旺企业的一步步扩大让强子觉得一切都那么轻松。父亲被荣誉和花环包围,他也被夏氏企业的员工们簇拥着,他是夏氏的大少爷,人人都在奉承他、讨好他,人生对他来说除了成功就是富饶,日子丰盛而乏味。直到后来慢慢长大了,夏德旺流露出要让他继承家业的想法,强子这才开始惊慌。跟那些商二代不同,他从小心无大志,根本不想插手家里的事,更不想当企业总裁,只想唱歌写歌,弹贝斯,做乐队。要知道,他可是乐队的灵魂贝斯手啊。

可是,夏德旺就他一个独子,夏德旺的意识还没有进化到要打破家族企业走上民主管理的高度,他把所有的希望都寄托在儿子身上,打拼大半生的产业只能由强子来继承。夏德旺开始后悔没有一开始就让儿子知道创业的艰难,强子也开始后悔怎么会生在夏德旺家。大学一毕业他就逃到北京,在那里加入了"午夜花"乐队,根本不想回四川。父亲亲自到北京找他谈了两次无果,只好用断绝给养的手段来逼他就范。强子倒也硬气,没有钱了,就从租住的公寓搬到地下室,靠到咖啡馆打工挣饭钱,最后也没有妥协,乐队的哥儿们走了一拨又一拨,他都坚持下来了。最后,夏德旺想来想去,使出了一招:直接给强子传了奶奶得了肺癌的检查报告,强子接到报告后在地坛公园哭了一下午,赶紧买机票飞了回来。

一到家,奶奶果然躺在床上,看到他就搂着"心肝儿"地叫。强子从小跟着奶奶长大,奶奶是他在这个世界上比父母还要亲的人,他跪倒在奶奶面前,哭得泪流满面。

父亲说,奶奶时日无多,你就在家里陪她走完最后一段路吧。

强子哽咽着答应了。

在家里的日子实在无事可干,奶奶也病倒了,夏德旺说,不如你到公司去,也帮我们照应着点。奶奶说,是啊,你爸你妈都太累啦,你是好孩子,你也帮他们一把,好不好?

强子抬头看,可不,爸爸妈妈头发都不经意间白了很多,尤其是夏德旺,别的企业家大腹便便脑满肠肥,他却瘦成竹竿一脸疲惫。强子答应了。就这样,每天除了陪奶奶,就是去总公司帮着妈妈打理事务。妈妈来了劲头,不仅手把手地教他财会事务,还让他到人力资源部学习了几个月,最后,他们居然提出来:让他到各个分店去巡视,以水电检修工的名义!

强子还能说什么?

三个月过去了,奶奶的病情不仅没有继续加重的迹象,而且还有了好转,胃口大开,食欲旺盛,心情开朗。强子大为欣慰:原来都是自己的功劳啊!孙子回来了,老人家的病也好多了!

他望着奶奶一块一块地吃红烧肉的样子,感到幸福可以如此简单。如果他不回来,就看不到奶奶闪光的银发和满足到脚尖的微笑。他觉得这三个月很值。

直到五月十号的那天。

一早父亲就带着奶奶到医院去复查了。他原本也要去的,但母亲让他开车送她到市妇联开会。母亲是三八红旗手,经常要出席一些女界精英的大会。送完回来,公司女秘书给他带来一大盒萝卜丝饼和云腿荞麦包。女秘书的父亲是钓鱼台国宾馆的御厨,女秘书也颇得过一些真传,做出的点心虽不算感天动地,但也是相当奇巧勾魂的。强子不想接受,但那礼物确实花费了相当心思,也实在是浓香扑鼻,强子一时没忍住,就接了过来。突然想起奶奶最喜欢吃这些软软糯糯的东西,赶紧提了食盒就往医院跑。

到了医院,走到奶奶住院的科室,一时找不到人,就往医生办公室走去。还没到门口,就听到里面父亲的声音:"这个事儿无论如何还请继续瞒着我儿子,如果他来找您,一定要跟他说,他奶奶的肺癌已经到晚期了……"医生的话也传了出来:"我说夏总,这肺癌也不是什么好事,干吗一定要瞒着孩子……""他如果知道他奶奶得的不是癌症,转身就跑了,我也是没办法……"

强子眼前发黑,半天没有回过神来。

等父亲笑吟吟地带着奶奶走后,强子进了医生的办公室。

晚上回到家里,强子把那个精美的食盒递到奶奶面前,一个一个地喂她吃,奶奶吃得开心极了。吃完,强子转过身,把博古架上的一个乾隆粉彩瓶拿下来,高高举起,对着夏德旺摔了个粉碎。

全家人都惊呆了。

"明天我就回北京。"他平静地说。

夏德旺点头:"你都知道了?"

"骗我什么不好,非要骗我奶奶病了。"他走到奶奶身边,靠在她肩膀上,"奶奶,我不怪你,你没有病,那真是太好了,那我明天就回去了。"

母亲哭了出来。

夏德旺叹了口气:"那这样吧,你真要走,等十二号过了再走,一个人要善始善终,公司有些事情是你经手,你把所有的事绾个结再走;再说,十二号是你奶奶七十大寿,我没有别的要求,你陪奶奶过了生日再回去。"

他回过头,看到奶奶眼巴巴地望着他。他同意了。

如果不是老罗打电话要他到店里修冰柜,他怎么会走进这家超市,怎么会跟这些乌七八糟的人混在一起?怎么会等着死亡来临?

想到父亲，想到奶奶，强子眼前一片黑暗，他不知道命运怎么会这样荒谬。

好了，现在已经确定了，他哪里也去不了，北京，可能是永别了。

他想笑，又想哭。

他才二十三岁，什么都没有经历过，人生还没有开始，就要结束了。

奶奶，也许，我要和你永远地在一起了。

强子脑子里走马灯似的胡乱想着，又好像什么都没想。

其他人和他一样，也在一片绝望和麻木中沉默着。

14

时间又过去了几天。

就在他们头顶上，最早到达援救的是色当县人民武装警察部队，随后，大批市民自发赶来，也加入到搜救队，人们或徒手、或使用工具，争分夺秒想要救出更多的人；第二天，解放军某部的官兵也到了。

大楼倒塌的惨状让人触目惊心。

临水佳园，这个刚刚竣工一年、占地五百多亩的商业楼盘，共十八幢小高层楼房，雪水河就从侧边滔滔而过。当初开发的时候，临水佳园就以色当县最佳河景花园洋房而闻名，虽是小高层,却建有电梯,所以房价不菲。但是,就是这么一幢被称作最好建筑的临水佳园,偏偏垮塌了。

也就垮塌了离江边最近的这一幢。

县长、县委书记、相关部门的领导全都来了,搜救队连续奋战两天两夜,从废墟中挖出了几十名幸存者。

人们在追问,刚刚竣工的新楼,怎么说垮就垮了?

第二天,正在成都办事的夏德旺夫妇赶回色当,但是,他们却被堵在了进入色当的路上。

地震过后,进入色当的路面被截断,他们在路上心急如焚。

拨打儿子的电话,没有任何音讯。一开始夏德旺还强作镇静,等待部队打通道路。到了下午,强子妈已经不行了,整个人不吃不喝,呆呆地坐在路边的石头上,目光发直,神色发狂。到后来,夏德旺把她扶到车里坐下,自己伏在方向盘上沉默。

她一再哭泣着:我不该留下他呀,我应该让他回北京啊!是我害了他,我的儿子!

夏德旺也快失去理智了。他现在对自己充满了仇恨,也充满了后悔。和妻子一样,他一遍遍责骂着自己,一遍遍在乱石里走来走去,想象着一切可能发生的可怕的场景。

当他们终于随着打通公路的大部队开进色当的时候,已经是第四天下午了。

夏氏集团超市中层负责人全都集中在六号店废墟前,他们现在不能确定超市下面到底埋了多少人,但基本可以断定,超市员工莲姐水竹、店长老罗等在地下,至于强子,他当天是接到老罗的电话到六号店修冰柜的,也一定在地下。六号店埋着他们的四位员工，更要命的是，没有人知道超市里当时到底有多少顾客。

夏德旺一看到那片倒塌的废墟，脚开始发软，身上冷汗瞬间涌出，而妻子早就昏了过去。

十层楼的废墟要一点点地挖去，每一层都有人埋在里面，挖掘机只能一点一点地掘进，生怕造成新的塌方给活着的人们造成新的伤害。太多的载着遗体的救护车从身边呼啸而过，太多的悲惨消息在媒体和口头流传。百年难遇的汶川特大地震情况逐渐明晰，震中就在汶川，到第三日，震级最终修订为八级。

色当不是震中，却比震中汶川还要伤亡惨重。这么大的灾难给色当人带来的震惊和恐惧前所未有，随之而来的撕心裂肺的悲痛、哀号让人猝不及防。不幸已经是事实，悲伤也成为日常。该来的都来了，不该来的也来了。一切都那么突然，一切又无法改变。这些天，全国各地、世界各地潮水一般涌来的救援人员，让色当人沉浸在一种从来没有体味过的感动和振奋之中，他们不孤单，他们没有被遗忘，那么多人和他们感同身受，那么多人和他们一起哭泣，干部们亡命地干活、加班，官兵们累到虚脱晕倒，志愿者们饿着肚子在灾区辗转劳作，全国各界的捐赠物资、钱款源源不绝地汇来……许多警察、医生的家人还埋在废墟下，自己却三过家门而不入；人人在抢时间，只为了多救出一个生命；人人在抢时间，只为了再找到一些奇迹。那几天，色当人被鼓舞、被激励，一种从未有过的崇高情感让他们蔑视眼前的困难，克服了心里的悲痛和恐惧。

临时指挥部就设置在公路边，军人、武警战士、民兵、机关干部，一拨一拨的队伍不断换班连续作战；连绵不断的私家车载着义务救援人员进入；连绵不断的志愿者送来大批药品、食物和水，放在指挥部又赶到下一站；县里找不到亲友的人们抱着最后一线希望日夜守在废墟旁，等待着命运的判决。有人找到了活着的亲人，有人收获的是心碎的消息。那几天，色当人的眼泪已经流干，四川人的眼泪已经流干，人们或者亢奋地干活，或者麻木地干活。整个色当成了一个大家庭，人们不分彼此，不少悲伤的人走在街头会有陌生的人迎上去拥抱，一起哭泣，共同分担着痛苦。

老罗的妻子、强子妈一直守在现场，她们已经没有泪水，只有红肿的双眼和失神的目光，直勾勾地盯着挖掘机和三班倒的军人们。

夏德旺不能像妻子那样光守着现场，他还有太多的事情要做。全省三十多家超市分店、三个公司办公楼都有程度不同的损毁，人员伤亡也很严重，个个都等着他去处理、去组织救援。超市不能光等着军人和政府，人人都得起来自救。夏德旺熬红了双眼，每天不眠不休地奔波在各个分店间，整个人已经快支撑不住了。但是，一到深夜，他总会回到现场，和妻子一起，等待着奇迹发生。

第一天，搜救出三十二个人；第二天，救出十五个，第三天，救出了七个；第四天，三个。到了第五天，仍旧有人被挖出来，但已经永远合上了双眼。

到了第五天，废墟清理到了第四层。随着楼层的深入，挖掘难度越来越大，速度也越来越慢。天气越来越热，楼房里开始散发出难闻的气味。

强子妈和老罗妻子的眼睛就没有离开过挖掘现场。每救出来一个人，不管是活的还是死的，她们总是抢上前去，期盼着看到自己熟悉的脸。但是没有。

到了第六天，强子妈已经撑不下去，昏迷在现场，夏德旺把妻子送到医院，那里已经住不下了。好在他家是小别墅，房子损毁不严重，还可以住人。强子妈打了点滴醒过来后，夏德旺把妻子送回家，自己又到了现场。

当一个个尸袋从夏德旺眼前抬走的时候，他终于软倒在废墟前，眼睛里已经没有了泪水。

搜救犬、生命探测仪，都没有搜查到下面有生命的迹象。

到了后来，守在废墟前的人越来越少，活着的人们渐渐死心，开始慢慢散去。

老罗妻子也被邻居架了回去。

人们似乎听天由命了，已经过去那么多天，什么生命迹象都没有发现，那就不要再挣扎了吧。

夏德旺失神地呆了一晚上，再回到家里，看到妻子竟然起来了，正在那里熬粥。

夏德旺说："你饿了吗？我来做，你歇着。"

妻子抬头望着他："我熬点粥，等会儿强子回来了好喝。他饿了几天了，不能吃硬的，粥正好呢。"

夏德旺点头："好，正好我也喝点。"

两夫妇喝了粥，妻子木木地坐在桌前，夏德旺把她扶起来，妻子嗷的一声哭了。

"第七天了，他们不会挖了！没有人救了！"她哭得快憋过气去了。

夏德旺把妻子搂在怀里,大声说:"怎么可能?解放军又来了一支队伍,一直都在那里的,你放心!那么多人还在地底下,不可能停止的,你放心!"

"七天了!七天了呀!"

"七天也没有关系!下面是什么?是超市!和其他地方不一样,里面有吃的有喝的,死不了的!你放心!死不了!"

妻子睁大眼睛。

夏德旺挤出一丝笑容,把妻子再次抱在怀里:"会回来的,一定会。强子喜欢排骨,你再炖点,我去现场等着,今天晚上也许我就把他领回来了。"

妻子看着他,眼睛里闪着光,夏德旺说:"吴队长他们都在那里,又调来两台挖掘机,速度很快,你放心。"

妻子的泪水止住了。

夏德旺:"冰箱里有排骨,先炖上,嗯?"

妻子慢慢地站起来,走进厨房。

夏德旺转身走出家门,到了大门外,他一下子靠在门框上,又顺着门框滑下来,瘫坐在地上,无声地哭了一会儿,这才移动脚步。

废墟前,灯火通明。

夏德旺和部队救援指挥长吴刚、县委副书记索朗站在一起,商讨着下一步救援计划。

"你放心,夏总,不到最后一刻,我们绝不会放弃。"吴刚的眼睛里满是血丝,他已经几天几夜没有完整地睡过觉了。上面的命令,他带领的部队全权负责临水佳园一号楼的救援工作。索郎是副指挥长。

索朗也说:"不抛弃不放弃,夏总,你放心。"

"不救出最后一个人,我们不会停工的。"吴刚说。

夏德旺缓缓地摇摇头:"谢谢。"

老罗妻子在邻居的搀扶着走了过来。她已经瘦了很多。

老罗妻子走到吴刚和索朗面前,声音发抖:"你们说的,要救出每一个人?"

吴刚望着她,犹豫了一下,没有回答。

老罗妻子扑通一声跪在地上:"那你们赶紧着呀!赶快挖呀!今天都第七天了,神仙也熬不过啊!你们快点啊!"

她哭得快昏过去了。

吴刚也半跪在她面前:"大姐,我们一直都在挖,一直在挖,没有人停,你放心!"

夏德旺转过身去,不能再看。

索朗拉着老罗妻子的手:"大姐,你起来!你先起来!"

老罗妻子一把摔开他:"你还站在这里干什么呀?你快去挖呀!不把我老罗救出来,我变成鬼也饶不了你们!"

她死命一摔,索朗被她摔到一边。

吴刚大声说:"大姐,索朗书记的儿子和女儿都没了,他老婆到现在都不知道在哪里,他还一直在这里指挥,在这里挖,你还要怎么样?!"

所有人都呆住了。

夏德旺转过身来,望着索朗,索朗呆呆地半躺在地上,泪水慢慢地滑过脸庞。

老罗妻子坐在地上,望着索朗,膝步走到他面前,一把抱住他:"书记啊,为什么啊,为什么会这样啊——"

索朗顿了一下,扶着她站起来:"我这就去,你放心,我马上去挖,一定把他们救出来,大姐,不到最后一刻,我们不会放弃的,你等着……"

索朗转身走了。

夏德旺和老罗妻子站在那里,夏德旺说:"我儿子也在下面,我知道他在等我,大姐,我们都不会离开,我们一起等他们出来,这里跟其他地方不一样,下面是超市,没问题的!"

老罗妻子抬起手,把脸上的泪水擦去。

15

第七天,地下。

何亮受伤的胳膊越来越肿了。

晴晴用五粮液再给他抹了一遍。

"你这个不行啊,"李晓说,"极有可能是感染了,得打破伤风疫苗才行。"

九指儿笑起来:"弄不好会截肢哦!"

吕文静抓起一块石头向九指儿砸过去。

"你根本就不是音乐老师,你是暴力狂!"九指儿敏捷地躲开。

"哪里去打？防疫站？"何亮笑起来，"我像孙悟空那样变成个蛾子飞出去？"

"就是变成蛾子你也飞不出去。"九指儿说，"这里密不透风。"

"还是有一些缝隙的，要不然我们怎么呼吸？"

"喂，你们有人看过阿加莎·克里斯蒂的《无人生还》吗？"九指儿说，"十个人，被一个不知名的主人以各种理由骗到了一座与世隔绝的孤岛上，用各种方法把他们一一杀死，原因是——他们之前都犯下过各种可怕的、令人发指的罪行，只不过他们都侥幸地逃脱了法律的制裁，而这个策划这些惩罚行为的神秘人，只是在替天行道——法律饶了他，神秘人却饶不了他。喂，你们说，我们这十三个人，活生生地被困在这里，是不是因为我们过去都犯过什么罪啊？"九指儿用一根小棍子在地上画着。

"瞎说什么？"赵妈说，"你好好睡觉吧，养精神，别胡思乱想。"

"我把一辈子的觉都在这里睡完了。"九指儿转过身来，眼神亢奋，"你们都不说话，那么就是同意我的说法了？"他轻轻笑了一下："反正咱们整天困在这里也没什么事情，不如大家来开个故事会好不好？这是最好的消磨时间的方式了，每个人都来讲讲，讲讲你们过去曾经犯下过哪些罪恶，为什么现在会被困在这里，就当作临终忏悔，好不好玩儿？"

光头一直在那儿挖掘着，连头都没回。

吕文静首先应声："我没有犯罪，也没有故事。"

"越是这样说的人越是罪恶累累。"

吕文静:"我就是有罪,惩罚我的也是上帝,还轮不到你们。"

李晓说:"西方人认为人生下来就有罪,所以要用一生去洗涤,去努力偿还。我们不一样,我知道我做过很多错事,但还不至于犯罪。如果就算是这一次真的活不下去了,没机会了,我也不会后悔,因为基本上来说,我还算是一个好人。"

杜嘉陵吐了口唾沫,对九指儿这个提议倒是略微上心。好人?坏人?他一直认为自己是好人,正因为是好人,被田小兰欺骗了之后才那么悲怆欲绝。而现在,他却不能像李晓那样认真而坦诚地说,我是一个好人。谁能那么笃定地说自己是好人?

"好好!"九指儿夸张地鼓了两下掌,"李晓说他是好人,好人一个!我觉得你也是个好人。可是其他人就不见得了吧,谁?谁是最坏的人?说出来,说出来让大家开开心,说不定你临终忏悔了上帝还会让你上天堂呢!"

"闭嘴!"吕文静大声叫道,"你烦不烦!"

九指儿:"反正现在有的是时间,姐姐,请原谅我的第一直觉,这里所有的人里面我觉得你的故事最多,罪恶肯定也最多,你说说吧!说说!你的故事一定很精彩,我就不喜欢听那些高大全的英雄传奇,我就喜欢听坏人讲他们的罪恶史,越坏越好。我瞧着你就是有大把故事的人,讲讲吧,大家都洗耳恭听啊!"

何亮:"九指儿!"

吕文静还没有开口,晴晴倒是说话了,声音很清楚,也很轻灵,在这难以逃脱的狭小空间里却显得有些怪异:"九指儿哥哥,我来给你讲个故事好不好?"

"好啊,小孩子讲的故事好听,因为小孩子一般不会说谎话。你讲吧。"

"好吧。"晴晴的声音慢慢地传进每一个人的耳鼓。

"从前啊,有两只鸟,它们每天辛辛苦苦地衔来很多树枝、泥巴,做好了一个温暖的鸟窝,然后,它们生了一个蛋,再辛辛苦苦地孵了很多天,生出了一只小鸟。鸟爸爸每天都出去寻找虫子啊、小米啊,回来喂鸟宝宝,鸟妈妈也是,每天小心地守着小鸟,唱歌给小鸟听,保护小鸟不要被人掏走,不要生病……小鸟渐渐长大了,鸟妈妈和鸟爸爸可高兴了,它们一家三口在树林里飞翔、舞蹈、唱歌,生活得很幸福。可是有一天,一只老鹰突然飞到小鸟的家里,把鸟妈妈赶了出去,还把小鸟也从窝里挤了出来,掉在地上,摔死了……"

"何亮!"吕文静突然大叫起来,"何亮!"

还没等何亮说话,晴晴继续说:"可怜的小鸟摔死了,鸟妈妈扑到孩子身上,不停地哭啊哭啊,那只可恶的老鹰还在笑呢,她一直在笑,一直在笑……"

吕文静扑过去,撕扯着晴晴的胳膊,把她从地上揪起来扔到另一边,当她想再度扑上去时,被一个男人强有力的手控制住了。

那人冷冷地瞪着她:"欺负一个孩子,算什么本事?"

是杜嘉陵。

何亮把晴晴抱起来,晴晴望着吕文静,眼睛里流露出一丝得意的笑意。

吕文静没有撒泼,也没有反抗,只是目光直直地望着何亮:

"你现在都不帮我了,你根本就没有爱过我,你讨厌我了,我知道,你终于讨厌我了……"

何亮悲哀地摇了摇头,再度把头垂了下去。

"你知道你是一个什么东西吗?"晴晴望着吕文静,再度清清楚楚地说,"你就是一件衣服,超市里那种廉价时兴款。每年夏天刚开始的时候,我妈妈就会给我买几件,反正又不贵,妈妈说,像这种衣服,也就穿个新鲜,等到了换季,就可以丢了。你就是那种大路货,我爸也就穿一季,然后就没兴趣了。吕老师,你说你可不可怜?"

人们听着晴晴的话,都情不自禁地打了个寒战。小姑娘语气里的刻毒和恨意大大出乎人们的意料,一个十三岁的小孩子说出这样的话,委实让人不寒而栗。

吕文静爆发出一阵尖厉的号叫,不过这次她没有再去扑打晴晴,而是扑向了何亮。她疯狂地捶打何亮,突然张开嘴,朝着何亮已经肿得老高的伤口咬了下去。何亮大叫着,但根本推不开她。众人大惊,莲姐和水竹、李晓、杜嘉陵又一次扑上去救出了何亮。何亮抬着胳膊,对着吕文静骂了一声:"疯子!你他妈疯了!"

吕文静被莲姐和水竹架着,脚下乱踢,发出一阵歇斯底里的狂笑。

九指儿也笑起来:"哈哈,晴晴,你这个故事好,好!效果好极了!"他甚至在鼓掌。"晴晴开了一个好头,大家不寂寞了,有事儿做了!接下来谁来?你们谁还有什么好故事?其他人呢?接着讲啊!你,你!"他一个个指着屋子里的人们,"讲啊!"

他目光癫狂，看上去有些神经质了。

赵妈望着九指儿，默默地摇头，没有悲喜。

何亮往后面缩着，嘴里喃喃地："疯子！疯子！"

李晓走到何亮面前，看了看他滴血的胳膊："得做手术才行，伤口都腐烂了。"

何亮摇头："反正是死，怎么死都一样。其实，有时候想一想，这样活着，还不如死了的好。"

李晓说："只要不死，就要好好地活着。你能活下去，该多好啊，有的人想活还活不了呢。"

"在这里？想活下去？"何亮笑了一声，"我喜欢你的乐观，但是，他妈的太乐观了。"

晴晴指着吕文静："你现在知道了吧，我爸和你在一起，生不如死！"

杜嘉陵回头看晴晴，那女孩一直微笑着，目光刀子般盯着吕文静，嘴角有一丝诡异的笑。杜嘉陵心里一颤，天哪，再这样下去，人们都得疯了。

正在这时，突然又是一阵天摇地动。

"余震！"老潘大叫起来，疯狂地在超市里奔跑，想寻找一个出口。这次余震很强烈，本来就已经饱经摧残的人们已经是惊弓之鸟，比没有经历过地震的人们更加害怕震动。人们乱成一团，有的尽可能地寻找安全之地躲避，有的抱着头蹲在地上，有的干脆闭着眼睛等死。杜嘉陵靠在货架上，手心里全是汗水。他哆嗦着，心想，干脆来一次痛快的算了，免得一次又一次被折磨，没被震死，倒会吓死。

晴晴和吕文静尖叫着，本能地一起扑向何亮，她们都企图寻找到一个庇护，何亮搂住的却是晴晴，反而把吕文静推开。

吕文静一下子被推开几米远，她彻底蒙了。

房屋在倾斜，发出巨大的、可怕的撕裂声音。几块预制板眼看要掉落下来，老潘发狂地往东边逃窜，一排原本还站立着的货架连带着莲姐和水竹码放上去的货物又一起倾倒下来，把老潘砸在里面。

众人惊叫着，都觉得这次是在劫难逃了。

但是，很幸运，余震大约三十多秒就过去了。一切恢复平静之后，只见九指儿瘫坐在地上，吕文静跌倒在地状若痴呆，老潘埋在货堆里，其他人还好，没有什么损伤。

人们像凝固的雕像，没有人动弹，也没有人说话。

老潘的脚从货架下露出，血迹顺着流了出来。他躺在货堆里，没有一点儿声音。

杜嘉陵大叫一声："救人！"

醒过来的人们向老潘跑过去，好在没有太重的物品压着，大家七手八脚很快把老潘刨了出来，他浑身瘫软，双眼紧闭，没有了声音。

水竹哭泣着："他死了吗？"

杜嘉陵的心在颤抖，他伸手试探了一下老潘的鼻子，吁了口气："没有，没死。"

众人长长地出了口气。

李晓赶紧替老潘实施急救，过了一会儿，老潘终于睁开了眼睛。

老潘看看众人:"怎么死了还是你们?你们就不能离我远点儿?"他哭泣着。

众人围着他,不知道该说什么好。

老潘叹着气:"好了,彻底解脱了。老子终于不怕地震了。"

九指儿残酷地望着他:"你没死,我们也没死。"

老潘一下子崩溃了,望着众人,哭了,在地上躺着不起来。

"我情愿我死了,老天爷,为什么不让我死——"他一把抓住离他最近的李晓,血红着眼睛,"我不怕死了,真的,我现在就想早点死,死了就什么都不怕了,你们把我弄死吧,让我去死吧——"他歇斯底里地叫着,发疯似的撞击着李晓。

李晓只好把他紧紧地抱在怀里。

杜嘉陵说:"老潘,冷静一点,我们都好好的,没人会死,我们一定要出去,你放心,我带大家出去。"

说出这最后一句话,他自己都愣了一下,不过,他立刻补上一句:"相信我,我带你们出去,我们会出去的。"

"你带我们出去?"老潘呆呆地望着他。

"是。"杜嘉陵望着他,郑重地点头,"我们一起出去。"

九指儿一下子跳起来,跑到杜嘉陵身边,死死地抓住他的胳膊:"哥,你说的是真的?你带我们出去?你?"

杜嘉陵再次点头:"你好好地养足精神,到时候我们找到了通道,就一起出去。"

他说得那么肯定,那么坚决,空气里突然升起一股热流,吕文静爬起来走到杜嘉陵身边:"你要是骗了我,我会杀了你。"

杜嘉陵点头："行。"

何亮不敢看她，只是紧紧地搂着晴晴，目光呆滞。

杜嘉陵把她脸上沾着汗污和泪水的发丝捋开，轻声地："你累了，先休息一下。这儿这么多男人呢，有男人在，天塌下来是他们的事，你就别管了，一切交给我们吧。"

吕文静呆住了，她望着杜嘉陵，喃喃地："男人？"

杜嘉陵："对，有男人在，女人休息。"

吕文静虚弱地笑了一下，莲姐过来把她扶到了一边。

好不容易都歇了，不闹了，但余震又把大家清理出来的空地变得一片狼藉。莲姐和水竹也没有心思再整理货物了，老罗和李晓、强子几个男人勉强支撑着疲惫的身体把震落下来的东西慢慢理顺。

人们再次陷入了沉寂。

望着老潘在微弱的光影里时不时抽搐一下的脸庞，杜嘉陵也不由得痉挛般难受。

刚才在一种没有事先准备的情况下冲口而出那句话，连杜嘉陵自己都觉得不可思议。他不想出头，也没有要当领导的能力，但他就是那么说了。话一出口，看到众人脸上突然显现出来的希望和光亮，他心里陡然一热，突然觉得这话说出来也没什么不可。李晓已经筋疲力尽了，他不能再让那个像他弟弟一样的病人承担过重的担子。好吧，人们已经快到了崩溃的边缘，他就来帮李晓分担一下吧。都不容易，吕文静一脸惊恐，赵妈再淡定也是上了年纪的老人了，晴晴让他想起乐乐，莲姐和水竹也被折磨得已经瘦了一圈，老罗受了伤，强子还是个孩子，九指儿亢奋得像个神经病，老潘和光头更没指望。他再不站出来，还有谁能站出来？

这样一想，他才意识到问题的严重性。

带大家出去，怎么出？

得想个办法了。

一定得想个办法了。得让所有人回到正常情绪上来。十三个人，不足五十平方米的幽闭空间，空气越来越污浊，含氧量也不够，死神就在暗处狞笑，每个人都感觉到它阴冷恶毒的利爪，在任何一个时刻，它都可能扑过来扼住你的喉咙。

不能让他们放任下去，得制止这种恐惧的氛围扩散。

显然，赵妈也察觉出了问题的严重性。

超市里没有声音了，人们好像都沉入睡梦之中了。

赵妈低声把老罗和杜嘉陵喊到身边。

"老罗，嘉陵——"她招招手。

老罗和杜嘉陵慢慢地移到她身边。

"赵妈，哪里不舒服么？"老罗心里一紧。

"没有，我好着呢，别担心。"赵妈说，"嘉陵啊，谢谢你。"

杜嘉陵摇头："赵妈，情况严重啊。"

"我知道，事情不好办了，今天已经七八天了吗？"

"八天。赵妈，我记着呢。"老罗说。

"八天了，不能再这样了，要是再来一次余震，或者是再挨几天不能出去，真的要——要死人了。"赵妈咳嗽了一声，声音压得很低。

杜嘉陵哆嗦了一下。

老罗："赵妈，没有办法。现在只有老天爷知道我们还能活多久。"

赵妈想了想："杜嘉陵，你刚才那句话倒是提醒了我。"

杜嘉陵望着赵妈。

赵妈沉吟着："得有个领头的人出来了。"

杜嘉陵张大嘴："赵妈，你有什么办法？"

赵妈小声问："嘉陵，你是党员吗？"

"什么？"杜嘉陵一愣。

"你是不是中共党员？"

杜嘉陵望着赵妈，看到她眼里那期待无比的神色，突然心里一动，正想说什么，赵妈又说："嘉陵，你说过，你要领着大伙出去，活着出去，你是不是说过这句话？"

"是。"杜嘉陵点头。

"你有这个信心？"

杜嘉陵："正常的人没几个了。这么狭小的空间，要放在平常，是个人都会被逼疯，何况是地震，好几个人都受伤了。再这样下去，就像你说的，要死人了。"

赵妈点点头："你做得对。这时候一定要有人站出来，大家都是没头苍蝇。你刚才那句话一下子就把我稳住了。嘉陵，我有办法了，咱们成立一个临时党支部，把大家统一起来，有了主心骨，这就好办了！而且，这是唯一的办法了！"

杜嘉陵望着赵妈的眼睛，她已经很累了，七十三岁的老人，脸色蜡黄、眼皮浮肿，骨折的疼痛无时无刻不侵蚀着她。

"你是党员,这事你来办。"赵妈盯着他的眼睛。

杜嘉陵后退了一步:"赵妈,咱不开玩笑。"

"你说什么?"

"我说你在开玩笑。"

"你到底是不是党员?"

杜嘉陵一时语塞。

"如果你是中共党员,你就知道,非常时候,得有主心骨站出来。"

杜嘉陵:"这生死关头,上天无路下地无门,赵妈,你说你是共产党员就能行?我不相信。赵妈,你是吓坏了吧?你好好休息,有什么话明天再说。"

赵妈望着他,再转向老罗。

老罗也很意外,指了指众人:"赵妈,现在不是单位开会,是生和死的问题,上帝来了也不管用。"

"那你想想,还有什么才管用?"赵妈盯着他俩。

老罗抬了抬手:"赵妈,人都快疯了,你说一句共产党员就都听你的话?这又不是战争年代,不是人人都想当英雄想火线入党的时代了。"

赵妈叹了口气:"你们年轻,不懂事。赵妈我七十三了,我经过那么多事,共产党,管用的,我经历过,真管事儿。好吧,就说说吧,嘉陵,你是不是党员?"

杜嘉陵望着赵妈的眼睛,想了半天,再看看老罗,不知道怎么回事,居然点了点头:"好吧,赵妈,放心,我是共产党员。"他望着赵妈再加了一句,"如假包换。"

赵妈欣慰地笑了："好孩子，那就好。"她转过脸来望着老罗，"罗店长，你呢？"

老罗同样也愣了一下，现在，他面前是两双期待的眼睛。

老罗望了望几个靠在一起似睡非睡的女人，再看看躺在地上的老潘，搓了搓手，往后退了一步，没有吭声。

赵妈皱着眉头："一个大老爷们儿，别磨叽，是不是？"

老罗看了看杜嘉陵，终于咬了咬牙："赵妈放心，我是，我是党员，跟嘉陵一样，如假包换。"

赵妈很高兴。正在这时，强子和李晓也围了过来。

"你们好像在开秘密会议？"强子说。

赵妈望着他们："你们中间还有谁是党员？"

李晓和强子都愣住了。

强子下意识地："你们有没有搞错，现在讨论这么不挨边儿的事情？"

李晓也说："是啊，我还以为你们想到什么出去的办法了呢。"

赵妈说："我就问你们两个，是不是党员啊？"

李晓没有回答，强子犹豫了一下，说："赵妈，什么意思？要上前线了？"

"让我们火线入党？"李晓说。

"这跟上前线也没什么分别了。"赵妈说，"强子，你是大学生，你入没入党？"

李晓说："赵妈，你放心，绝对不会。他这样的人怎么会入党？党会要他吗？"

赵妈:"别打岔,我且问他呢。"

"要让我挑大梁干大事了吧?一般问这种问题的时候我就知道,党考验我的时刻到了,"强子笑着说,"我就知道,关键时刻还得我们这种优秀人才上啊!"他靠到赵妈身边,"赵妈你还真猜对了,我是党员!大一我就入党了!"

这一下赵妈和众人都很意外,大家惊奇地看着他,强子扬着脸:"不信?你们这么看着我干吗?我真是党员!高中三年我都是团支部书记呢!我爸希望我光宗耀祖,专门给我制订了人才培养计划!"

"共产主义接班人?你也是?"李晓望着他。

"我信我信,你是一个好孩子,赵妈知道!"赵妈拍拍他的手。

"就是啊,我知道喊党员站出来的时候一般就是倒霉事儿来了,这种时候怎么能少得了我呢?"强子笑着,"对不对啊赵妈?说吧,你要我们干什么?"

赵妈拍拍他:"你先坐着。李晓,你呢?"

李晓也站起来:"好吧,强子都是党员了,那我也是吧。"

"什么叫也是吧,是就是,不是就不是,共产党员是个光荣而身负艰巨任务的身份,也是一份荣耀,你干吗那么勉强,你到底是不是?"

李晓看看几个人,点点头:"那是,那是,我党员,老党员了,党龄十年了。"

李晓望了望周围:"还不信?这会儿不会让我拿党员证吧?"

"我们都没带。"杜嘉陵和老罗对望了一下,"平时这东西也不会随身带着。"

"我也是。"强子说,"我党龄短,不比你们。"

赵妈满意地点头:"好好,那咱们就有五个党员了。"

强子奇怪地:"五个?哪里有啊?"

赵妈指了指自己:"还有我啊,党龄五十年!"

"天哪!"强子说,"前辈,先驱!"

赵妈说:"好啦,我们现在是五个党员,真没想到我们这里还有五个党员……"

这时,何亮艰难地举起了右手。

赵妈:"何老板?干吗?"

何亮摇摇头:"对不起,赵妈,我也不知道自己还算不算党员。"

"怎么回事?"

"原来在单位的时候入的,后来干私营企业,也不开民主生活会,党员身份差不多忘光了。"

赵妈转向李晓和杜嘉陵:"他这种情况,怎么算?"

杜嘉陵犹豫了一下。

"你有多久没交党费了?"

"大概六年了。"

强子抢着说:"这个我知道,我背过《中国共产党章程》,你们相信我的记性,章程第九条规定:党员如果没有正当理由,连续六个月不参加党的组织生活,或不交纳党费,或不做党所分配的工作,就被认为是自行脱党。支部大会应当决定把这样的党员除名,并报上级党组织批准。"

大家惊奇地望着他:"真的背过?不是现编的?"

杜嘉陵点头:"没错,《党章》第九条。"

何亮:"抱歉,本人现在是非党员。"

杜嘉陵:"对,像他这种情况,早就该清除出党了。要想成为党员,还得重新入。"

他们的声音太响,所有人都醒了。

赵妈望着老潘:"老潘,你呢?"

老潘摇摇头:"各位请了,别问我。"

"那不一定,很多党员总把自己混同于一般老百姓。"

"我就是一自私自利的人,坏起来连自己都害怕,连老百姓都不如,你们的党多伟大啊,多光荣啊,我要加入了,岂不玷污了贵党。"

"老潘,地震几天了,你总算说了句入耳的话。"杜嘉陵说。

老潘说:"还真别跟我客气。论起贵党,以前我服,现在,算了吧,凡是党员我离你们远点儿。"

杜嘉陵叹了口气:"很抱歉,让你那么难过。好吧,那等你觉得服气的时候再加入吧。"

老潘:"这个你放心,没那一天了。"

杜嘉陵:"说不定呢。"

赵妈:"水竹、香莲,你们俩呢?"

水竹一脸蒙:"你们在说什么?"

赵妈点点头:"孩子,情况是这么个情况,事情已经到了很危急的时候了,我们需要党员们站出来,为大家做事,带领大家好好活着,找到逃出去的路。"

"也就是说,是要党员打硬仗的时候到了?"水竹迟疑着问。

"对,党员要起先锋模范带头作用。"

莲姐一脸糊涂。

水竹点点头:"那……那我……我是共产党员。"

"咦,看不出来啊,农村丫头居然是党员!"老潘笑着,"现在农村还有党组织吗?还发展党员?党员是干什么的?比别人多分点儿?"

水竹气急了,大声说:"你胡说什么?我爷爷、我爸、我哥,他们都是党员!我见的党员多了去了!"

"对呀,农村就不能有党员吗?"强子站出来为水竹说话,"农村更需要党员呢!"

赵妈也说:"对对,共产党员不分等级、阶层,大家都一样!"

水竹说:"就是,我家十多个党员!当年我爷爷为了村里修路,把自家的地都让出来了!我爸当了好多年的村支书,村里那么多人都出去打工,都在外面挣钱,我爸说要管理村里的事儿,就不愿出去,结果我们家成了村里最穷的……"

众人沉默了一下,水竹抹着泪:"农村人怎么了?农村人也是人,也是党员,和你们一样……"

莲姐把她搂到怀里。

赵妈:"好,水竹,你是我们中间最年轻的一个党员。香莲你呢?"

莲姐摇摇头:"我一个家庭妇女,跟共产党有什么关系?赵妈，别跟我这儿费心了。再说了，共产党是你们公家人的事儿，跟我不搭界。"

"九指儿，你呢？"杜嘉陵问。

赵妈先开了口："别问他了，他跟理想不沾边。"

九指儿摇头："我也有理想，奶奶，我梦想着我变成一只蚂蚁，或者，一阵风，然后脱离这个黑暗的地方，到阳光下去，到天空下去。"

赵妈："你有很多梦，奶奶知道。你别操心了，好好做梦吧。"

赵妈喊了一声："那个……那个……"她指的是正在大门处往外刨着门洞的光头。

光头的动作持续坚挺。他就在那里一点一点地挖掘着，像西西弗斯一样徒劳地想要把巨石推到山崖上去。他不管人们在讨论什么，也不理会自己的做法到底有没有用，除了吃饭、上厕所，他都一刻不停地劳作着。

赵妈一叫他，人们才想起来，直到现在，还没有人知道他的姓名。

杜嘉陵走过去："喂，兄弟，你叫什么名字啊？"

光头猛地回过头来，戒备地往后一退："干什么？"

杜嘉陵："现在大家都是难兄难弟了，报个名字好互相称呼。"

"我没有名字……"光头脱口而出。

"没有名字？"赵妈说，"怎么可能？"

光头看了看众人，说："赵子龙。"

"赵子龙?"九指儿笑起来。

赵子龙一瞪眼:"怎么,不行啊?!"

九指儿赶紧闭口。

"是党员吗?"杜嘉陵问。

赵子龙望着他,像望着一个怪胎。

"什么东西?"

"共产党员。"

"我为什么要是?"

杜嘉陵:"不是就算了,不为什么。"

杜嘉陵走开,赵子龙转过身继续挖掘。

赵妈再指着吕文静:"吕老师,你是中学老师,一定也是党员吧?"

大家瞧着吕文静,她面色惨白,头发披散,眼神凌厉,赵妈的问话她一定没听清吧。

"我是党员。"吕文静倒很清醒。

所有人都大吃一惊。

"你也是党员?"水竹说,"那你还……"

"你什么意思?"吕文静转脸瞧着水竹。

"我……"水竹后退一步,"你就不该当第三者!党员还干这种事,真是……"

"你懂个屁!"吕文静大声说,"党员就没有七情六欲?我跟何亮,我们是真正的爱情!他爱我我爱他,我们要结婚的!何亮,你说,你告诉他!"

何亮:"这些私事就不要在众人面前……"

"他们歧视我！他们认为我是坏人！何亮，我已经被钉在耻辱柱上了，他们认定我是坏人……"

晴晴说："你不是吗？"

何亮这次也不向着晴晴了，他大声说："住嘴！我和你吕老师的事，没有你插嘴的份！"

晴晴说："你们干了坏事还不让我说，我已经盯了你们好久了，你也是坏人！"

"晴晴！"何亮大吼着。

水竹后悔了："怎么我才说一句你们三个人又吵架，好了好了，我不说了，不说了！你们也别说了！"

赵妈摇摇头："何亮，你们家里的事咱不讨论，我要说的是，既然有那么多党员，就讨论一下，怎么应付眼前的困难吧。"

吕文静继续说："我是党员，你们就不说我是坏人了。"

李晓站了起来："我知道赵妈的意思了。现在在座的党员同志有：赵妈、李晓、强子、杜嘉陵、水竹、吕文静、老罗、何亮……"

"我也算？"何亮有些诧异。

"你算——留党察看吧！各位党员同志，我提议，咱们这里十三个人已经到了最危险的时候，为了共同面对难关想办法脱困出去，我们成立一个临时党支部吧，有了党支部，咱就有组织了，有了组织就有了主心骨，同意的举手！"

众人面面相觑，有好几个人感到意外。李晓转头望着赵妈，"赵妈，是这个意思吧？"

赵妈点点头。

老潘坐在一边看着:"哟,新鲜!这年头还火线入党!"

何亮说:"有必要吗?太严肃了吧?反正都困在这儿了,就这么几个人,有事商量就行了,还成立什么党支部,有必要吗?有了组织又怎么样?"

"对呀,"吕文静说,"党员就有超能力?那我早就飞出去了!"

何亮说:"我办企业这么多年,没有党组织不也一样运转正常,年年盈利。"

吕文静说:"你们是不是困在这儿太闲了呀?没事自己折腾自己。"

九指儿:"好看,又有新故事了!"

"你们听我说,"赵妈说,"我是老党员了,我知道党应该干什么。党组织就是要在最危险、最困难的时候才显现出它的作用。大家同意成立党支部吗?"

众人不再言语。

"好吧,没有人反对,那我们就算集体通过了。现在,有了党支部,咱得再确定一个组织领导,要选举一个党支部书记、一个组织委员、一个学习委员。尽管情况特殊,我们还是应该按党章规定来选举党支部书记。先提个候选人吧,我提议,由杜嘉陵同志担任我们临时党支部的书记,大家觉得怎么样?"

杜嘉陵愣住了:"干什么?这——这不行的!"

"我觉得你能行。"赵妈坚定地望着他,"其他人呢?"赵妈征询地望着众人。

"同意！"老罗首先举手。

"同意！"强子、李晓都说。

水竹也举起了手，她的眼睛亮晶晶的。

杜嘉陵诧异极了："赵妈，我不行，真的！"

赵妈说："现在是要你承担担子的时候，不好推脱的。"

杜嘉陵张口结舌。

"好，八个党员，五对二，党内原则，少数服从多数。何亮、吕文静同志，你们没意见吧？"

两个人都不再吭声。

杜嘉陵站起来来说："大家先别忙……赵妈，书记您来吧，您德高望重，大家都听您的。"

赵妈摇头："你瞧我这把老骨头还能成吗？我不行了，老太婆今年七十三了，你们年轻，有知识有文化，还有体力，现在真不是谦虚的时候，是真正要承担起责任，甚至要付出、要牺牲的时候，所以，你们就不要指望我老太婆了。"

"赵妈，你是我们的主心骨，你不上我们心里没底……"何亮看了一眼杜嘉陵。

吕文静说："既然按章程办事，赵老师，那我们就选举吧。一切按规矩来。"

赵妈望着他们俩，老罗说："也行，按章程办！"

莲姐找来纸笔，发给其他七个人。

选举结果出来了，杜嘉陵从莲姐手里拿到最后的统计表，倒吓了一跳。票数最多的就是自己，杜嘉陵。

杜嘉陵："这怎么行？不行的！我不合适！"

"你怎么不合适？大家都信任你！"

"我没那么多想法，真的，这辈子我当过的最大的官，也就是上学时一个学习小组长。你们这是弄哪样呢？我没那个能力，负不了这么大的责！"

他的心里是虚的，真的，自己不想活没关系，带领那么多人活着，这种情况，纯粹是自不量力。

强子说："一看你就是带头大哥的样儿，我看好你。"

"对啊，你在县委机关工作，对我们普通人来说那便是领导，在这里你就是党的化身。"老罗说。

赵妈鼓励地看着他："嘉陵，放心，你能行。"

杜嘉陵仍旧很茫然："不瞒你们说，我走进这座大楼之前，对生和死已经没有什么分别了，家里出了事……我一直过不去，我想着活着跟死了没什么分别，你们跟我不一样，你们不想死，我是不想活，所以，我帮不了大家，我……"

第一次，他在众人面前流露出了自己的情绪，第一次有想当众流泪的冲动。

赵妈仔细地看着他，杜嘉陵说："谢谢你们看得起我，我这个人……我现在可以这么说，我从来没觉得自己对别人很重要，我就是个平凡人，普通得自己都觉得没有分量，你们别给我压担子，我会让你们失望的……"

众人面面相觑。

老潘首先不耐烦了："这又不领工资，说穿了他们让你来当先驱的，先驱是什么？先驱就是烈士！或者说，是炮灰，他们拿你当炮灰呢，有什么可推的！"老潘半躺在旁边的纸壳上。

171

光头吐了一口唾沫，不明所以地"哈"了一声。

李晓拍拍手："老潘说得没错，这时候这差使不是什么好事儿，您就多受累，当吧！"

"对了，大哥，你就别想那么多了，什么死呀死的，一个人真正想死的时候，那还死不了呢！只要没死，就要好好活着！"强子拍拍他的肩膀，"我们所有人都看好你！"

老潘说："我不看好，别包括我。"

李晓走到他面前："我觉得你能行。你看，矮子里面拔高的，你看还有谁比你更合适？"

他捂着自己的头，望着杜嘉陵。

"像个男人。"李晓再加了一句。

杜嘉陵呆在那儿，看着受伤的老罗、赵妈、何亮，还有快要崩溃的吕文静，再看看强子和水竹年轻的脸，再看看已经脏污不堪的晴晴，还有远处挖个不停的赵子龙，终于点了点头："你们确定我能行？"

赵妈、老罗等人点头。

"就这样了？"他再问了一句。

"就这样吧。"众人望着他。

杜嘉陵拿着那张统计表："也就是说，从今天起，党支部将集体讨论、集体决议处理一些事情了？"

"肯定的。"

杜嘉陵点点头："好吧，我知道，要不是实在没辙了你们也不会拿我当领头羊。那我们现在该干什么？"

"看来治国理政也是需要学习的。"老潘说，"你们不是要成立党支部嘛？你现在赶紧组阁啊！"

杜嘉陵望着赵妈，赵妈点头："支部，还要有支委。"

于是，在赵妈和杜嘉陵的共同主持下，大家又推举了李晓和强子做支部委员。

李晓和强子倒没有多推辞，沉默着同意了大家的意见。然后，他们走到场地中央，一起对着所有人鞠躬。

老罗靠在地上看着三个人站在一起，不知怎么的，眼睛里有泪水。

赵子龙转头看着这一切，没有吭声。

接下来，党支部召开了第一次全体党员会议。杜嘉陵在会上提出来，目前最紧急的就是三件事：第一件事，所有食物和水马上进行登记，必须统一管理、统一分配；第二件事情，尽力修复水电设施，争取尽早和地面取得联系；第三件事情，继续寻找垮塌缝隙，找到薄弱的地方打出一条通道，想办法脱困。

李晓说："第一条就不好办。"

"不好办也得办。"

果然，最大的阻力还是老潘。老潘搬了足足十箱牛奶、面包、零食、泡菜等堆放在自己面前，谁也不许动，对杜嘉陵的话充耳不闻。

杜嘉陵只好耐心地蹲在他面前做工作。

老潘望着他："你是他们选出来的，不是我选出来的。"

"你现在是集体中的一员，你得听大家的。"

"我不是，我是我自己的。"

"难道你认为自己一个人就可以打开这幢大楼逃出去？"杜

嘉陵指了指整个场景。

老潘望了望他,把脸扭到一边。

杜嘉陵只好暂时放下他,转向赵子龙。

奇怪的是,赵子龙听完杜嘉陵统一计划食物的陈述之后,居然一反常态地同意了。他点点头,说:"我相信你们不会作假,也不敢作假。搬走吧。"

李晓和强子倒很意外,站着没动。

赵子龙说:"如果你们在分配东西的时候不公平,小心这个。"

他找到了一根掉落下来的窗帘杆,一直握在手里。

杜嘉陵继续转向老潘。

老潘捡起地上的一块断砖头,砸向赵子龙:"你他妈还是个男人?两句话就妥协了?"

赵子龙向他吐了一口:"有本事你一个人出去!"

老潘望着杜嘉陵,杜嘉陵点点头:"真正的男人,知道什么时候识时务。"

眼看赵子龙妥协了,老潘独木难支,也只好任由莲姐和水竹把食物搬到一起。

接下来的事就是由莲姐和水竹登记造册,按每个人每天的基本生活所需统一发放物资。

众人心里一直在庆幸。幸亏他们是被埋在一个超市里,水和食物一时没有短缺。乐观地估计,还可以撑一个星期。

这样一来,人人心里好像有些底了,余震也没有那么频繁了,大家感觉希望又有了。

第九天中午。赵子龙终于坐下来休息。他腰间始终绑扎着一个背包,就连睡觉都带着,从不见他解下来。

杜嘉陵走到他面前:"老赵,你确定真能打出一条通道?"

"你看,我已经清理出很长一截了。"

"如果打不通呢?"

"你没听过愚公移山的故事?"

"对不起,我并不想提醒你,超市的生存物资是有限的。愚公可以娶妻生子、子子孙孙无穷匮也,咱不行,咱只有不多的时间了。"

赵子龙不语,转过身来颓然坐下,第一次不再那么阴郁,凶巴巴的眼神也不见了,显得衰败而萧索。

"你说,刚刚起来的大楼都会垮掉,还有什么不会垮的?你瞧,"他指着斜上方裸露在外面的破碎面,"小拇指粗的钢筋,还是承重墙!浑蛋!豆腐渣!"

杜嘉陵沉默着,在他身边默默地坐了下来。

"第九天了。"

"已经有三个手机没电了。"

"何亮的胳膊不能再拖了,得做手术,已经感染得不像样子了。"杜嘉陵喃喃地,不像是说给赵子龙听,倒像是说给自己听。

"你出门怎么会不带手机?"杜嘉陵望着赵子龙。

赵子龙顿了一下:"我手机掉了。"

杜嘉陵:"你老家是哪里啊?怎么想到到藏区来做生意?你家里还有些什么人?"

赵子龙把脸避开:"都这时候了说这些有用吗。"

赵妈走到他们身边:"赵子龙啊,我总觉得我在哪里见过你。"

赵子龙瞟了她一眼:"赵妈,世界上长得像的人多着呢。"

"不对,我应该见过你。"赵妈摇摇头,"可就是记不起来在哪里见过。人老了,记忆力实在不行了。"

"你别老走动好不好?"赵子龙烦躁地,"晃得人眼晕。"

赵妈端详着他,突然说:"好,你就坐在那里不动。"

"你要干吗?"

"坐着啊,一会儿,一小会儿。"

赵妈不再说话,从旁边的货架拿起莲姐的一本工作日志,开始在上面写写画画。过了一会儿,她把本子递到赵子龙和杜嘉陵面前:"瞅瞅。"

两人一看,都吓了一大跳。画面上是赵子龙的正侧面肖像,惟妙惟肖,特别是眉头那三道竖纹,传神至极。

"赵妈,你是高手啊!"杜嘉陵由衷地赞叹。

赵妈微笑着:"像不?"

赵子龙把画拿过去,端详着,过了一会儿,他抬起头来,目光狐疑而阴郁:"你怎么会画像?"

赵妈又笑了一下:"你就说像不像。"

赵子龙又看了一会儿,把画像扔到一边。

人们围了过来,捡起画像,都惊叹着。晴晴放下手里的书本也跑过来:"奶奶,你会画像?天哪,真像!"

赵妈笑了笑:"奶奶以前是美术老师。"

"哦，奶奶，你太棒了！"

赵子龙挨到一边去，在角落里默默地坐了下来。赵妈望着他，嘴角的笑容消失了。

杜嘉陵走到他身边，站着说："我不反对你挖通道，但是得找到一个真正能通到外界的通道出口才行。"

赵子龙看了他一眼："我还是那句话，只要功夫深，铁棒磨成针。听说过囚犯越狱的故事没有？就是十米深的牢底，也能挖出去。"

"你越过狱？"李晓也走了过来。

赵子龙脸色一变，扭过脸去。

杜嘉陵说："我知道。但那是挖了多少年的，有人给他们送吃的喝的，三餐不缺。我们的食物很快就会吃完的。"

赵子龙站起来："那你说怎么办？"

"找薄弱环节，打通它。"

"这里是地下一层，只通往地狱。"

三个人都沉默了。

过了一会儿，杜嘉陵指着赵子龙腰上的包："你那里面有什么贵重东西？怎么从来不放下来？你还担心这里有小偷？"

赵子龙往旁边让了让，没理他。

杜嘉陵叹了口气："我现在倒是希望来一个小偷，不，来一打，那至少我们这里还是有通道的。"

李晓说："我们这里要是有人懂建筑就好了，知道房屋结构，知道通风口在哪里，知道从哪里可以下手。"

杜嘉陵站起来："找工具，想办法打通道！"

"啊？"李晓和赵子龙都叫起来。

旁边的地铺上，何亮发出抑制不住的呻吟。

晴晴跪在他身边，声音里带着哭腔："爸爸，你怎么样了？你很疼吗？爸爸！"

何亮已经说不出完整的话。

晴晴对着吕文静大声说："都是你！都是你！是你把我爸爸害成这样的！"

吕文静直着脖子，对着蜡烛理着已经纠结成一团乱麻的长发："我要洗头，我要洗澡，我已经一万年没洗头了……"

晴晴继续转向父亲："爸爸，你不要这样啊，我好怕啊……"

赵妈慢慢地挪了过来："来，让奶奶看看。"

莲姐把蜡烛移过来，赵妈仔细地看了看何亮的脸色，不禁皱起眉头："不行啊，他在发烧！"

杜嘉陵和李晓都围了过来。

杜嘉陵摸了摸何亮的额头，果然，烫得吓人。他的心往下一沉。

"至少是三十九度，没有退烧药啊，怎么办？"

莲姐不等赵妈吩咐，已经用矿泉水濡湿一条毛巾拿了过来，盖在何亮的额头上。

"先这样降温，再想办法。"

"我们这里怎么就没有一个医生？"赵妈叹息着，"这样下去不行啊。老罗，你的伤怎么样？"

"我还好，暂时没事。"

"唉,那就好,可何亮怎么办?"

李晓在屋子里走了几步,杜嘉陵也跟在他后面,突然,他站住了,走到李晓面前:"给我。"

"什么?"

"刀,我给你的刀。"

李晓瞬间就明白了,摸出了一个物件,举到杜嘉陵面前。正是杜嘉陵在超市门口给他的那把军刀。

"你的意思是,做手术?"

"神仙也不可能在这种情况下做手术。我有个疯狂的想法,把他伤口里的碎玻璃、灰尘、碎屑和腐烂的肉挖掉。不然的话,他的左手难保。"

"你以为这是给牲口挖脓疮?"李晓摇头。

"就是牲口也不能这么干。如果失血过多怎么办?"强子说。

"他那是在肩膀上,血管应该不会很多吧。"杜嘉陵自己也很不自信。

"真是太疯狂了。"

"战场上怎么办?炮火连天,血流成河,难道还等着你无菌操作?"

"至少人家有麻醉剂,还有军医。"

"那你说,我们到哪里去找麻醉剂?或者,你给我找一个军医来看看?"

"我不怕痛。"何亮撑起身子,"我受得了。"

李晓和杜嘉陵都呆了一下,一起回到他身边:"你确定你不怕?"

"你们敢做,我就敢当。"

李晓和杜嘉陵倒愣了一下,李晓试探着问:"我们只是想把你的伤口清洗干净,里面东西太多,碎玻璃渣子、尘土,这些脏东西在里面,根本没办法愈合。"

"我知道,里面都快生蛆了。搞吧。"

"我们还想把腐烂的肉挖掉……但是没办法缝合,你一定要想清楚。"李晓盯着他的眼睛。

何亮笑了一下:"难道还有别的办法吗?"

"缝合?用针线,缝衣服的针线。"莲姐在旁边补充。

杜嘉陵和李晓瞪大眼睛。

何亮再点点头:"原始人还用骨针呢,用树皮缝合。"

莲姐凑过来:"我有针线,放在超市里的,备用,而且你运气好,我喜欢十字绣,随身带着活计,用的都是最小号的绣花针。"

何亮挣扎着坐起来:"出去以后我付你们双倍的手术费。"

莲姐热心极了:"你放心,他们会严格消毒的。那个……吕老师,你同意不?"她转头望着吕文静。

吕文静倒是很淡定。

"那是他的事。"吕文静抱着胳膊,"他同意就行。"

莲姐继续淡定看着何亮:"看来只有这样了。何亮,你忍忍。你瞧,我身上那么多伤,还不是自己好的,没事的,他们是为了救你。"

何亮看了她一眼,点头:"放心,我没事。"

"是男人就要对自己狠点,我相信你。"

杜嘉陵被莲姐的想法吓住了，站在那儿一时没有反应。

"不行，我不要你们杀我爸爸！"晴晴扑过来抱住何亮，"你们不是医生，我妈妈才是医生！"

杜嘉陵："晴晴，这是没有办法的办法。如果不这样做，你爸爸很可能有生命危险，你懂吗？"

晴晴的大眼睛里泪水在滚动："他会疼……"

何亮把她拉开："爸爸是男子汉，爸爸不怕。"

水竹把晴晴拉到了另外一个角落里。

"真要用缝衣针？"杜嘉陵望着李晓，李晓张着嘴巴，没有回答。

"我都不怕你们怕什么？"何亮说，"都什么时候了，上！"

"我想，我们简单处理一下，等出去了有正规医生，就好办了……"李晓对杜嘉陵重重地点点头。

杜嘉陵看了看周围，几个人都期待地望着他。

那是所有人永生难忘的一刻。何亮平静地坐到烛光下，李晓提来一瓶剑南春，慢慢地倒下去，替他一点一点地冲洗掉伤口里的脏污，再用消过毒的刀尖剔去血肉里的杂物。何亮咬着牙，脸部已经扭曲了。这边，晴晴被水竹搂在怀里，水竹用一只手蒙着她的眼睛，晴晴的胸脯一抽一抽地。

李晓先把莲姐的绣花针线也用白酒浇上，再把军刀拿出来放在蜡烛上烧烤。

李晓望着杜嘉陵："你来？"

杜嘉陵的手在颤抖："这个……你可能比我合适，你有户外经验……"

两人对视着,李晓的手也在颤抖。突然,一只手把军刀接了过去,是赵子龙。

杜嘉陵大喜过望:"赵子龙!"

赵子龙抢过李晓手中的针线扔到一边,看都不看他们一眼,提起那瓶白酒倒在两手上使劲搓洗,再把刀片也消了毒,对着何亮说:"忍着点,我会在最短的时间内完成。"

何亮闭上眼睛,把脸扭到一边。

在赵子龙动刀的时候,整个超市里响起了何亮那悠长而尖厉的惨叫,但是时间不长,很快,他就晕了过去。

腐肉清理完了。赵子龙的动作简洁明快,专业性很强。合于桑林之舞,乃中经首之会。

李晓和杜嘉陵心中的景仰如黄河之水滔滔而下,连何亮的昏迷都搞忘了。两人望着赵子龙,仿佛看到华佗再世,仲景重生。

赵子龙轻描淡写地说:"好了,能切的都切了,伤口现在很干净。我们但尽人事,其他的,就看他的造化吧。"

李晓咕噜着:"不缝合?"

"用线缝?"赵子龙说,"你们真想让他早死?"

强子也说:"那不行,我们刚刚清理了异物,不能再让异物进去。"

赵子龙点点头:"懂事孩子。"

杜嘉陵点点头:"先这样吧。我们尽快出去,争取。"

何亮慢慢醒来,脸色惨白,头上布满了豆大的汗珠。他望着赵子龙:"兄台以前是杀猪匠?"

赵子龙点头:"兽医。"

何亮吁了口气,又闭上眼。

赵妈远远地望着,脸上掠过一丝奇异的表情。

赵子龙走到一边,一个人递过来一包烟。是老罗。

老罗眼里有掩饰不住的感激:"老赵,谢谢你。"

赵子龙把烟推开:"不会抽,谢谢。"

"有你在,我们心里就踏实多了。"

"我只是当过一段时间兽医。"

"兽医也是医。"

一双小手举着一串千纸鹤,递到他面前。是晴晴。那是她自己叠的千纸鹤。

晴晴:"叔叔,谢谢你!"

赵子龙一怔,直视着他。

晴晴踮起脚尖,突然在他的额头上亲了一下,然后又跑开了。看样子她还是很怕他。

赵子龙手里举着那串千纸鹤,有些发愣。

晴晴跑过去看她爸爸了,赵子龙站在那里,所有人都对他投来了钦佩的目光,他有些不习惯,赧然低下头。

不知是谁,带头鼓起了掌。掌声不很整齐,但很热烈。

赵子龙愣住了,他抬起头,望着众人,眼睛里有了隐约的泪水。他找个地方坐下来,躲开众人。

下午,吕文静坐着给何亮换头上的毛巾,杜嘉陵、强子和老罗等人在研究地下室的布局。

李晓在拨打手机,手机屏幕突然闪烁了几下,然后就黑了屏。李晓有些张皇，对杜嘉陵说："没电了！"

所有人都回过头来，很多人眼里露出了深重的恐惧和忧虑。

杜嘉陵："还有几个手机有电？"

"两个。"

杜嘉陵转向吕文静和老潘："你们俩的手机呢？还有电吗？"

老潘戒备地望着杜嘉陵："你想干什么？"

杜嘉陵："还有电没有？有电的话，节约着用。"

老潘："不用你管！"

老罗转向吕文静："吕老师……"

吕文静很干脆："完了，昨天就没电了。"

"叫你省着点打，你……"

"我自己的手机，我想打就打。"

老罗摇摇头。

杜嘉陵脸色一暗："那……好吧，我们现在还有两个手机，李晓，不要再打了，千万千万保持最后电量。"

李晓迟缓地点点头。

莲姐："杜书记，还有个事……"

杜嘉陵转过身来："怎么了？"

莲姐："蜡烛，只剩下三根了……"

杜嘉陵脸色更难看了，他低下头，走到一边坐下。

晴晴走了过来，抱着他的膝盖："叔叔，没事，我们休息的时候可以吹掉蜡烛，不一定要光的。"

杜嘉陵笑笑："是，叔叔知道了。"

莲姐把蜡烛吹熄了。

超市里一片黑暗。

九指儿的声音颤抖着传来:"奶奶,我们快死了吗?"

赵妈没有回答。

九指儿继续呻吟着:"死了吧,死了吧,我再也不想这么黑了,妈妈……"

众人在黑暗里再次坠落深渊。

正在这时,在他们身后突然传来一阵嗞嗞嗞嗞的声音,隐约有电台的播音传来,所有人都惊住了,猛地回过头来,是老潘!老潘正在摆弄一个手持收音机,那声音正是从收音机里传出来的!

九天了!九天以来他们第一次听到外界的声音,所有人都因为震惊和狂喜而扭曲了面孔。

杜嘉陵扑到老潘面前,老潘发狂地举着收音机,在黑暗中寻找着更强的信号。

"我听到了!我听到了!"老潘把收音机抱在怀里,泪流满面,"是电台!电台的声音!"

"听众朋友们,这里是成都人民广播电台新闻频率'我们在一起'直播节目,"电台里传来了非常清晰的女播音员疲惫沙哑但仍然亢奋的声音,"我在成都向您播报:自五月十二号下午两点二十八分发生地震以来,目前向社会征集的五百辆大客车、六百辆大货车用于救灾,半个小时就在成都茶店子、金沙、北湖车站集结,车辆征集数已满足需要;十三日凌晨一点我们又应市交委要求播出了需要大量出租车集结运送都江堰伤员的信息,播出消息十多分钟后,去都江堰的高速公路入口即被大批出租车堵死。由于当时交警尚未接到放行通知,有司机将此情况通过热线反映,电台立即反馈给相关部门,很快成灌高速开始免费通行。

"截至五月二十日,征集的社会挖掘机、破碎机、千斤顶、重型吊车已经基本满足需求,但仍有车辆源源不断向灾区开来,为了让出救援通道,请各位车主暂缓前往……

"喂,你好,请问你是……?这位听众,你好……

"我是新都的李海波,我有三十亩蔬菜基地,每天出产三千斤黄瓜和番茄,这些蔬菜可以生吃,快捷方便,希望能提供给灾区。

"好的,灾区人民太感谢您了,请问您可以自己送货吗?如果不方便,我们会帮你联系车队,还有送货单位。

"我有一批朋友,他们都有车,他们会帮我把蔬菜送过去……

"主持人,主持人,我是一个货车司机,我在江油至成都的路边发现一个孕妇处于困境,需要马上救援……

"好的,我们马上帮你联系……

"你好,我是春熙路商会工作人员,我姓刘,刚刚听到节目说有孕妇需要帮助,我是江油人,我马上找江油的熟人进行搜寻,我们一定找到她,看她情况如何,请放心,无论如何我们都要找到她,把她安全送到医院……

"亲爱的听众朋友,这几天来彭州、阿坝、广元、绵竹等各地政府都拨打成都电台热线,告知当地灾区所需的救灾物资种类、数量等信息、消息播出后,源源不断的物资供应者,如九鼎药房、永乐电器、国美集团、置信集团等迅速和电台联系，提供了十几万到数百万不等的急需物资送给相应受灾地区。截至目前，已经发送二十四车次，运送救灾物资二十余吨。

"听众朋友们，各位车主，这里是成都交通广播电台，这里是成都交通广播电台，今天，私家车驾车去灾区的志愿者越来越多，灾区的道路本来就损毁严重，巨大的车流量造成了大片路段拥堵，在一定程度上干扰了政府和军队救灾行动。现在播报成都电台记者在了解清楚道路交通应急管制通告以及路况现状后，开始滚动播报市公安局关于道路交通紧急管制的公告，请大家注意收听广播，随时关注最新播报信息……"

主持人的声音时而清晰，时而中断，但大致意思都听明白了。

所有人都如雕塑一般凝固在那里，没有一丝声音，狂泻而出的泪水在每个人的脸上奔涌。

"八级，汶川……那么多人死了，那么惨，那么惨……整个川北，全完了，原来不止我们十三个人被埋……"老潘喃喃地，一双浑浊的泪眼望着众人，嘴里喃喃自语。

"不知道我家倒了没有，天哪……"赵妈的泪水流进嘴里，她也没有擦。

"天哪，天哪……"莲姐掩住嘴，哭得上气不接下气，"我的小叶子，小飞，你们在哪儿……"

老罗把头抵在一个货架上，闭上眼睛，嘴半张着，无声地饮泣。

水竹望着强子，强子把她揽到怀里。水竹的泪水浸湿了强子的前胸。

所有人都陷入巨大的震惊和痛苦之中，但是，主持人的声音又给了他们新的信心和振奋。

"我们在一起……

"我们在一起……

"等着我，我正在赶来，我要找到你……

"不抛弃，不放弃，请你相信我，我们在一起……"

电台里的声音让他们重新充满了光芒和希望。

杜嘉陵擦掉眼泪站起来："是的，地震，大地震，但是，政府在救援，部队在救援，全中国都在救援，全世界都在关注，我们不孤单。我相信，此刻，外面一定有无数人在日夜奋战，就是想着要把我们救出去，朋友们，不要绝望，不要害怕，我们会得救的，相信我，相信自己！"

杜嘉陵把手伸出来，举在半空中，再默默地伸向身边的李晓、老罗、莲姐和水竹等人。大家群情激奋地站起来，走到一起，所有的手握在一起，每个人的眼睛里都流露出亢奋、希冀之光。

"电台的信号有了，手机的信号也应该有！"李晓大声叫着，所有人都迅速围过来，看着他拨打电话。

李晓颤抖着拨出了110的电话，没有信号。

他再拨打119，没有信号。

他绝望地抬头看大家，众人的脸色凝重如死灰。

老潘焦虑地一把夺过手机，拨打了他家里的电话，仍旧没有信号。

所有人都呆住了。

老潘盯着手机："怎么可能？怎么可能？！"

李晓长长地吁了口气："很可能是民间的HAM。"

"什么意思？"

"这里还是信息孤岛。官方的无线电电波传不到我们这里，刚才的收音机信号很可能是业余无线电爱好者用短波的频率发布消息，被我们收听到了。他们是发烧友，每个人都拥有一个国际上独一无二电波呼号，在技术层面上，他们的专业程度甚至可能超过军队通信兵。"

"你就不能讲通俗点儿？"老潘望着他。

"我们登山队就有一个HAM，我知道他们一些神通。"

"也就是说我可以收听到他他没办法联系上我？"老潘又要暴怒，"那有什么意思？还是没有用！"

"至少我们知道上面的情况了，这简直太好了！"杜嘉陵说，"大家不要担心，事情在好转，政府不会不管我们，我们现在的问题就是想办法和上面取得联系，要让他们知道我们还活着，希望就在前面了！大家要有信心！"

老潘一听，拿出自己的手机转身就往废墟里跑。

"你干什么？"赵妈喊着。

"我看看其他地方有信号没有！"

老潘举着手机在不大的空间里到处尝试着，但结果很让他失望。

众人重又坐下来。

老潘回到人群里，面露凶光，眼神疯狂，他怒视着众人，突然举起手机，正想往地上一摔，但还是舍不得，又收了手，沮丧地坐下来。

杜嘉陵把老潘丢在地上的收音机拿起来，众人围在他身边如饥似渴地听着。

突然，一则消息吸引了他们的注意：

"听众朋友们，现在，灾区各大医院都收治了大量伤员，还有大量、受伤严重的伤病员正在往成都、重庆的大医院转运，全国各大医院的救护医疗人员也迅速集结灾区。在受灾最严重的地区之一色当县，县人民医院所有的医护人员已经极度劳累，自十二号地震以来，他们已经连续几天几夜没有休息，日夜奋战在手术室、病房里，力争要抢救出更多的受伤群众。下午，武警某部官兵在色当最边远的村寨木勒尔寨抢救出一批受伤的羌族群众，他们把伤员送到了县医院，记者也跟随前往。在这里，大家却看到了令人感动而揪心的一幕，县医院外科主任钱月月，一位已经连续五天五夜没有合眼的外科医生因劳累过度突然晕倒在手术室里……"

所有人一下子发出了惊讶的低呼。晴晴先是愣了一下，接着发出一声尖厉的大叫："妈妈！妈妈！"

何亮惊呆了，僵直在那里，双手不自禁地颤抖起来。

"妈妈呀！"晴晴泪水奔流，"那是我妈妈！"

赵妈把她搂在怀里："晴晴，晴晴！"

后面的信息突然一下子中断了，传来嗞嗞的杂音。

何亮把收音机抢过去，抱在怀里。

记者的现场声音又响起来："我们正在手术室等候着钱医生的抢救信息，我们所有人都在为她祈祷。钱医生，我们盼望着你快点醒过来，因为，还有那么多人等着你去救，还有那么多伤员等着你做手术……"

记者没忍住，在现场哭了。

现场传来很多人的哭泣。

水竹和莲姐也哭了。

正在这时，突然一阵噪音，信号时断时续，人们又等了很久，播音中断了。

人们长久地沉默着。

何亮抬起头来，杜嘉陵看到他泪流满面。杜嘉陵把收音机拿过来，默默地拍拍他的肩膀。

何亮伸出手，要抱晴晴。晴晴仇恨地望着他，把脸扭开。何亮低下头，肩膀无声地抖动。

吕文静的手抠进地下的泥土里，嘴角扭曲。

赵妈扯起衣角拭泪："钱医生，你可一定要好起来，钱医生……"

晴晴失神地："妈妈一直很累，其实，上个月她就已经昏倒过一次了……"她抬起头，指着何亮，但此次声音却很柔和，也很平静，"爸爸，你知道妈妈为什么会昏倒吗？"

何亮抬起头，眼睛里有着无比的羞愧。

"我妈妈她太累了，她太累了……你以为她不知道你和那个人的事吗？"她摇了摇头，"妈妈从来就相信你，从来不会想到你会骗她……有一回，你带那个人……你带她去那个小医院，被妈妈的同学李阿姨看到了……后来，妈妈就要求加班，她天天值夜班，天天值夜班……爸爸，你到底为什么要那么做？你为什么要杀死妈妈？"

她再转向吕文静:"就是你们俩,合起伙来折磨我妈妈。我饶不了你们,我长大了要为妈妈报仇!"

屋子里没有声音,众人都不再看何亮。

过了很久,何亮突然站了起来,踉踉跄跄地走到赵子龙挖掘的地方,拿起赵子龙丢在那里的不锈钢棒子,发疯似的挖起来。

众人看着他,正在不知所措,突然,吕文静爆发出一阵疯狂的笑声,那笑声在地洞似的屋子里响起,令人毛骨悚然。

"哈哈哈!"她站了起来,披散着已经脏得不成样子的长发,长长的衣服也已经破碎不堪了。她指着何亮,又指着晴晴,脸上的肌肉抽搐着,声嘶力竭,"你们都是好人,是不是?你们都是无辜的,只有我是坏人,是不是?你们都看着我干什么?我是魔鬼?我是巫婆?我破坏了他们的家庭?我来告诉你们,我告诉你们他们是什么人,何亮,何大老板,你是怎么起家的?你还记得吗?你手上都沾染了什么?是血!那些矿工们的血!什么企业家,什么政协委员,什么好爸爸,狗屁!你利用职务之便,在管理矿山的时候用贪污来的钱开了煤矿,然后压榨矿工的血汗,违规操作,出了事故又瞒报灾情,瞒报死亡人数。你说,你的钱哪一分是干净的?哪一分钱没有矿工们的血?"

她走到何亮面前,去拉何亮,何亮一把把她甩开。

吕文静退后一步,又笑:"你嫌弃我了?你现在不要我了?当初是怎么求我的?怎么在我面前下跪的?"

众人已经不忍卒听,只有九指儿含着指头呆望着她。

赵妈说:"晴晴,来,奶奶带你到那边去。"

晴晴把她的手拨开:"我哪里也不去。"

赵妈:"晴晴,大人们的事儿,孩子可以不听。"

"他们说的事儿都是我的事儿。"

赵妈望着何亮:"何亮,你制止她啊!你不要让她再说下去了!晴晴还小啊,你们于心何忍啊!"

晴晴说:"奶奶,谢谢你,我不怕。"

何亮像是没听见一样。

赵妈走到吕文静面前:"吕老师,你安静一下,来,坐我这儿,来,让赵妈抱抱你,瞧,你都成什么样儿了。"

吕文静也像没听见一样,拨开赵妈的手。

"别管我,反正从来没有人管我。我妈不管我,我爸也不管我,我从小就是一个人,没关系,没有你们任何一个人我都能行,我怕什么呀……"

杜嘉陵走到吕文静面前:"吕老师,你累了,又渴,喝点水,来!"他把一瓶水举到吕文静面前。吕文静转过眼珠来望着他,像不认识一样,目光定定的,杜嘉陵的目光里充满了担忧和关切。吕文静接过水去,使劲喝了几口,转过身又去扯何亮,何亮还是把她拨开,继续挖掘。

吕文静不以为忤,笑着:"你以为你骗得了我?我求你离开这里,我一再求你,我什么都不要了,钢琴学校、学生、名声、钱,我什么都不要了,就要你跟我走……那天你终于答应了,哈哈,你愿意跟我走了。天哪,我差点就相信了,我信了你……你是真心跟我走的吗?"

何亮一下子停止了动作,转过身来望着吕文静,举起手里的棒子就要打过来,但终于还是停住了。

"你不敢,你害怕,你是个胆小鬼!你根本就不是想跟我一起走,你是想逃离,你的企业出问题了,透水事故有人举报了,安监局到处在找你。再也藏不住了,你想逃跑,你不想坐牢,是不是?"她厉声吼着,"你拿我当幌子,是不是?!"

众人呆了,晴晴也呆了。

吕文静转过身来望着大伙:"还有,你们天天夸的那个钱月月,那个救苦救难的观世音菩萨,她什么都得到了,老公、孩子、名誉、地位,她还想要什么?贪得无厌!凭什么她都有,我什么都没有?她哪点比我强了?我讨厌她,我恨她!我恨她!"

晴晴扑过去要打她,莲姐一把抱住了晴晴。

晴晴握紧了小拳头,眼睛里要冒出火来。

赵妈望着吕文静,喃喃地:"疯了!她疯了!"

吕文静转过身来走到晴晴面前:"你以为你爸爸是个好人?他矿上出事了,想和我一起逃跑,哈哈哈!天意!天意啊!他往哪里逃?你看他现在往哪里逃?"她转向众人,一张脸上空洞而狰狞,"无路可逃了,我们都无路可逃了!他要去坐牢!他跑不了!"

晴晴把脸埋在莲姐怀里:"阿姨!我怕!"

莲姐把她紧紧地搂在怀里。

赵妈拍拍她的肩膀,对吕文静说:"文静,你累了,坐下歇歇,来,乖啊!"

吕文静没有坐,而是再次走到晴晴面前,一把把莲姐推开,把晴晴的脸握住,再扭过来,强迫她面对着自己。

何亮再也忍耐不下去了,扔下棒子走过来一把拉住晴晴:

"你放开她！晴晴，来，到爸爸这儿来！"

吕文静一把扯住晴晴，一双眼睛死盯着她："何晴晴，小天使，你真可爱，你干了什么你知道吗？你的外表真漂亮，你的内心呢？你这个小巫婆，你的内心是什么样子的？你妈妈知道吗？你爸爸知道吗？"

晴晴挣扎着，大声尖叫："你放开我！你放开我！"

何亮要来抢晴晴，吕文静一把把他也揪住："你想不想听一个秘密？一个故事？嗯？"

何亮哀求着："文静，我错了，求你，求你放了晴晴，她还只是一个孩子，所有的错都是我犯下的，所有的罪我来受，你放了她，她是无辜的，求你……"

吕文静再次爆发出一阵大笑："孩子？她还只是一个孩子？我告诉你，我来告诉你她是一个怎样的孩子……还记得我们的孩子吗？你知不知道我们的孩子是怎么没的？是她！是她这个妖女！"她把晴晴扯到何亮面前，咬牙切齿，"那条狗是怎么放出来的？嗯？我问你，那天那条狗是谁放出来的？！"

晴晴避开她的逼视，大声叫着："我不知道，我不知道什么狗……"

众人一悚，都屏住了呼吸。

吕文静继续笑着，声音很轻柔，像是在讲一个故事："去年元旦节那天晚上，我和你见面后回家，走到三道拐的大石梯的时候，正在下台阶，突然从右边的大槐树下蹿出一条大狗，也不出声，冲着我就来了，那突如其来的一吓把我吓了个半死。那狗撞了过来，我没站稳，就滚了下去，沿着石梯子滚了下去，五十多阶啊……何亮,我们的孩子就没了,三个月的孩子啊,没有了啊!"

她哭了起来,无比凄惨,无比伤痛。

人们怔在那里,没有人说话,也没有人动作。

何亮的手在颤抖。

他伸出手去,抚摸着吕文静散乱的额发。吕文静立刻像抓住救命稻草一样抓住他。

"你知道那条狗是怎么来的吗?想不想知道?想不想?"她逼到他脸上去。

何亮竭力避开她,摇着头:"已经这样了,别再去想那些事了。"

"我来告诉你是怎么来的,"吕文静吃吃笑着,把嘴凑到何亮面前,"后来我查到了,把我伤成那样的狗,我怎么会放过它?等我出院后我去了大石梯,我在那儿等了五个晚上,终于等到了……那是我们学校初三学生秦小光的狗。秦小光,暗恋你家晴晴已经整整一个学期了,何晴晴让他把狗埋伏在暗处再一下子放出来,这件事应该不难吧?"

何亮瞬间呆住了,慢慢地,他把头转过来,盯着晴晴,像看着一个陌生人。

"晴晴?!"他不相信地望着女儿。

晴晴昂着头,也回瞪着他。

"你……"何亮的脸都扭曲了。

晴晴的眼睛里并没有一丝畏惧。

"然后,你让他亲了你,对不对?我看见了,哈哈,我一切都看见了!"吕文静把晴晴推到何亮面前,"瞧瞧,你的小淑女,你的小天使!魔鬼!她才是魔鬼!"

何亮瞪圆了眼睛,对着晴晴举起手,晴晴望着他,泪水就下来了。

众人皱着眉,听着这匪夷所思的故事,只觉得心都在颤抖。

何亮望着已经呈现半疯癫的吕文静,再指指低垂着头的瘦小的晴晴,欲哭无泪。他跪下来,用右手的拳头无声地捶打着尘埃。

莲姐走到吕文静身边,把她扶坐下来,替她把衣服理好,吕文静疲惫地把头靠在她肩膀上,喘着气。

莲姐扶着她,吕文静摇头:"我好累,姐姐。"

莲姐点头:"好,你休息一下,好好睡一下吧,姐在这儿呢,放心。"

吕文静闭上眼。

晴晴伸手望着赵妈:"奶奶……"

赵妈把手往后缩。

"奶奶!"晴晴再喊。

赵妈摇头:"别过来!"

晴晴哭了,哭得上气不接下气,很委屈,很伤心。

赵妈叹了口气,伸出手。

晴晴跪在地上膝行过来,扑进她怀里。

晴晴:"奶奶,我怕!"

赵妈抱住她,拍着她的背,老泪纵横。

"再也不要这样了,怎么可以这样,我的心肝啊!"

晴晴伏在她怀里，哭了。

"我也不想的，奶奶，我也不想的……"她哭得上气不接下去。

莲姐也在抹眼泪。

水竹慢慢地走到晴晴面前，扶着她的肩膀。

水竹瞪着吕文静："不怪她。"她轻轻地、但是无比清晰地说，"如果是我，我也会这样的。是你先做错了，是你先欺负人家小姑娘，欺负她妈妈，如果换作我，别说你的孩子，连你也一块儿弄死！"

众人抬起头，望着水竹，都愣住了。

水竹一字一顿地："你作了恶，总得有报应的。没有报应，天老爷就不公，就不正！就没天理！"

吕文静望着水竹，突然一下子跃起来，张着双手向水竹扑去。就在她的十指要插入水竹眼睛的时候，强子一下子把水竹拉开，吕文静扑倒在泥地上，摔倒了。

众人望着她，谁也没有作声。

水竹的脸抽搐着，强子把她紧紧地箍在怀里。水竹反过身来扑到他怀里，嗷嗷哭了。

过了很久，只听九指儿咳了一声，使劲鼓掌："好，好！每天都有这样精彩的故事，就有救了！大家就不怕了，过瘾！好听！给点掌声啊！"

众人瞪着他，九指儿突然指着吕文静和何亮、晴晴，再指着大伙，大声狂叫："都他妈的疯子！疯子！疯子！"

老潘下意识地抓起一块面包，大口大口地吞咽着。

赵妈没有任何阻止的动作，只是流着泪摇头。

光头也在吃东西，他艰难地咽了下去："我想吃菜。小白菜，青油菜，菠菜，豌豆尖……我已经拉不出大便了。"停了一下，他抓起地上的一块砖头向何亮砸去，"都他妈是你惹的！去死吧！"

何亮没有躲避，背上硬生生地挨了一砖头。

老潘呸了一声："报应，都是报应！"

吕文静慢慢地爬了起来，走到何亮身边。何亮跌坐在地上，吕文静望着他，何亮伸出手，吕文静跪倒在他面前。

何亮把她搂在怀里。

李晓喘着气，靠在暗处，呻吟着："你们别折腾了，反正都是要死。都得死，出不去都得死……"

强子抱着水竹，喃喃地："是的，都得死，都得死……"

强子一下子推开水竹，大声说："谁来告诉我，我们到底犯了什么错？老天爷，你到底要把我们困到什么时候？"

他指着天花板，大叫着："夏德旺，你在哪里？夏德旺！"

周围没有声音，强子哭了，跪下来："爸爸，我错了，我不该不听你的话，我错了，你来救我，救我啊！爸！"

众人不作声，水竹蹲下身子，把他揽在自己怀里。强子没有拒绝。

李晓呻吟着靠到杜嘉陵身边："给我一碗菜吧，我也不行了，我已经几天没有解大便了，你给我菜，我把命给你……"他的声音很虚弱，人也快昏迷了。

杜嘉陵摇晃着他："李晓，李晓，你怎么啦？你不能倒，别人都能倒下，你不能……"

李晓摇摇头："为什么我不能？为什么我就该特殊化？我快撑不住了，我他妈也是人……"

他的意识越来越迷糊，最后，靠在杜嘉陵身上头也歪到一边。杜嘉陵摸摸他的脸，烫得吓人。

"你生病了？"杜嘉陵的心陡地往下掉，大声说，"你在发烧？"

李晓不答。杜嘉陵把李晓放平，叫莲姐拿来毛巾濡湿了盖在他头上降温。

老罗大声叫着："李晓，李晓！"

李晓没有回应。

老罗说："杜嘉陵，你好好看看他，他不能倒下，他是专家，他知道怎么出去……"

杜嘉陵的心一阵阵下坠。李晓是他最得力的助手，他知道李晓有病，但他一直撑着，一直都很坚强。没想到他早就不行了，现在病得那么厉害。

杜嘉陵的心一下子乱了。李晓如果出了什么事，那他一个人怎么撑得下去？

这时，吕文静突然摸到李晓身边，紧盯着杜嘉陵说："他有刀。"

"什么？"杜嘉陵有些不明白。

"他有一把刀。"吕文静伸手到李晓身上去摸。她眼眶深陷，脸上妆乱得一团糟，人又干瘦，看上去丑得吓人。

她把李晓的刀摸了出来，正是杜嘉陵送给他的那把瑞士军刀。吕文静把刀拿在手上把玩着,掰开一把刃,眼睛里放着光:"好漂亮!我喜欢!"

"你想干什么?"杜嘉陵把刀夺了过来,"这刀利着呢,不能瞎玩!"

吕文静:"我喜欢刀,你瞧,他用不着了,给我吧!"

她看上去已经不像一个正常人了。

杜嘉陵不敢太刺激她,只好说:"吕老师,你累了,好好歇着,明天还有很多事要做呢。"

"我们没有明天了,就今天,没有明天了,你就给我玩玩嘛!"

吕文静伸来手抢,杜嘉陵把刀揣进自己裤袋里:"不早了,你先睡,先睡啊!"

吕文静嘟着嘴走到一边,杜嘉陵望着她,心里又恐惧又担忧。吕文静已经呈现出一种疯傻状态,茫然而幼稚,像个小孩子一样。她坐在那里,一下一下地点着头,何亮现在连自己都顾不上了,或者,他根本就没有任何心思再集中到吕文静身上。这就是两个曾经爱得死去活来的人,现在他们在死亡的阴影下只剩下了单纯的求生欲望。杜嘉陵突然想到田小兰。田小兰也曾经像吕文静这么投入吧。她那么爱马知路,那么爱。一想到她抱着马知路在床上翻滚,杜嘉陵一下子呕了出来,连胆汁都呕出来了,苦得他差点窒息。

不行,一直到现在他还是不能对田小兰和马知路释怀。田小兰,你为什么要背叛我呢?

看着吕文静和何亮,他冷笑起来。田小兰和马知路要是被压在这儿，估计比吕文静何亮也好不到哪儿去。马知路不会管田小兰的，而杜嘉陵，他可以为田小兰死。

一想到这里，他的泪水又出来了，无比酸苦，无比悲愤，无比委屈。

要怎么样，才能把这屈辱抹掉，把这愤怒释放？

也许，这次地震是最好的良药，死亡能解决一切。死了还好说，一了百了，所有的屈辱、愤怒、悲伤可以完全删除，但是如果能活着出去，那还真不知道该怎么样面对剩下的人生。和田小兰离婚解决不了真正的问题。现在，他很羡慕那些从爱转恨最后离婚的夫妇。他们多好，没有爱了，只剩下恨，多单纯，多利索。

田小兰应该没事。她不会像他这样被关在地下。她一定活得好好的，马知路也会活得好好的。他们的女儿也会活得好好的。杜嘉陵突然想笑。人生没有什么秩序，也没有什么因果，只有混乱和荒谬。

但是，现在李晓不能死。

杜嘉陵看了看周围，光头靠在地上，眼睛盯着天花板，空洞无神。何亮一直在挖地道，他机械地搬动着大门口任何能搬动的东西，想方设法打通一个出口，周围的一切好像完全没有影响到他，他只是在那儿行动着，任何人的劝阻都起不了作用。他不再关心晴晴，也不再关心吕文静，他变成了另一个光头。赵妈搂着晴晴，在昏暗的灯光下一动不动。强子靠在水竹怀里，没有一丝生气。杜嘉陵望着老罗，老罗半闭着眼睛，好像雕塑一样。莲姐、水竹茫然地坐着，也像雕像一样。

他们都在等待着，等待着命运最后的裁决。

杜嘉陵愣在那里，一时间无法可想。

李晓的烧一直没有退，整个人虚脱地靠着墙壁。杜嘉陵靠在他身边："兄弟，你要挺住……"

李晓半睁开眼，微弱地笑了一下："放心，死不了。"

杜嘉陵把一盒牛奶递到他嘴边，李晓喝了一半。强子也靠了过来："哥哥，墙壁太冰，你靠我身上？"

李晓摇摇头："没事，就是烫，冰点好。"

强子："你是什么病啊？为什么会发烧？"

杜嘉陵摆摆手："让他休息，他没有力气。"

李晓笑了一下："没事，我只是太累，又受了寒，感冒，感冒啊，小问题。"

强子："越是这种时候越是要活下去啊！咱们不能倒下，都不能倒下，已经十天了，撑一天是一天，他们绝对想不到咱们还活着，说不定我们会创造吉尼斯世界纪录呢！"

李晓笑着："对呀，你这么一说我更要坚持下去了！老杜，别灰心，我们一起努力！"

杜嘉陵望着李晓突然生动起来的脸，一下子泪水上涌，点点头，哽声道："那是，一起努力，想办法出去！"

赵妈说："对，我们这些人现在一个个都不能再受伤了，也不能再生病，要保存体力，你们要好好休息，别太激动了！"

又一个黑夜降临。蜡烛熄灭了。何亮也终于停了下来，倒地便睡。

16

也不知道过去了多久,在这暗无天日的地下,白天和黑夜已经没有差别。地面突然颤动了一下,人们还没有醒,接着,一阵突如其来的天摇地动再次把人们震醒。

又是一场剧烈余震!

人们都跳了起来,又是一阵恐惧的尖叫,一阵怒骂,一阵没有目的的乱跑乱逃。

等杜嘉陵抖抖索索地把蜡烛点上,在腾起的尘烟里看清楚咳嗽乱撞的人群时,他这才定下心来,还好,人们都还活着。

他大声说:"没事啦,安静!"

人们终于静了下来。

何亮怔了一会儿,又跑到大门部位去徒手挖掘通道。

杜嘉陵知道再怎么也拦不住他,也就任他去了。他点了点人数——奇怪,老潘呢?

他再找,老潘真不见了。

他一激灵,跳了起来,就这么巴掌大的地方,人们想破了脑袋费了天大的功夫都挖不出通道的地方,他能到哪里去?

莫非他上天了?上面有十层楼呢。

老潘蒸发了?

他大叫起来:"老潘!老潘!"

人们这才发现,余震之后,竟然少了一个人。

老罗也急了，大家也躁动起来，再也管不了李晓的发烧、何亮的发疯，开始到处寻找老潘。

最后，一群人在莲姐蜡烛的照耀下停在卫生间的门前。

就在被震垮的卫生间门前，不知道什么时候新垒起了一道障碍，一道用掉落的砖头、木板等杂物堆积而成的障碍，足足有一米五高。老潘血红着眼站在里面，手里举着一支手枪，枪口黑洞洞地对着众人。

莲姐大叫一声，往后退了一步。

人们都呆住了。

再一细看，卫生间里堆积了大量的方便面、矿泉水和其他食物。

老潘把能搬动的食物和水都搬到里面去了，不是他不想再搬，是里面再也没有空间堆放了。

老罗和杜嘉陵都傻眼了。

所有人也呆住了。

他们望着老潘，老潘也不说话，举着枪，手很稳，目光也很稳。

"老潘，别开玩笑，放下枪。"杜嘉陵说。

老潘看都不看他一眼。

"放下枪！"老罗也叫。

老潘毫无反应。

"老潘，你想保命，我们大家都想保命，你多吃多占一点儿我们没意见，但是别玩枪，没有这个必要。"老罗按捺不住了，向他走过去。

老潘稳稳地站着:"别动!"

老罗没有停,他以为老潘只是开开玩笑,他笑了一下继续走。

"我叫你不许动!"老潘大叫着,举枪对着老罗,额头上的青筋暴露无遗,"再动我就开枪了!"

老罗还想说什么,光头一下子扑了过去一把抱住他:"枪里有子弹!"

老罗还想挣扎,突然"砰"的一声,一声清脆的枪响,子弹在老罗脚下炸开,烟尘四起,所有人都惊呆了。老潘狂叫着:"谁过来我打死谁!"

老罗一下子跪倒在地上,杜嘉陵也本能地蹲下了,所有人都噤了声,水竹用手护住头蹲在地上发抖,只有光头冷冷地望着老潘,站立着没有动。

老潘用枪指着众人:"叫你们不要过来,我说过不许过来,你们不听……"

他躲在掩体里,身边是堆积起来的食物和水,像一个保护国土的伟大死士。

老罗抬起头来,想说什么,但只能吐掉嘴里的泥土。

光头抱着手站立着:"你什么时候偷了我的包?"

老潘使劲摇头:"别跟我说话,我现在跟谁也不想说话,别跟我说话,谁都别理我……"

他蹲下来,蹲在那些方便面、饼干和饮料之间,喃喃地低语着:"都是我的,都是我的,你们别想拿走,别想……"

老罗大声说:"老潘,都给你,都给你,你别发狂……"

一干人望着杜嘉陵,李晓说:"老潘,你这不是拿走食物,你是要拿走大家的命，没有吃的，所有人都只有死。"

莲姐也叫起来："不能给他！给他大家都得死！"

吕文静大声叫骂着："你个浑蛋！你不得好死！"

老潘在那儿继续摇头："别跟我说话……我不想理你们，不想……"

水竹尖叫着："你不能这么自私，那是大家的食物，你不能一个人全拿走！"

老潘："我不想死，我得活着，我得活着出去，我儿子还在等我，我管不了那么多了……"

杜嘉陵慢慢地站起来："老潘，听我说，食物管够，你别担心，但你不能一个人全拿走，我们得有东西撑着，才有力气挖出通道，大家同心协力才能出去，才能救你儿子。"

"我不管，这都是我的，别过来，别过来！"老潘举着枪，目光狂乱地盯着杜嘉陵，"你再走一步，我就开枪！"

他怀里搂着很多饼干，拿枪的右手在哆嗦。

杜嘉陵停住了："老潘，你出来，我们分给你，给你分最多的。这里我说了算，你放心。"

"你以为我会相信？我不相信！老天爷都不可信，你算老几？"老潘对着众人大叫，"别废话了，我不想说话，大家耗着吧，谁有本事撑到最后，谁就能活着出去！"

杜嘉陵点点头："好吧，老潘，你先歇着，别激动，你一定要保存体力。看来昨天晚上你砌墙花了很多功夫，一定很累了，你歇着吧，我们不打扰你了。"

杜嘉陵说着，远远地离开了那堵墙。

老潘靠在那里，枪不离手，从一个缺口处瞪着他们。

杜嘉陵招呼大家坐下来，老罗死盯着光头："你哪里来的枪？"

光头把脸扭开，没有说话。

老罗一把揪住他的衣领："我问你话呢，你到底是什么人？哪里来的枪？！你为什么有枪？"

光头的目光和老罗对峙着，人们的心再次提到了嗓子眼里，都是惊弓之鸟，一点儿变故也会让大家肝胆俱裂。

光头不说话，老罗死死地卡住他的脖子："你不说啊？你不说我弄死你！"

光头轻蔑地望着他，也不知道他用了什么手法，一下子就把老罗的手扳开了，老罗被噌噌噌推出了两丈远。

光头整了整衣领，正要说什么，突然听到一个清清楚楚的声音："聂圣欢，你坐下来吧。"

光头浑身一颤，蓦地转过身来，死死地盯着发出声音的人，梦呓般地低叫："谁？谁在叫我？——你是谁？你怎么认得我？"

赵妈正坐在他的面前，怀里搂着晴晴。

赵妈静静地望着他，慢慢地从身边拿起一幅画，展示在人们面前："这才是你，聂圣欢。赵子龙是你的假名，你走到哪里都逃不掉的。"

聂圣欢哐啷一声跪坐在赵妈面前。屋子里一片死寂，连老潘都看呆了。

过了很久，聂圣欢摇摇头："赵妈，我没想逃，我也逃不动了，我累了。我真的累了，十二年了，我真的太累了……"

聂圣欢坐在赵妈面前,垂下头,颓败得像一条流浪了很多年的狗。

众人一片呆滞。

赵妈叹了口气:"我记得你当年是判了十年吧?两条人命,判你十年,不冤。"

众人发出了一阵轻呼。

老潘在里面尖叫起来:"啊哈,原来是逃犯!杀人凶手!哈哈,有的瞧了!原来你才是真正的坏人啊!哈哈!"

没有一个人瞧他。

聂圣欢摇头:"赵妈,我没有杀人,是他们,是他们先要我死……"

"你到现在还不承认吗?十二年前,色当县公安局还在一个小巷子里,就在我家旁边。我是色当中学的美术教师,兼职当着公安局刑侦队的摹拟画师。九月十八日案发当晚,刑侦队的吴队长和小郭几个人来到我家里,说是色当出了大案,犯罪嫌疑人杀人潜逃,然后带我去看了犯罪现场。天可怜见,就在你哥哥聂圣喜家里,你嫂子,那么年轻的一个女人,血溅当场,一尸两命。聂圣欢,你还记得当年的情景不?"

聂圣欢发出一声呻吟:"不要说了,不要说了……"

"你的双胞胎哥哥,聂圣喜,当年三十二岁,已经是色当县某局的局长,可以说正是风华正茂、前途无量的时候。你们原本应该都是父亲和母亲的骄傲,但是你从小不爱读书、散漫荒废,高中毕业学了两年兽医就到外地打工去了。父母从小就不待见你,家里人只盼着你哥哥圣喜继续高升、光宗耀祖,根本没把你放在心上。就在当年九月十八日,你那个怀着五个月身孕的嫂子突然在家里被杀,第一嫌疑人只能是她朝夕相处的家人,她的丈夫聂圣喜。再说,那段时间她和你哥哥经常吵架,有目击证人证明你哥哥有过家暴行为。警察的侦查视线第一时间就放在了你哥哥身上,他的家庭和命运都面临着巨大的不可预测的变故。尽管你哥哥一再辩称他当晚不在现场,但吴队长他们还是不能轻易相信他的话。第二天,当吴队长看到我根据现场勘查和目击证人的口述画出来的嫌疑人画像之后,他们当场就呆住了。因为,那个人就是这个样子的——"

赵妈再次把画像举到众人面前,所有人都呆住了,那个人就是面前的聂圣欢。

虽然现在光头已经苍老很多,但那双眉眼,那副脸型,那宽宽的额头,还是一眼就能看出就是聂圣欢。

晴晴望着聂圣欢,目光里充满了畏惧。莲姐把她从赵妈怀里接了过去。

水竹紧紧地握住强子的手,强子任由她抓着。

聂圣欢勉强笑了一下:"赵妈,你记性真好,这些事我已经忘记了,全都忘了……"

赵妈摇摇头:"我宁愿不要记住这些事。"

聂圣欢慢慢走近赵妈。"问题就在这儿了,瞧,这幅画像,这幅画像,你看着像我,所有人都认为像我,所有人都认定这就是我,但是,你们有没有想过,他不也像我哥哥吗?"聂圣欢说,"你记住,我们是双胞胎,同卵双胞胎。"

"是的,吴队长他们没有这么蠢,他们也认为是聂圣喜。那时候他们并不知道聂局长还有一个双胞胎弟弟。而且，当时你远在新疆和田做玉石生意，有好几年没回家了，没有任何一个人会把罪犯联想到你身上。"

聂圣欢望着赵妈，举起双手对着天上喊道："老天爷是有眼睛的！老天爷！"

赵妈慢慢地："老天爷有眼，但是人没有。你应该还记得，有一个人，案发后第三天，专门坐着轮椅到了公安局，指证那天晚上杀人的罪犯不是聂圣喜，而是你——聂圣喜的同胞弟弟聂圣欢。"

聂圣欢嘴角抽搐了一下，闭了闭眼睛，声音沙哑："我怎么会忘。这个人，是我父亲。"

人群又发出了一声低低的惊呼。

"对，是你父亲。你父亲到了公安局，告诉吴队长，是你杀了你嫂子，只因为你和你嫂子谢华曾经是初恋情人，当年你远走新疆，说过要挣到钱之后再来娶谢华，但万万没想到谢华居然嫁给了你哥哥，成了你嫂子。"

所有人的嘴巴都张大了，怔怔地望着赵妈。

聂圣欢笑了笑，站起来说："是他，他说的，我的亲生父亲！好吧，赵妈讲的故事很精彩，但是有些细节你并不是很清楚，还是我来告诉大家吧。也就是说，警察们很快按照我父亲的举报，查明那天晚上，是我旧情难忘找到了哥哥家里，与我嫂子谈话不久，我嫂子害怕引起哥哥误会让我离开，我因嫉生恨扑过去与她理论，无意之中把她推到了装着低矮栏杆的阳台下，从六楼掉下去当场摔死……"

超市里没有人说话，没有人走动，所有人都是呆滞的。水竹的手心里都是汗水，杜嘉陵突然想找烟抽，但周围什么都没有，他只好忍住了。

"现场留下的所有证据都是我的，鞋印、血迹、毛发等，没有一样不是我的。而且，我母亲后来又出来作证，那天晚上我哥哥是和她在家门口的一个饭店里吃饭，根本不可能在那个时段出现在案发现场，这一点，饭店的老板可以作证。当然，老板真的出来作证了，说那天晚上他看见我母亲和聂局长是在他那儿吃饭，他连我母亲当时点了几个菜都记得清清楚楚；我母亲还特地从家里带了一瓶五粮液，说是给我哥哥过三十二岁生日。我哥哥当时喝得大醉，是母亲把他扶着回家的。"

"那天，也同样是你三十二岁生日。"赵妈说。

聂圣欢又笑了笑："对。我也记得很清楚，当时我投资玉石生意被骗，差点儿连性命都不保，就从新疆连夜逃了回来。那天晚上到家的时候完全像个野人，差点把我妈吓死了；我爸在里屋，她死死地抵住门不让我进屋，直到我把身份证掏出来从门底下塞进去她才把门打开一条缝。然后她就哭着让我洗澡，然后说家里什么吃的都没有了，要带我出去吃饭。我还记得，那天晚上我妈妈居然带了一瓶五粮液，还说，老二，这么多年了，妈从来没有给你过过生日，今天就陪你喝一杯吧！"

聂圣欢的泪水顺着眼角流了下来。

"那天晚上她点了一份水煮肉片，一盘咸烧白，一盘红烧蹄筋，还有一条家常豆瓣鱼，全是我最喜欢吃的。我妈说，我到新疆五年了，没吃上了一顿好吃的家常菜，她要让我吃个够……后来，她就去公安局了，说那天晚上她陪着我哥在那个小饭店吃饭，我哥根本不可能把我嫂子推下楼……"

"也就是说，那天晚上饭店老板看到的和你妈吃饭的人，是你，而不是你哥哥？"赵妈说。

"是的。那天我像逃荒一样回到家，本来就没有什么行李，也没有一件像样的换洗衣服，我妈就拿了一身我哥哥穿过的衣服让我换上。所以，那老板以为他看到的是聂圣喜，根本没想到是聂圣欢。"

人们没有一点儿声音。

"反正，最后全家人一起向我做工作，让我代替聂圣喜坐牢。他们一起跪在我面前，我父亲，我母亲，他们说，帮我哥哥渡过这一难关，他们就是死，也瞑目了；而且，保住了我哥哥，就保住了全家，也保住了我。因为我已经是一个废人了，没有用了，而哥哥有用——至少，他们是这么认为的。他们向我保证，过失杀人罪不会判多久，等我一进去他们就想尽办法帮我减刑，然后再让我出来；爸爸妈妈所有的财产全部留给我，房子、车子，所有一切都是我的；哥哥会尽其所能让我在牢里不会受一丝一毫的罪，他会动用一切关系让我尽快出来。"

杜嘉陵叹了口气。

九指儿也叹了一口气。

"你还相信了？"老潘远远地抛过一句，"活该你坐牢。"

聂圣欢说："是的，我就相信了，然后，就是十年。过失杀人罪。我哥哥说：五年，要不了五年，我就能让你出来。"

李晓摇了摇头："你是哪一年进去的？"

"一九八六年。"

众人吃了一惊。

"你坐了十二年牢?"

"不是只判了十年吗?"

"你又犯什么事儿了?"

几个人先后发问。

聂圣欢叹息了一声。

"判完之后我被送到小金县监狱,在里面待了三年。三年了,聂圣喜没有来看过我一眼,没良心的牢头们想怎么折磨我就怎么折磨我,监狱老大想怎么蹂躏我就怎么蹂躏我,聂圣喜说的什么让我在里面绝对不会受一丝一毫的罪的话一句也没有实现。后来,我勤奋做事,努力工作,想尽一切办法争取减刑,但是很奇怪,不管我做什么事、立了多少功,都没有获得过一次减刑,哪怕一个月。我在牢里苦苦盼望着聂圣喜来看我,但一次也没盼到。再后来,发生了一件事,一个和我关系不错的狱友刑满出去了,第二年中秋节又回来看望我,他带回来一句话:牢头喝醉了告诉他,就是聂圣喜买通了关节,让我不得减刑,最好这辈子能把牢底坐穿,死在监狱里。那个中秋节,犯人们都在月亮地里吃月饼、喝酒,我在号子里躺着,哭了很久。后来我用偷偷藏起来的筷子捅破了喉咙,想自杀,血流了一地,但没死成。"

水竹哭了,把脸埋在强子的肩膀上。

聂圣欢仰着头:"从那时候起,我就想,一定要活下去,活到走出监狱的那一天!"

强子摇摇头:"哥们儿,你运气不好。"

"简直太不好了!"九指儿说。

"那怎么又多出两年来了？"杜嘉陵问。

"等我养好伤之后，我不想死了，我这辈子都不会再自杀了，我要坚强地活下去，再难我都要活下去，我要找到聂圣喜，问问他，就问三个字：为什么？为什么一定要我死在牢里？"

"换我我也要问，"九指儿说，"这还是亲哥吗？"

"这是畜生！"莲姐说。

"自那次自杀之后，狱警怕我再出事，就把我调到凉山州第九监区。那里紧邻一个著名的玛瑙产地。从那以后，我不再多愁善感，我努力锻炼身体，想方设法交朋友，变成了狱中模范、牢里黑宋江。那时我们经常会被带到玛瑙矿上去挖矿，我凭着自己在新疆做玉石生意时练就的玉石鉴别知识和经验，成功地替监狱领导们找到了几块成色不错的好矿石。从那以后我就成了狱中红人，分管狱警对我也网开一面；更重要的是，我手下渐渐有了一帮生死兄弟。那时候，我就只有一个想法，早点出狱，找到聂圣喜，向他讨还公道。后来，牢里来了一个同样杀过人的重刑犯，人称剃头匠老花。慢慢地混熟了，我知道了老花的一个秘密，他要越狱……"

"于是你就和老花一起越狱了？"九指儿听得津津有味。

"我们计划了，行动了，但是很遗憾，越狱未遂。于是，又被判了八年。"

"加起来十八年。"九指儿一算，"不对呀，那你应该再过几年才出来啊！"

聂圣欢看了他一眼："五月十号，十二天前，我第二次越狱。"

众人目瞪口呆。

杜嘉陵站起来:"这回,你成功了。"

"是的。我成功了。"聂圣欢笑起来,"哈哈哈,我他妈成功了!不过,我现在陷这儿了,我他妈成功了!"

"也许是无期了。"老潘钢锉一般的声音传过来,"欢迎你,兄弟,来到这深牢大狱。"

九指儿兴奋极了:"是无间地狱,兄台,你的运气真好,好到爆!"

赵妈说:"五月十二号那天下午,你到了色当县,对不对?"

聂圣欢说:"是的,我搭乘一个贩卖松茸的藏族兄弟的车到了色当,准备去找聂圣喜。不过走到这里口渴得很,我想买点水,就进了这家该死的超市,然后,就地震了……"

杜嘉陵拍了拍身边的货架:"你运气确实不好,聂圣喜我们都认识,但是,他现在已经不是原来那个局的局长了,大家现在都叫他聂董事长,市里某个公司的老总。"

聂圣欢笑了起来:"我知道,我在监狱里就知道了。你放心,我找聂圣喜呢,不管他是聂局长还是聂董事长,只要他叫聂圣喜,就是到阴曹地府,我也要找到他。"

老潘竖起大拇指:"汉子!男人就该这样,雄起的!"

"有仇不报,非君子也。"李晓也说。

杜嘉陵摇摇头:"你这一出来,又得加几年?"

"我先得找到他,找到他把事情办了,我再回去,该加几年就加几年。"

莲姐抹了抹了眼泪:"我不知道你做得对不对,但是兄弟,你这命,咋就这么苦呢……"

聂圣欢摇头:"不算个啥,各人的命,各有不同。如果这回让我找到聂圣喜了,哪怕死,我也甘心了。"

老罗突然抓住聂圣欢:"说,枪从哪儿来的?你到底还干了什么?"

聂圣欢摇头:"我还能干什么?"

老罗:"他们说得很清楚,大家都困这儿了,不可能出得去,监狱也不一定能追究你的罪责了,你就干脆都说了吧,怎么出来的,有没有犯过更大的罪?"

"他肯定袭警了,要不怎么拿到的枪。"强子说。

聂圣欢怔了一下:"也就顺手拿的。"

"说实话,也许我们还能帮你作个证,少加点刑。"老罗说。

"实话跟你们说了吧,我这次出来就没想还能有什么好结果,这枪是偷的,我们总共两个人跑了出来,在矿山上,计划了两年。"

杜嘉陵摇头:"我们完全可以分分钟把你交给警察,但是现在没必要了。你想跑也跑不了。"

"无所谓啦,我倒想你马上把我交给警察。"聂圣欢笑了一下,"我准备了两年,两年!精密计划、费尽周折,唉——所谓人算不如天算,命该如此,夫复何求。"

老罗说:"我让你说出来是想让你安心,在这里有一天没一天的,我怕你到了上帝那儿都不得安宁。"

"我现在踏实了。把心里的话跟你们一说,我踏实了。心里没事了,舒服。"

杜嘉陵："那就踏踏实实和我们一起待着吧，你有坐牢的经验，我们没有，以后好多事儿还得靠你。"

聂圣欢坐在那里，没有说话，手在怀里无意识地摸索着，衣袋里一个东西硌住了他，他拿出来一看，是晴晴给他的那一小串千纸鹤。

晴晴的目光盯着他。

聂圣欢望着晴晴，手里提着纸鹤。

"还给你？"

晴晴没有吭声。

聂圣欢走到她面前，把纸鹤递给她："后悔了吧？还给你。"

晴晴往后缩了一下，小声说："不。"

聂圣欢疑惑地望着她。

"送给你的，你留着。"晴晴的大眼睛盯着他。

聂圣欢把纸鹤揣回袋里。

"九指儿哥哥说得对，我们大家都不是好人。"晴晴说，"自从爸爸和她在一起后，我就变坏了，我知道。"

何亮望着她。

"如果我出去了，我要再变成好人，真的，像以前一样。"晴晴的大眼睛在黑暗里闪着光，"我妈妈也希望我做个好人。我一定要像妈妈一样，做回好人。"晴晴吸了一下鼻子，何亮走过去，把她拉到怀里。

"你一直都是好孩子，"何亮哭了，"一直都是。是爸爸不好，爸爸该死！"

晴晴定定地望着聂圣欢："叔叔，你也一样，做回好人吧，好人不痛苦，真的。"

聂圣欢怔了一会儿，默默地流泪了。

众人各归座位，再次无话。

17

又过去了一天。

为了节约用电，众人休息时莲姐就把蜡烛熄灭了，屋子里一片漆黑。

在黑暗中，老潘突然说："有人醒着吗？"

没有人回答他。

老潘自顾自地说："我知道你们都没睡着，不可能都睡着了，有人支着耳朵吧？这种时候还能睡着的人，算你心大。我说啊，你们都别想出去了，十三个，总共十三个，一个也跑不了——我突然明白老天爷为什么要把我们都压在这儿了，因为我们十三个人中间没一个好人，这就叫报应，报应，没错——"

吕文静把蜡烛点着了，屋子里突然一下子变得明亮异常。她回过头来凶狠地望着老潘。

"报应，我们十三个人，都有罪，你们就别做梦了，好好躺这儿吧。"老潘继续说。

吕文静刚想说什么，躺在东北角的聂圣欢点点头："我同意你的看法，我们都该死。可是，在死之前，得让我先找到聂圣喜。"

"我也同意。我们都该死，可我女儿不行，她还小，她不应该和我们在一起。"何亮也醒了，望着聂圣欢，"她应该出去。"

晴晴也醒了过来。

吕文静望向何亮："你觉得她不该死吗？她杀死我的孩子，她手上有血！"

何亮望了她一眼，目光淡漠得像此人已经不再存在。

"你们这么一说那我更有信心了，"李晓的声音也响了，显然他也没睡着，"我不像你们，我这一辈子还没有做过什么坏事，我一定能出去的。我相信，水竹能，强子也能，莲姐也能。我们大多数人都能。"

"你没做过坏事？天知道！"何亮嗤笑了一声。

莲姐爬起来走到他身边："李晓，你还在发烧吗？没事了吧？"

李晓摇摇头："不用担心，我这是阵发性的，已经很久了。"

莲姐呆了一下："发烧还有一阵儿一阵儿的？"

杜嘉陵赶紧支起身子，想把莲姐叫开："莲姐，别跟他说话，他累得很。"

李晓看了杜嘉陵一眼："你知道了？"

杜嘉陵假装不懂："知道什么？"

"你知道我的事儿了？"

"我不知道。每个人都有秘密，我不可能都知道。"

李晓顿了一下："你知道我生病了？"

杜嘉陵："生病？谁都会生病啊，没事，咱出去以后治，现在医学那么发达，没事！"

李晓笑了一下："你是个爽快人，跟这儿就甭安慰我了，实话告诉你们吧，我所有大医院都去了，北京也去了，上海也去了，专家都找了，看完病后都说，回家歇着吧，想吃啥吃啥，想玩啥玩啥，反正早晚都得死。我们十三个人很有缘，居然在人生的最后时刻聚在一起，也不知道我们前世都做过什么，但至少，我相信我们在同一条船上待过。"

所有人都呆住了。

莲姐大声说："李晓，你……你这是什么病？"

赵妈也说："李晓，别吓赵妈啊，赵妈已经经不起吓了……"

李晓慢慢地："胰腺癌，最凶险的一种，赵妈，对不起，我不想吓你们的。"

众人仿佛一下子失去了声音，全都瞪视着他。

李晓："没关系啊，我现在好好的，别害怕。"

赵妈慢慢地拍着自己的腿："老天爷啊，你怎么那么不长眼啊……"赵妈哭了。

李晓咳嗽了一声："赵妈，没事啦！我妈都不哭了，让我出来散心，只要我高兴，她就高兴。她还说，反正早晚会见面的，要是哪一天我先走了，好歹那边也有个人打前站，她走的时候也就不害怕了……"

水竹一下子哭出声来。

老潘呸了一声，不再说话。聂圣欢站起来："说得好！生死有命，富贵在天，活高兴了，三天也值，活不高兴，一天都嫌多！"

李晓面对着杜嘉陵："对不起了，大哥，我不想给你添乱的，真的！"

杜嘉陵说："先不说这些了，我们需要你，你少说话，多休息，保持体力，等上面的人救援我们——不，我们自己先找到出路出去，你好好的，千万别累着！"

李晓点点头："别担心我，我没事。"

众人默然。

老潘一个人在那边，也不说话。

杜嘉陵盯着卫生间看了半天，心里只想着一件事：怎么样把老潘的食物拿过来。

聂圣欢拿起手里的空面包袋看了一眼，对杜嘉陵说："在这里我可能是最能扛饿的人了，我现在都已经饿得不行了，想必其他人也早就到极限了吧。第一件事，你得让他把食物拿出来，没有吃的，咱们很快玩完。"

他指指老潘。

水竹说："对，我刚才清点了一下东西，咱们剩下的东西本来就不多，他把我们所有的水和方便面都搬进去了，只剩下三包饼干了！"

聂圣欢说："三包饼干，我们那么多人，撑不了一天。"

晴晴已经饿得很憔悴了，眼窝深陷，她望着何亮："爸爸，我饿，我一直很饿……"

何亮大声说:"老潘,你不能那么狠心,这里还有女人和孩子,你积点德!"

老潘叫着:"休想!"

何亮说:"我给你钱,十倍的价,你救救我孩子!"

老潘:"我倒给你钱,你干不干?"

何亮只好瞪着眼,没有办法了。

杜嘉陵呆了一下,对聂圣欢说:"哎,我说你越狱的时候你顺把刀也好啊,你偷拿把枪算什么?"

聂圣欢:"早知道我顺把铲子。"

"他要知道今天地震陷在这里,他就关足十八年牢了,还出来?"老罗说。

老潘说:"我跟你们说,咱们反正是出不去了,除非上面有人来救咱们。那就苦熬吧,谁熬到最后谁活着!你们也别怪我,这是命!老天爷安排的!命!"

莲姐哭了:"老潘,你行行好!"

老潘不再出声了,只是端着枪,虎视眈眈地望着众人。

气氛再一次僵住。过了好一会儿,吕文静突然站了起来,直直地向老潘走过去。

众人一声惊呼,杜嘉陵说:"吕文静,你干什么?站住!"

吕文静两眼发直:"反正也活不了了,我只想要回我那一份!"

她继续向前走去。

老罗叫道:"你不能过去!"

吕文静说:"随便,反正都没活路了!"

老潘红了眼，大叫一声："我开枪了！"

就在老潘刚要开枪那一刻，强子突然一个鱼跃，把吕文静一下子按倒在地。

老潘的枪声在人们耳边炸响。

吕文静嗷的一声哭了。强子把头埋在地上，灰尘把他罩住了。赵妈拍着地面，喊叫着："你们随他去！他疯了！你们别再惹他吧，他已经疯了呀！"

九指儿望着被子弹打出的大坑，目光发直，脸色惨白。

过了好一会儿，晴晴才发出一阵惊恐的尖叫，她挨在赵妈怀里。

杜嘉陵扑过去把吕文静扶起来，吕文静望着他，嘴角瘪了瘪，泪水无声地从肮脏的脸庞上滑落。杜嘉陵一阵心酸，本能地把她抱在怀里。

吕文静立刻紧紧地、紧紧地抱紧他，像一个溺水者抓住了一根稻草。

何亮睁大着眼睛一动不动地望着前方，也不看吕文静。

这时，老潘的收音机又响了。

众人的耳朵如饥似渴地竖了起来。

"我们在一起继续播报，我们在一起……

"震区寻亲通告继续播报，不管在哪里，我们一定要找到你……

"现在给大家朗诵一首诗歌，这首诗在中国大地上传诵，那就是由成都诗人含着热泪写出的：《我骄傲，我有一个强大的祖国》……

"听众朋友们,所有人都心系灾区,所有人都挂念着受灾的群众,所有的人都牵挂着那些在震区日夜不停进行抢救的人民子弟兵、消防官兵、广大志愿者和白衣天使们……"

晴晴叫起来:"妈妈,我要听妈妈!"

"有不少观众打电话来询问那天我们采访到的色当县第一人民医院的外科医生钱月月的后续情况,都迫切想知道她有没有从重症监护室出来,有没有恢复健康……"

何亮下意识地坐起来。

"各位观众,我们的前方记者再次来到色当县人民医院,了解钱医生的情况。但是,有一个很不幸的消息,我们记者很悲痛地告诉大家,就在刚才,我们从医院得到一个非常震惊的消息:因为连日来的抢救,钱月月医生连续五天没有合过一次眼睛,极度劳累体力透支,已经于今天早上的凌晨五点钟永远地离开了我们大家,离开了这个她无比热爱、并为之无私奉献过的美好人间;而且,直到她不幸逝世的那一刻,她还没有找到自己的丈夫和唯一的女儿,他们还一直处在失联状态之中……"

所有人都惊呆了。

赵妈捶打着自己的膝盖,大声地痛哭起来,泪水滴在地上的灰尘里。

莲姐和水竹也哭了。

晴晴反而没哭,很平静地坐在那里。

九指儿拉着她的胳膊:"晴晴,来,到哥哥这儿。"

何亮蹲坐在地上,不再说话,雕塑一般。

晴晴走到他面前,拉了拉他的胳膊:"爸爸。"

何亮呆滞地望着她。

晴晴："爸爸，他们说的是真的吗？收音机里说的是真的？"

何亮没有言语，想伸手抱她。

何亮的泪水顺着脏污的脸流了下来，他继续向晴晴伸着手："晴晴，过来，我们一起去找妈妈……"

晴晴突然一把甩开他，走到一边，再不说话。

过了一会儿，整个超市响起晴晴尖厉的号哭声。

老潘的收音机还在响着。

李晓大吼一声："浑蛋，你把它关了！"

老潘很听话地关了收音机。

所有人都沉浸在一种深重的悲伤之中。

何亮呆滞地坐在泥土中，无声地撕扯着自己的头发。

杜嘉陵又带着老罗、聂圣欢、强子几个人一起四处敲打着，寻找着楼房的薄弱处，想要找到一个突破口。

但是，半天过去了，仍旧没有一点进展。

杜嘉陵靠在墙边，昏睡过去。他太累了，自从当上支部书记以来，他就没有放松过。

他连分到手的两块饼干都给了晴晴。晴晴饿得没有力气了。

人们也都饿得不行了。老潘仍旧举着枪，捍卫着他的粮食。

九指儿软软地伏在赵妈身边，嘴唇干裂："奶奶，水，我不行了……"

赵妈舔了舔自己也已经裂开的嘴唇，转身对着杜嘉陵吼道："杜嘉陵，你是支部书记，你得想办法！"

杜嘉陵猛地站了起来，却一阵头晕，要倒下去，他赶紧扶住了墙壁。

"不是没有吃的，都在那浑蛋那儿，人不能站在河里渴死，得想办法！"

杜嘉陵望了望老潘，那边伸着一支黑洞洞的枪口。

老罗踢了聂圣欢一脚："你他妈没事在枪里装那么多子弹干什么？"

聂圣欢连还击的力量都没有了。

莲姐说："就是啊，你们成立个党支部有个屁用啊，快想办法啊！我们要出去！我不能白白死在这儿！"

九指儿说："你们说上面有人来救我们，这都第几天了？就算上面有人，也以为咱们早死了，谁能挨得过十多天哪！他们肯定认为下面没活的了，多半连楼都懒得拆，一炮炸平了我们，也免得挖坟了……"

李晓大声说："谁也别闹！越是困难大家越要冷静！这不正想办法吗？"

杜嘉陵走到李晓面前，伸手探了探他的额头，竟然奇迹般的不烫了。杜嘉陵几乎要对天合十，现在李晓对他来说比什么都重要。毕竟是户外活动专家，李晓的身体素质远比一般人更要强壮，他竟然恢复了正常。

杜嘉陵喜极："烧退了！太好了！瞧，李晓的烧退了，老天爷保佑我们，你看，老天爷没有忘记我们！"

李晓看到杜嘉陵的神色，努力笑了一下："死不了，别担心。"

强子和老罗也靠了过来。

"李晓好了，咱们继续干活吧，"杜嘉陵说，"经过这几天的仔细勘察，现在只有这个办法了。"

"你说！"几个人异口同声。

"我们寻找了那么多天，挖了四个点，都没有找到突破口，看来以前的办法不行了。我想了一晚上，咱们整个超市是在地下一楼，现在南北和西面都是平地，我们陷在地底下，根本不可能从这三个方向出去。"

他在地上画了一个示意图。

"这个我早想到了，我知道，只有在东面，东面是一条河。"强子说。

"对，雪水河。"杜嘉陵说。

"给你们看这个。"强子把一块硬纸板递到他们面前，那是他画的一张地形图，很详细。

"我们在这里，这是超市的剖面图。"强子指点着地图，"整个小区的地形我很熟，我知道走向。"

老潘从他的掩体里伸出头来："就是你们家的垃圾超市，豆腐渣工程，才修好一年就垮塌，就是你爹坑了我们！"

赵妈说："老潘，少胡说，房子又不是他爸修的，你瞎咬什么！"

"怎么不是他的？就算房子不是他家的，也抵不过他家装修的时候野蛮施工啊，把承重结构破坏了，一样垮！"

赵妈无奈地望着他："你有本事出来说。"

老潘摇头："有本事他进来。"

莲姐制止着赵妈:"赵妈,他有东西吃他有力气,咱们别理他。"

老潘得意地笑,赵妈点点头:"你就作孽吧,人不收你,天收你。"

老潘:"我能扛到最后,你们,哼……"

"你的意思是,我们从这里挖出通道?"老罗看着强子的地图。

杜嘉陵说:"强子懂我的心思了,我是这样想的,雪河水很宽,超市这幢楼建在河岸上,南北面和西面是平地,东面就是悬崖,我们如果真的要挖通道,只能从这里下手。"

几个人抬起头,目光里露出兴奋来。

杜嘉陵说:"明白了?这里才有出口!不然从哪里挖出去都是死路。"

"你们别费劲啦,"何亮突然说,"你们想从这里挖到外面去?不可能,我们没力气了。"

杜嘉陵:"只要还有一口气,我们都要挖!"

"我跟你们说,这都多少天了,十二天了!十二天了外面还没有人联系上我们,那意味着什么?意味着他们放弃我们了!现在是什么时代?是信息时代!现在救援都有很先进的探测仪,探测生命的,探测石油的,探测煤矿的,再不济还有搜救犬,怎么会连我们十多个人都找不出来?他们是放弃了!没人管咱们了!如果外面没有人接应我们,咱们是挖不出去的!"

"对,他说得对,"吕文静说,"说凭你们几个人,想把十层大楼挖开?不可能!"吕文静的眼睛陷得更深了。

"是的,今天都第十二天了,"九指儿咬着指头,"十二天!生命极限是多少天?"

老潘突然对着九指儿大声叫起来:"你他妈还有脸说!你这个浑蛋!闭上你的乌鸦嘴!老子一定要活着,一定要出去,不许胡叫乱叫!"

李晓说:"正因为没有人救我们,我们才要自己救自己。"

杜嘉陵站起来向老潘走去:"老潘,你说得好,我们就是要出去,绝对不可能死在这里!你出来,我们好好商量,吃饱了饭才有力气挖出口,你得把东西拿出来!"

老潘梗着脖子:"你又想什么鬼主意?老子不上你的当!"

"你们都说了,现在是第十二天了,十二天了都联系不上地面,那我们还等什么?现在只能放弃幻想,自己救自己了。"杜嘉陵一边说着一边向老潘走去。

老潘尖叫着:"不许过来,不许抢我的东西!"

他又把枪端了起来。

李晓拿着地图走向老潘:"老潘,你必须出来,不管你要不要把吃的拿出来,你都必须让出那个地方。"

老潘瞪着李晓:"凭什么?"

杜嘉陵:"老潘,你听我说,所有的出口我们都已经找过了,没用,挖出去都是死角,我们只能从你那儿出去,从卫生间开始,打通那道墙壁,从那里出去就是河岸,才有生路。"

老罗也跟在杜嘉陵身后:"那里是唯一通道,老潘,你得让出来。"

"不可能,你们就是想抢我东西,骗我!"

"老潘，卫生间那一面就是雪水河，你是老色当人，你很清楚啊！"

"我不清楚！你们别骗我！"

"难道你就不想出去？"

几个人慢慢地向他靠近。

"别过来，别过来！"老潘惊恐地尖叫着，双手举着枪对着杜嘉陵。

聂圣欢大声说："那是92式手枪，容弹量十发，他已经用了两发，还有八颗子弹，你们最好少惹他。"

杜嘉陵等人无法可想，只好停住了脚步。

老罗踢了聂圣欢一脚："都是你他妈惹的事儿！"

聂圣欢回头，凶恶地望着老罗："信不信我揍你？"

老罗拉开架势："来来来！"

杜嘉陵一脚把老罗推开："吃饱了？有劲了？"

老罗呸了一声走到一边。

杜嘉陵和李晓等人一起商量，都只好对老潘妥协。

李晓说："好了好了，老潘，你自己休息，我们不过去了，你放下心，守着，守着啊。"

老潘死瞪着他们。

李晓说："我就不相信他不睡觉，老虎还有打盹的时候呢，何况他已经熬了那么多天了。我们轮班盯着他，他一个人，我们十二个。"

"耗死他龟儿子！"老罗咬牙切齿。

大家只好等待老潘困极睡着的时候再行动。

十二个人。剩下两包饼干,半瓶水。杜嘉陵把饼干分成十二份,递到每一个人手里,再把自己那一份放进衣袋里。

强子珍惜万分地把自己的吃了,转头望着杜嘉陵:"嘉陵哥,你怎么不吃?"

"我不饿。"

"你不饿?你傻瓜啊?"

"快吃你的吧,等老潘睡着了我们就有吃的了。"

"嘉陵哥,要不你吃我的!"水竹把饼干举到杜嘉陵面前。

杜嘉陵笑了笑:"我皮厚,没事,再说,也借机会减减肥。"

实际上,他已经瘦得变形了。每个人都已经瘦得变形了,眼睛又大又陷落。

水竹摇头:"嘉陵哥,我们真能出去吗?"

"把那个老虎搬走了,我们就能出去了。"

聂圣欢走到杜嘉陵面前:"这块给你。"他把自己的饼干塞一块给杜嘉陵:"我在监狱里十二年,这点饿能扛过去。"

"我有啊,我不能吃你那一份。"杜嘉陵说,"你再经饿,也顶不上这么多天在这儿死撑。"

"不瞒你说,我在里面练过辟谷。"聂圣欢在他旁边坐了下来,说,"监狱里什么事情不可能发生?为了活命,你得有点过硬的本事才行。为了预防不日之需,我练过辟谷。最长的一次,我撑过了六天。"

众人惊讶地望着聂圣欢。聂圣欢笑了笑:"所以你不必担心我,我会是撑到最后的那一个。"

这边,何亮把自己的饼干递给了晴晴,晴晴望着爸爸,不接。何亮把她的手拉过来，硬塞进她掌心里。

这时，突然从半空中伸过来一只干瘦的手，把晴晴的饼干抢了过去。

何亮大叫："吕文静！"

吕文静抓过饼干一下子塞进自己嘴里，呵呵笑着。

晴晴呆望着她。一块饼干碎屑掉了下来，落在地上，吕文静赶紧趴到地上去找，找到了捏起来和着尘土放进嘴里。

晴晴转身抱住赵妈的胳膊，露出惊恐万分的神色。

吕文静望着何亮，何亮犹豫了一下，把自己剩下的两块递给她。

吕文静笑了一下，接过来马上塞进嘴里。

杜嘉陵望着这一切，毛骨悚然。

18

可是，十二个人等了一夜，老潘都没有睡去的迹象。杜嘉陵和李晓等人轮班休息，就盼着老潘能困极睡去，但老潘一直斜靠着墙壁，手里握着枪，眼睛一直睁着，坚决和睡魔作着斗争。

等到第二天，老潘还在死守着他的粮食。而杜嘉陵等人已经没有一点口粮了。晴晴被饿哭了。

赵妈把晴晴抱在怀里，晴晴目光呆滞，已经没有力气再哭了。何亮咬着牙，站起来又要去挖门口的通道，杜嘉陵拦住了他，把自己那三块饼干递到晴晴面前。

晴晴两眼一下子放出光来，贪婪地把饼干一把抢过，赶紧放进嘴里。

杜嘉陵已经两天没有吃东西了。

他的双脚开始发软，心里越来越恐惧。

第二天的下午三点过，蜡烛熄灭了，李晓把周围的东西再清理了一下，开辟出一小块空地来，和莲姐一起点燃了一个小火堆，超市里一下子亮起来，众人脸上露出了久违的笑。

夜里，杜嘉陵一直没有睡着，他在观察着老潘，多么希望那家伙哪怕打个盹，也能抢一点粮食过来。

李晓睡着了，一个噩梦又把他惊醒。

突然，老潘在角落里发出了一阵恐怖的狂叫，在掩体里乱跳起来，嘴里呼呼地吼叫着，整个人像癫狂了一样。

杜嘉陵和李晓想一起跑过去，聂圣欢把他们拉住了。老潘即使在这个时候都没有放下他手里的枪。

杜嘉陵大声叫着："老潘，你怎么啦？发生什么事了？"

李晓也叫："老潘，出事了吗？你到底怎么啦？"

老潘眼神狂乱地盯着他们，大声说："有鬼！有鬼！鬼来收命来了！它来收我的命了！别过来，你们别过来！"

杜嘉陵已经饿得浑身无力，站在那儿不知所措，李晓喃喃地："一定发生什么了，老潘一定出事了！"

众人没敢再走近。那天晚上，所有人都睡在火堆边，莲姐和水竹不甘心地在废墟里刨着，居然又刨出了两袋被压在水泥板下的麦片。

莲姐捧着麦片，把它递到杜嘉陵面前。杜嘉陵的眼泪都快出来了，差点要跪下来。

这两包麦片又帮助大家度过了两天。

第三天，杜嘉陵迷迷糊糊地睡着，突然感觉到有人在推他，还有人大声说："杜嘉陵！嘉陵哥！快醒醒！"

杜嘉陵陡然惊醒，李晓推着他，指着老潘的方向："嘉陵，你看！"

老潘靠在掩体里，整个人瘫软下来，手枪也没见举起来了。

众人看着杜嘉陵，现在，杜嘉陵是他们唯一的精神领袖了，他们都在观察他的神色，等着他的行动。

赵妈摇着头："嘉陵，你过去看看，他好像出事了。"

杜嘉陵和李晓走近那道掩体，再慢慢地接近老潘。

老潘靠坐着，头歪在一边，整个人看上去已经快不行了。

杜嘉陵小声地叫着："老潘，老潘！你怎么啦？醒醒！"

老潘没有动静，只是软软地垂着头。

杜嘉陵开始搬动那些砖块和水泥，想把老潘救出来。他心里一阵欣慰，老潘的食物还没有动多少，大家有希望了。杜嘉陵飞快地搬动着，李晓突然惊恐地大叫起来："嘉陵，快看，快看！"

杜嘉陵放下一块断木仔细一看，整个人弹了起来，一下子退开，睁大眼睛，定定地盯着老潘脚下：老潘的身体下部一片血迹，整个下身看不清楚了，裤脚烂成一丝一块，几块布片挂在他腿上，腿上的肉也被啃咬得皮开肉绽，惨不忍睹。

杜嘉陵大叫一声，李晓又指着什么东西狂叫起来。

老天爷，那是十几只硕大的老鼠！它们正在啃咬着老潘的腿肉。它们显然非常享受这难得的美味。

老潘囤积的食物显然没有这腿肉来得美味。

杜嘉陵和李晓惊恐万分地逃离掩体，退到火堆旁边，那些老鼠并不害怕，连躲一下的意思都没有。

它们大概也是饿疯了。

赵妈赶紧问："怎么了怎么了？出什么事了？"

杜嘉陵两眼发直，浑身乱抖："那里……那里……耗子！天哪……"

赵妈坐直身子，李晓定定地盯着火堆："死了，要死了……老天！"

老潘终于发出了一阵凄厉的惨叫，啊啊的声音在超市里传得很响。

晴晴扑到赵妈怀里。

老潘已经不能动弹了，他瘫软在那里，双眼盯着众人。

杜嘉陵第二次靠近了他，老潘不再号叫，嘴里发出嘶嘶嘶的低鸣。

李晓和强子点燃一些废纸壳，把火把丢近老潘身边，终于把那十几只老鼠吓跑。

他们走过去，准备扶起老潘。

吕文静也靠了过来，直直地望着老潘。看到他残缺不全的下身，吕文静嘴角抽搐了几下。

强子转过身，干呕起来。

九指儿直接狂吐。

赵妈把晴晴搂在怀里,不让她去看那一幕。老潘望着杜嘉陵走过来,他突然低弱地开了口:"不要过来……"

杜嘉陵说:"我再不过来你就死了!"

老潘勉强挤出一丝笑:"叫你不要过来……反正我都要死了,没多久了……老鼠可能……可能有传染病,你们不要过来……"

杜嘉陵还要靠近,老罗把他拉住他:"他说得对,老鼠,鼠疫。"

众人情不自禁地后退了几步。

杜嘉陵也呆了。他望着老潘,牙齿都咬紧了,过了一会儿,他直着身子,尽量靠近老潘一些:"你怎么样?老潘,你千万坚持住,我们会想办法救你……"

老潘眼睛里放出一缕光,随即又熄灭了,他摇摇头:"等不及了……"

杜嘉陵伸出手:"老潘,你过来,我们从你那儿打穿通道,你相信我,我们几个大男人,一定能救大家出去,你再坚持一下……"

老潘抬起眼皮看了他一下,随即又闭上了:"走吧,没用了……"

老潘的声音越来越弱了,他的头也垂了下去,杜嘉陵心急如焚,不管不顾地要冲过去,一群人把他死死地拉了回来。

莲姐:"你不能过去,鼠疫,要传染的!"

"你要过去,就会传染给大家,不能过去!"聂圣欢死死地拉住他。

"他还活着,我们不能不管他!"

"怎么管?没有医生,没有药物,你怎么管?"聂圣欢说,"你理智点,现在我们要做的事情很残酷,我们要把他隔离。"

"隔离?!"

"你瞧他被老鼠啃成那个样子,很难保证没有染上鼠疫。"

"怎么可能?"杜嘉陵头都蒙了,"你们都神经了!他还活着,你们就要眼看着他死掉?"

聂圣欢摇头:"谁也不想。"

李晓靠在那儿,眼睛望着前方,空洞无物。那极度茫然而空虚的表情,让杜嘉陵心里发慌。

"李晓,你说说,你经验多一些。"

"这种情况在正常日子里可以救,现在怎么救?"李晓把目光避开,"杜嘉陵,老聂说得没错,得理智。不理智我们都得死。"

"那就这样不管他?"杜嘉陵咬着牙,"那要我们干什么?"

他再次向老潘走去,这次是强子把他拦住了:"杜哥,你不能去,我们没有把握救他。"

赵妈也开口了:"嘉陵,他们说的是真的,现在老潘只有靠老天爷救了。"

杜嘉陵哭了,他蹲在地上,抱着头哭了。

莲姐也哭了,捂着嘴巴:"老潘,你这浑蛋……"

"没有办法,我们没有办法……"赵妈喃喃地,"谁也不想这样……"

老潘挣扎着，呻吟着。人们抱着头，不敢去看他，也不敢动，屋子里弥漫着一种可怕的绝望而愤懑的气氛。

过了好一阵儿，老潘好像耗尽了力气，没有声音了。

"他睡了吗？"晴晴问。

"他死了。"九指儿说。

晴晴哭了。

突然，"啪"的一声，一个物件被抛了过来，再接着，又是"啪"的一声，一个物件抛到赵妈身边。

"榨菜！"九指儿叫起来。

"牛奶！"赵妈把地上的东西拾起来，是一盒牛奶。

继续有东西扔过来。吕文静也接到了一个面包，她狂喜地抱在怀里，赶紧打开狼吞虎咽地吃了起来。

杜嘉陵抬起头，是老潘。他正撑着身子，把身边的食物一件一件地扔了过来。

杜嘉陵抽着鼻子，大声说："你在干什么？你别乱动！"

老潘喘息着："反正没用啦，给你们……"

人们呆呆地站在那儿。

老潘还在扔着。杜嘉陵再也控制不住了，跳起来向老潘跑去，他拼命地扒着那些被老潘垒起来的障碍物，大声说："老潘，你别动，我来救你，你没事的，你会没事的……"

李晓和强子也跑了过去，帮着杜嘉陵刨开那道墙。聂圣欢呸了一声："你们在作死！"

何亮傻瓜一样坐在那儿。他现在什么也不想做，什么也不想听，整个人是麻木的，也是沉重的。他觉得自己动弹不了了，再也没有站起来的可能了。如果真是这样麻木地死去也不错。他现在无比羡慕那些飞机失事的人,一瞬间就没有了,既没有悲喜,也没有疼痛,多好。

月月死了。钱月月不在了。

他连向她忏悔和道歉的机会都没有,更没有任何赎罪的可能性了。月月比死亡更残忍,她那么决绝地离开,连最后一丝机会都不给他。

他的目光慢慢转过周围,身边是影影绰绰的人们,再看了一下,咦,左边有一个披头散发的女人,眼窝深陷,状如女鬼。那是谁?那么面熟?哦,吕文静。她是吕文静。准备和他一起私奔的女人。他们曾经那么相爱,曾经那么热烈。他以为找到了这个世界上唯一能让他振奋的热情。可是现在怎么成这样了?他为什么那么怕她?不不不,他现在不怕她了。无所谓了。一切都无所谓了。月月不在了,现在世界上什么东西对他来说都索然无味了。他望着吕文静,像看着一个隔得很远很远的陌生人。

他再慢慢地转向右边。咦,那里有个小女孩,她有一张非常美丽的脸,一张大大的眼睛,那眼睛像极了月月。哦,晴晴。他想起来了,他还有一个女儿,他和月月的宝贝女儿,晴晴。他一骨碌爬起来,他要活下去!晴晴在那儿,晴晴一直和赵妈在一起,和九指儿在一起,他们甚至都不看他一眼,就像不认识他一样,但那是晴晴,他的亲人,他在这个世界上唯一的亲人了。他哭了,泪水再次流了下来。

他不能死。他得活下去。

他爬起来,和杜嘉陵他们一起,刨开了老潘的屏障,把老潘抱了出来。

聂圣欢找到了自己的背包，看了看里面的东西，还好，除了手枪，老潘并没有动。

他摸出了一个手机，赶紧把它揣进自己的衣袋里。

人们在混乱之中并没有想起来那把手枪，地面上一片狼藉，老潘待过的小卫生间里已经被耗子糟蹋得不成样子，谁也不想在那里多待。

第二天，老潘死了。死在火堆旁边。

当咽下最后一口气的时候，所有人都围在他身边。就连晴晴都默默地盯着他。

老潘没有叫喊，也没有挣扎，他就那么平静地躺在杜嘉陵身边，眼睛慢慢闭上，再也睁不开了。他的面色很安详，也很和气。再也没有了恐惧，再也没有了牵挂。

杜嘉陵按照当地的习惯，决定为老潘守灵。

把女人和孩子支开，几个大男人坐在火堆边。老潘也躺在他们身边。

大家闭着眼，李晓念起了心经。

杜嘉陵嘴角颤动着，他没有念，心里也没有任何悲喜。

李晓念第二遍的时候，强子等人也跟着他念了起来。

火堆慢慢地变小，老潘的脸在火光里一会儿明亮，一会儿阴暗。几个女人远远地带着晴晴坐在一边。

聂圣欢犹豫了一下，走到杜嘉陵面前说：“杜书记，不能让老潘和大家在一起。他是被老鼠啃伤的，怕有瘟疫。”

杜嘉陵迟疑着：“我们能怎么做？”

"这里没办法深埋。只有这样了——用火吧。"聂圣欢指了指火堆。

杜嘉陵瞪着他。

"最干净、最简便的办法。"聂圣欢说。

李晓一下子抢到他们面前："不行,不能用火!"

杜嘉陵皱着眉头："还能有什么办法?"

李晓看了看老潘平静的面容,摇了摇头："就这么点空间,本来就缺氧,用火的话大家怎么呼吸?"

杜嘉陵停住了,一边失神地看着老潘,一边望向聂圣欢。

聂圣欢叹了口气。

"我想,楼塌的时候是我们十三个,以后还是我们十三个吧。"李晓走到酒水区,指着那一排白酒:"用这个避免病菌扩散,等出去的时候把他一起带出去。十三个,一个都不能少。"

聂圣欢:"真周到,真人性。只是,我们自己都难保,怎么保全他?酒精又不是消毒水。"

李晓点点头:"放心,我们很快就会出去的,老潘一定能跟着我们出去。"

杜嘉陵、聂圣欢不再说话,他们把老潘安放在东北角的最角落里,尽可能地让他睡得舒服一些,把他的衣物整理好,面容擦拭干净。李晓搬来一瓶瓶白酒倒在老潘身上。现在,老潘像个熟睡的婴儿,听话地任由他们伺弄。

三个人对着老潘鞠了一躬,转身离开。

他们回到原地,一群人都站立着,遥望着老潘,一起向他鞠躬。

李晓念诵心经的声音在屋子上空盘旋。

几个人也跟着念诵起来。

没有挂碍,没有悲伤,有的只是解脱之后的平静和安然。他们安慰着死者,也在心里安慰着自己。

只有赵妈拉着晴晴没有转身。她一直把晴晴的双眼捂住,不让她直面这一切。

吕文静站在那里,望着火光,面无表情。

19

这是第十五天了。杜嘉陵惊恐地发现,所有人的手机都没有电了。

他们彻底地和外界失去了联系。

晚上再盘点了一下,食物也只够人们以最低限度吃五天了。

那个曾经好像无所不有的超市,那个给人们带来无限希望和勇气的超市,在供应了十三个人十几天之后,也渐渐弹尽粮绝,快没有储存了。更重要的是,水也快没有了。现在囤积得最多的,是不能食用的物品和酒类了。

聂圣欢说:"把水给女人们留着,男人们喝酒吧。"

强子摇头:"我不会喝酒。"

"现在你有机会学了。以后社会上用得着,是男人就得喝酒。"聂圣欢说。他现在说话已经有气无力了,所有人都有气无力了。

强子拿起一瓶红花郎,摇头:"太奢侈了,谁会想到我们在这里用红花郎和五粮液解渴?真遗憾,早知道我先学会喝酒了。"

"你真不会喝酒?"老罗有些惊讶,"你爹没有培养你?"

"真不会。"

李晓走到他面前:"饮用水真的不多了,我们要想到用任何办法来补充水。"

水竹把自己分到的一瓶矿泉水递了过去:"强子哥,你喝我的。"

强子把她推开:"就是渴死,我也不能喝你的水。"

"你比我更需要,你们还有重要任务呢!"

强子站起来:"还没到山穷水尽的时候,没关系,杜书记会安排的,你放心吧!"

莲姐说:"水竹说得对,你们是强劳力,比我们更重要,只有你们有吃有喝有体力,我们才能出去!放心,食物和水一定先保证你们!我们没关系。"

"我们要保护的就是你们,你们都不在了,我们做这些还有什么意义啊?"强子说。

大家互相望望,都有些感动。杜嘉陵说:"行了,大家都有份!听我说,所有食物仍旧由莲姐保管,她会分给大家的;水竹负责照明,备足一切能点燃的东西,一定不能让火堆熄灭;赵妈照顾晴晴,同时也照顾好自己。九指儿,你这几天真不错,也不怕黑了,过来,和男人们一起干活!"

九指儿走了过去。

他现在真的不怕黑了,也不怕憋闷了。十多天过去了,他反而显得精神一些了。

赵妈感到又欣慰又奇怪。

可是,当正式面对着眼前卫生间那堵巨大、结实的水泥墙壁时,几个男人沉默了。

"你确定我们就是要从这儿打通一个通道?"何亮望着杜嘉陵。

"就是这里,"杜嘉陵说,"这是我们唯一的生路。"

"没有工具,食物也快没有了,怎么挖?"何亮叹了口气,"不是我怀疑你,是根本没有这个可能。"

聂圣欢走到他面前:"别废话了,挖吧。"

几个人在废墟里清理了一阵,找出了几个能够使用的东西:一套强子带进来的电工工具,包括钳子、改锥、小钉锤、起子,还有在废墟里找到的一把斧子、莲姐使用过的菜刀,再有就是一根老罗放在店里的铜头拐棍,那是他给老岳父九十大寿准备的礼物,因为当时时间还没到,所以没有拿走。

李晓再在超市里巡视,找到了一些从废墟里挖出来的断头钢筋和角钢货架。

"这些东西能用吗?"强子表示怀疑。

杜嘉陵一一检视着那些工具,大声说:"看见了没有?天不亡我!老天爷给我们留下了一条活路!这么多家伙什儿,多好啊!我们一定能把这堵墙砸开,男人们,鼓起劲来,跟我上!"

李晓和聂圣欢等人确定了一道被震裂的墙缝,人们开始挖墙壁。

但是，除了粗重的铜头拐杖、斧头、角钢，其他工具都太袖珍了，几个人交换着使用，半天也没见挖出一个坑来。

强子握着一把钳子绝望地哭了："嘉陵哥，使不上劲啊！怎么办啊！我没办法啦！"

杜嘉陵望着那堵墙壁，也很绝望，但他没有表露出来。

"这样，你先歇歇，我来啊，我来挖。"

一天过去了，几个男人轮着班上，墙壁上渐渐现出了一个小坑。

这边，莲姐和水竹把食物分成十二份，发放给十二个人。发到吕文静的时候，她不接。

莲姐有些奇怪，平时都是她主动来接的，甚至是抢，但这天她一直静静地坐着，不动也不说话。

莲姐拍拍她："吕老师！吕老师！"

吕文静一下子回过头来，茫然地说："什么事？"

莲姐倒吓了一跳："没事没事，只是给你吃的，来，拿着。"

吕文静没有接递过来的食物，倒是指着东北角的黑暗处，小声说："看，来了，来了！"

莲姐疑惑地："什么来了？来了什么？"

"那儿！"吕文静的右手颤抖着，"老潘啊！你们看，他坐起来了！他向我们走过来了！"

莲姐吓住了："你说什么？"

吕文静歇斯底里地叫着："老潘，不是我！不是我！不是我要把你弄死的，我没抢你的东西啊！没有，不要啊！不要啊！不要过来!"

她跳了起来,大声叫嚷着,使劲扑打着身上,她的长裙已经被撕成几缕了。

莲姐吓住了,直往后退,嘴里也尖叫着:"老潘在哪儿?在哪儿?天哪,你不要吓我!"

吕文静大声说:"站住,站住!别过来!老潘,别过来!"

她在屋子里跳着,闹着,杜嘉陵和几个男人跑了过来,何亮望着她,火光把吕文静的脸映得惨白怪异,她举止痉挛,眼神恐惧,一个劲儿地往后躲。

这时,一双有力的大手把她抓住了,杜嘉陵把她的脸撑住,大声说:"文静,别怕,是我!杜嘉陵!我们都在这儿呢,大家都在,别怕!没有鬼,也没有老潘,老潘已经出去了,他安全出去了,你放心!我们正在寻找通道,我们也会出去的,你放心!"

吕文静回过神来,望着杜嘉陵的脸,那张脸瘦得吓人,但是很平静,很刚毅。

杜嘉陵微笑着:"看清楚了吗?你瞧,我们都在呢!赵妈、莲姐、何亮,还有李晓、强子,我们都在!"

一干人围着她,都在对她笑着。

吕文静一下子释然了,她茫然地看了看大家,突然一下子笑了,很稀薄的笑:"我做了一个噩梦,对不起,杜书记,对不起……"

她坐了下来,开始吃莲姐给她的食物,莲姐想了想,又递给她一瓶水。

吕文静下意识地摸了摸自己的衣袋,看到众人看她,转过身去避开大家的目光。

莲姐心神不宁地坐在赵妈旁边,时不时地望望陈放老潘的那个东北角。

赵妈一直躺着,她的腿已经肿到没有知觉了。她很痛,但尽可能地不发出声音,男人们都在奋斗,她不愿意惊动他们。杜嘉陵一直省着,很少吃东西,实在饿得动不了的时候才肯吃一点点食物,喝一两口水。赵妈看到这一切,更加不可能再露出一丝痛苦。她照管着晴晴,也努力照管好自己。看到莲姐的表情,她费力地往前撑着移动过去,把莲姐喊过来:"香莲,过来。"

莲姐颤抖着挨近赵妈。

"没事啊,就算是老潘来了,也不会伤害我们的。你瞧,他走的时候把所有的食物都留下来了,他把食物给了我们,他心好,没事,都是好人,知道吗?"

莲姐咬着嘴唇,使劲点头。

赵妈叹了口气:"如果不地震,他儿子的眼角膜就换上了。"

水竹蹲到她们面前:"肯定已经换上了!就算老潘不去,医生也已经给他儿子换上了!因为角膜已经等到了呀,老潘完全可以放心的!"

"对,一定已经换上了!"赵妈微笑着,"他儿子在成都大医院,多好,那里隔得远,应该没有地震。"

"是,老潘应该放心了,他儿子是安全的!"

"等我出去以后,我也要把小叶子和飞飞送到成都去上学!

他们的爸爸在成都打工,那里是大城市,什么都好,我一定要把他们送过去,那样就什么都不用担心了!"莲姐的眼里一下子充满了光亮。

"行,等一出去你就去办这件事,孩子第一!"赵妈说。

莲姐笑了。

这边,杜嘉陵再次招呼大家加紧挖墙。墙壁上已经现出了一个约十五厘米深的洞坑。

人们的脸上显出了希望。

可是,食物也快吃光了。

都不用盘点,莲姐面前的食物寥寥可数:五袋饼干、六小袋榨菜、七根火腿肠、四瓶水、五瓶可乐。

莲姐的目光里充满恐惧。这点食物,已经支撑不了一两天了。

她望着眼前的那几个男人,衣衫褴褛,面色枯瘦,眼窝深陷。他们都已经减重十到二十多公斤,特别是杜嘉陵,已经面目全非。刚地震时他还是一个肚腩微凸的小公务员,现在成了一个精瘦的中年汉子了。强子,那么时尚漂亮的一个美少年,现在头发凌乱,胡子拉碴,眼里满是血丝;九指儿、李晓和老罗,也已经快认不出来了。只有聂圣欢,因为长期坐牢的缘故,十多天过去了,变化倒是不大。

莲姐心里哆嗦着,怎么办?怎么办?

杜嘉陵疲惫不堪地走了过来。他望着那些食物,心里明白了。

"莲姐,没事,你再减一半的量发给大家,一定要均分。这样一来我们又赢了一倍的时间,那时候通道已经打穿了,没事!我们就有救了!到时候出去了,想吃什么有什么!"

莲姐犹豫了一下:"杜书记,我们很快就打通了?"

"你瞧,那不是快通了吗?照目前这个进度,一定能行的!"

正说着,那边突然一阵惊呼,只听强子和九指儿大叫着:"书记快来,出事了!"

莲姐和杜嘉陵一起向卫生间跑去,杜嘉陵被地上的砖块绊了一下,扑通一声倒在地上,莲姐还比他先跑到卫生间。

只见何亮倒在地上,脸色青紫,嘴唇咬紧,目光紧闭。

"他晕倒了!"强子忙乱地掐着何亮的人中,李晓把他推到一边,在他颈部按压了一下,抬头望着众人,"暂时性休克。估计是没有吃东西,也没有喝水。他虚脱了。"

"我每个人都分了食品的呀!"莲姐叫起来,"虽然不够,但是每个人都是均分的,何亮也有!"

杜嘉陵跟跟跄跄地跑过来,仔细地检查了何亮的眼睛和面色,也很困惑:"不会啊,虽然少,但天天都有进食的,水不多,但有饮料啊。"

吕文静一直坐在西南角里,人们都在说何亮,她好像没有听见一样,头也不回。

晴晴跑了过来,蹲在父亲面前,她摸了摸何亮的脸,抬起头惊恐地望着杜嘉陵:"叔叔,我爸爸他死了吗?"

杜嘉陵把她拉起来:"没有,你爸爸好好的,我们只要给他吃东西他就会醒过来的,你放心。"

晴晴看了看众人,低垂下眼皮。

杜嘉陵对莲姐说:"水!"

莲姐赶紧转身，水竹已经把一瓶水和一袋饼干拿过来了。

李晓把何亮扶了起来，杜嘉陵正要给何亮喂水，一双小手使劲把他拉了一下："叔叔，我有！"

杜嘉陵转头一看，是晴晴。

她手里捧着一大捧饼干，递到杜嘉陵面前，随后，从自己的身后拿出了半瓶矿泉水，也递给杜嘉陵。

杜嘉陵愣住了："晴晴，你这是？"

"我存起来的，给他。"她指指何亮，"叔叔，这是我的那一份。"

强子惊叫起来："你没吃东西吗？一直没吃？"

晴晴低下头："我怕。"

"你怕什么？"莲姐的眼泪下来了，她一把把小姑娘扯过去，"你这孩子，怎么能这样？你不吃东西，你能熬过多久？你这孩子……"她哭了，说不下去了。

晴晴哭了，张大嘴巴哭得很伤心："我留给他的……我怕他没吃的，我怕他死……他死了我就没有爸爸了……"

杜嘉陵和李晓沉默半晌，九指儿把脸上的泪水擦掉，大声说："你可以吃我的呀！你可以告诉我呀！我那一份给你！小浑球！"

晴晴举着那半瓶水："叔叔，给我爸爸喝，喝了就醒了！"

李晓再次把何亮半抱起来，杜嘉陵撑着他的头给他喂水，正在这时，他的膝盖抵到了一个硬硬的东西，他顺手一摸，是何亮的裤袋。再一摸，他怔住了，口袋里装满了东西。他再一掏，从何亮的口袋里掏出了一把饼干、榨菜。

251

那份量和晴晴捧出来的差不多。

李晓望着那些食物，叹了口气。

这是何亮留下来的，一定也是为了晴晴留下来的。

"怪不得他要晕倒！"聂圣欢往地下吐了一口唾沫，嘴唇干裂。

他狠狠地拍了晴晴一下："丫头，记住，这是你爹，你亲爹！"

晴晴说："你们快救他呀！"

喂完水之后，过了一会儿，李晓再把饼干弄湿填进何亮嘴里。过了半个小时，何亮清醒了。

他茫然地看着大伙，直到转到晴晴脸上，晴晴的大眼睛一眨不眨地盯着他。

他微笑了一下，伸出手去想摸摸晴晴的脸，晴晴躲开了。

"我还活着？"他望着杜嘉陵。

杜嘉陵点头："活着。你先休息一下，等会儿起来干活。我们得加紧进度了。"

坑洞挖到一半了，强子停了下来，使劲地喘着气。

水竹走到他身边，拿过他手里的铁铲继续挖。

强子喘着气说："你干什么？你挖不动的，放下。"

水竹不回答，继续挖着。

强子说："这不是女孩子干的活，你走开。"

水竹说："这点活算什么！在农村家里的活都是我干的。"

强子说："等我们出去了，你再去上学吧，不要再打工了。"

水竹说："是，这回地震告诉我，我得为以后的事情想想了，我还有那么多事情没做呢，要是这一回给震死了那多冤啊。如果能活着出去，我一定要好好计划一下，去做一些以前我不敢做的事！"

"是，这几天我也一直在想，等出去以后，得换个活法了。"强子说，"水竹，认识你们真好。"

水竹望了他一眼，脸上有些红，眼睛里也有泪水。强子奇怪地望着她："水竹，怎么啦？"

"强子哥，如果我说我感谢这场地震，你会不会怪我？"水竹支吾着。

"为什么呀？我们还没有脱险呢！"

"如果不是这场地震，我们也不可能离得这么近吧？"水竹说，"老天爷知道我在想什么，所以……它安排了这个……"水竹喃喃地说着，打了自己的嘴巴一下，"我在胡说，你千万别当真，真的，强子哥，我瞎说的……"

强子定定地望着她："你说，我听着。"

"我感谢地震，因为地震，能让我跟你在一起这么多天……"

强子怔怔地望着她的脸，过了一会儿，他把她的铁铲拿过来："你放心，我们一定能出去，出去了以后你哪里都不要去，你就跟着我，我会带你去上好大学，我们一起去上学……如果国内的大学上不了，我就带你去留学！"

水竹望着他，好像快晕倒了。

强子说："生和死都经历过了，还有什么做不了的？你放心，以后，你的事由我来负责！"

李晓走了过来,一边打着墙壁一边说:"畅想未来呢?好啊,到时候也算我一个吧!"

"你算什么呀?"强子说,"你老了,没戏啦!"

"这几天我也一直在想,以后出去不能再混日子了,时间真的说断就断啊,容不得你矫情。过好每一天,这就是最好的方式。"

"李晓哥哥,"水竹说,"我一直想问你,你现在还怕死吗?"

"怕,当然怕。不过,怕有什么用?该干啥还干啥,死亡就是另一种活着。没关系,所有前世放不下的、没有做过的,没关系,来世再见。"

气氛有点压抑,杜嘉陵走了过来:"好像都在说出去以后的事,是吧?"

"我在想,出去以后,第一件事就是对我爸爸妈妈好点,我以前太嚣张了,对他们不好,现在想起来好后悔。"强子说。

"我也是,"九指儿走了过来,"不过不等以后出去,我现在就想对奶奶好。"他走到赵妈面前,"奶奶,我很感谢这段时间,我能跟你在一起,有你在,我一点儿都不害怕了。"

赵妈抚摸着他的头,泪水流了出来,两个人都不说话。

李晓点点头:"好吧,我出去之后的第一件事,就是回家。"

水竹笑了。

"不管以后还有多少日子可活,我都得回去,我得跟我妈在一起。"李晓苦涩地笑了笑,"这一辈子我是太任性了,一直按照自己想要的方式在活,自己是爽了,可是我妈……我从来没有考虑过她的想法，从来没有……"

杜嘉陵呆在那里，他的心一下子又被堵住了。

田小兰。乐乐。

这两个名字突然一下子又冲了上来，像针一样扎在他的心里。他摇了摇头，想把她们甩掉，但是没用。他以为可以不想乐乐了，可是这几天里，她们的形象却难以抑制地一再浮现出来。他努力想寻找到田小兰爱自己的往事，但是没有成功。一想到从一开始她就在欺骗自己，杜嘉陵怎么也没办法从地震之后的感悟中去原谅田小兰。

终于，他明白了，不管有没有地震，他都不可能原谅田小兰。生死很容易，正因为如此，更不能对原则妥协。否则，就对不起那些逝去的生命。

生不容易，死容易。活着，更应该对爱恨情仇有基本原则。田小兰践踏了他的感情，践踏了最基本的道义，她应该领受生活对她的任何惩罚。

至于乐乐，老潘死去的那个晚上，他突然一下子就明白了。不管以后怎么样，乐乐仍旧是他关心的人，是他的女儿。不管马知路会不会养，他都会养下去。乐乐始终是他的心肝，乐乐没有骗过他。

杜嘉陵想明白了这一点，心里反而轻松下来。他一旦拿定主意，就不会再瞻前顾后、犹豫不决。

所以，现在他有活下去的动力了。为了乐乐，他不能死。

他把自己那份口粮留下来，想悄悄交给晴晴的时候，被聂圣欢发现了。

聂圣欢一把抢了过去。

"你这是不负责任的行为你知道吗？你不能这样！这很愚蠢！我们得先保证自己的体力，才能挖出通道，他们才能得救！"

杜嘉陵望着已经躺倒在地上的晴晴，眼睛里有着沉重的不忍："她快不行了，她是最小的……"

"那你赶紧挖！挖洞才是现在最重要的！"

杜嘉陵："就这点饼干了，我吃了也没用……"

"那不是饼干，那是能量，是我们生命的最后一格电量！得保存着好好用！"

何亮停下手里的活，转身对着杜嘉陵："老聂说得对，赶紧吃了干活吧！晴晴的命都在我们身上呢！"

杜嘉陵望着晴晴，晴晴突然一下子扑过来，使出全身力量，一下子抢走了杜嘉陵手里的最后两块饼干。

望着晴晴大睁着眼睛把饼干塞进嘴里，艰难地哽咽着，三个人面面相觑。

晴晴的眼睛狼一样盯着杜嘉陵。

杜嘉陵蹲下来对她笑了一下："没关系，晴晴乖，叔叔马上带你出去啊！"

几个人加紧了挖掘的进度。

下午，他们都累了，几个人躺在地上，李晓突然翻身坐起，惊恐地望着前面。

一只耗子出现在他们面前，饿得发绿的眼睛盯着他们。

几个人毛骨悚然。

强子一个劲儿地颤抖着,九指儿脸都吓白了。

老罗:"我们是它最后的食物了,瞧,它来了。"

何亮慢慢地:"现在是一只,等会儿,是一群。"

"等着吧,全都来了,我们马上就快完了。"九指儿哆嗦着。

突然,"叭"的一声,一把瑞士军刀飞了出去,正正地插中了耗子的背,耗子尖叫着挣扎了几下,死了。

是杜嘉陵。

所有人都呆住了。

那把军刀,正是当日杜嘉陵送给李晓的那把。这几天大家轮换着用来挖掘墙壁,但仍然非常锋利。

李晓欢叫着爬过去取下刀和耗子,大声说:"到底是世界名刀啊,多好使啊!"

他举着那只死老鼠:"哈哈,有食物了!高蛋白!优质蛋白!"

九指儿僵在那里:"你是说,你想把它吃了?"

李晓不答,反复察看着那老鼠。

九指儿:"你疯了,那是耗子!有传染病!"

李晓回头看他:"没问题,这是田鼠,健康得很。"

"超市里的东西怎么可能是田鼠?你疯了!"

李晓回过头:"在我眼里,它就是一坨肉。"

杜嘉陵犹豫着:"李晓,不行吧,这不可能是田鼠,是家鼠,不干净……"

"现在都要饿死了,你给我说什么不干净?"李晓有些急了,"有吃的就不错了!"

"我不吃！"强子说，"我宁愿饿死！"

"对！"吕文静突然说，"它吃过死人的，它啃过老潘的！"

众人一吓，强子差点当场干呕起来。

杜嘉陵看着李晓："再想办法。"

李晓望着他们："你们过不了这一关，就没办法活下去。现在什么粮食都没有了，只有这送上门来的肉，你们不愿意吃，那就等死吧。"

杜嘉陵犹豫了一下："我们……我们赶紧挖洞，赶紧出去。"

李晓敲了敲墙壁："就你们？知道什么叫野外生存不？为了活下去，老鼠、昆虫、鳄鱼，都可以吃，这时候没有物种概念上的区别了，它只是蛋白质、脂肪、维生素和水分。"

众人呆住了。

他盯着杜嘉陵："嘉陵，你带个头，你吃了他们都会吃。"

杜嘉陵犹豫着，终于，很快地跨过去，拿过那块已经被李晓剥出来的老鼠肉，一仰脖子，生生咽了下去。

他转过身，嘴里痉挛着，捂住肚子蹲了下去，干呕着想要吐出来。聂圣欢抢过去，一把捂住了他的嘴，死死地压住。杜嘉陵抬起头看着他，眼泪都出来了。

聂圣欢回头瞪着李晓："再弄一只，我吃！"

李晓指着众人："想不想活下去？"

人们呆滞地望着他。

李晓笑了一下，转身走到卫生间门口，向里面望着，里面传出来老鼠逃窜时的尖叫声。

就这样，屋子里的老鼠快速地减少，人们又获得了一些食物。

白天，为了节省体力，女人们都坐着，男人们轮番挖掘着墙壁。

这天晚上，男人们终于累得不行了，躺了下来。

屋子里的耗子也被李晓杀光了，再怎么找也找不出新的活物了。大多数人都没有力气了。

这天早上，九指儿醒过来，他本能地去摸身边的人，却没有摸到奶奶。

他大叫一声："奶奶！"

赵妈在他旁边低低地应了一声，很虚弱。

九指儿一把抓住奶奶："奶奶，你在！你在啊！我以为你不在了，别吓我！"

赵妈睁开眼睛，弱弱地笑了一下："奶奶在这儿呢，奶奶陪着你的。"

那声音很特殊，九指儿的心在乱跳，他凑近奶奶一看，突然惊叫起来："奶奶！奶奶！"

莲姐和水竹第一时间挨过去，一看赵妈，她们都愣住了，赵妈靠在货架上，整个人已经虚脱到极点了。

她手里拿着一块掉落下来的货架玻璃，手腕上和玻璃片上都有少量的血迹。

九指儿魂飞天外，紧紧地抱住奶奶："奶奶，你要干什么呀？你干什么呀？你不能抛下我不管啊！奶奶，奶奶——"

杜嘉陵赶过去，一把扯开九指儿，抱住赵妈，赵妈已经半闭上眼睛。杜嘉陵一下子就明白了，大声叫着："赵妈，赵妈！你怎么能这样？不要紧吧？你不能吓我们，赵妈！"

聂圣欢也扑过来，赵妈努力睁开眼睛，微笑着一下："没事，没事啊，孩子们，赵妈没事，你们别吓着了，没事……"

她晕了过去。

莲姐和水竹哇地哭了出来，何亮也扑了过来，使劲想拨开他们挤到赵妈身边。杜嘉陵失魂落魄地站起来，聂圣欢跪在赵妈身边仔细察看了一会儿，抬起头来望着大家："不要害怕，赵妈只是割破了表皮，还没有伤到血管，别担心。"

水竹哭着走到最后的几瓶水面前，倒了一瓶盖水慢慢地给赵妈喂了下去，过了五分钟，赵妈终于醒了。

九指儿跪在奶奶面前，哭了。

赵妈叹了口气："吓着你们了吧，孩子们，对不起……你们何苦救活我，少一个人，就少一分拖累，嘉陵，你也轻松些……"

杜嘉陵半跪在她面前："赵妈，你在，我们活着才有意义，你不在了，我们出去了这心里怎么过得去……赵妈，你相信我，我会努力的！"

九指儿只是抱着奶奶，哽咽得说不出话来。

赵妈抱着他的头，泪水也下来了："奶奶不走，奶奶陪着你，乖啊，奶奶在呢……"

一直没有靠前的李晓等众人都平静下来之后，走到赵妈面前，他手里拿着一张干净的纸巾，开始慢慢地给赵妈包扎伤口。他一边包一边定定地望着赵妈："赵老师？"

赵妈抬眼望着他，目光里有些尴尬，有些躲闪。

李晓摇着头:"我太失望了,您太让我失望了。"

"是,我知道。"

"这一刀下去,多简单啊,多快啊,在我们都不知道的情况下,不到一个小时,您就能结果自己,然后,您就解脱了,我们就要内疚一辈子。"

赵妈满怀歉意地望着他:"对不起,李晓,赵妈错了。"

"您差点儿就得逞了。"

"是,如果九指儿没发现,我就割深了,其实,这事儿不难。"

"嗯,我知道不难,以前我也干过。"李晓伸出手,把袖子撸起来,手腕上有一条很明显的旧伤痕。

"半年前划的。"他摇摇头,"真的不难,当时只要是再深两毫米,今天我就不会被埋在这儿。那时候我想的就是自己了断,我妈、我家里人,就不会那么苦。可是,我痛快了,他们就要永远内疚下去。我把最糟糕最悲伤的记忆留给他们,他们会为此内疚一辈子,永远不得安宁。"

赵妈也摇摇头:"我知道。孩子,你做得对,谢谢你当年手下留情。"

李晓点点头:"赵妈,活着更需要勇气,对吧?"

赵妈含着泪微笑了一下:"对。"

李晓:"那我们就努力做那个更勇敢的人,赵妈,别淘气了。"

赵妈的泪水滴到九指儿的手上:"好,赵妈记住了。"

20

赵妈暗中自杀的事让所有男人一夜未眠。杜嘉陵默默地对自己说:"加快进度,加快进度,不能再出事儿了。"

他又站了起来,摇摇晃晃地走到墙边又开始挖掘。几个男人听到了,又都爬了起来,和他一起行动。

几个人默默地挖着、敲打着,女人们也没有睡,她们都知道,再不加快速度,真的就没救了。

也不知道挖了多久,一直没有吭声的老罗突然说:"停!停!"

众人停了下来。

"你们听,你们听,听到什么声音没有?"老罗大叫着。

"什么声音?"

"你发现什么了?"杜嘉陵问。

老罗把耳朵贴在墙壁上:"老天,我好像听到河水的声音了!哗哗的,哗哗!"

"真的?!"众人惊住了,所有人都快疯了,连女人们都跳了起来。他们赶紧把耳朵贴上去,但是,什么声音都没有。

强子不甘心,再贴近一点。

杜嘉陵再听了很久,什么声音都没有。他叹了口气,但又不能太失落,倚在墙壁上说:"老罗,你累了,歇会儿吧。"

"我不累!"老罗说,"我真的听见声音了。"

李晓说:"你歇会吧,你都出现幻听了,幻听。"

老罗说:"真不是,我明明听到声音了,真的!你瞧,我们都已经打了那么多了,快一半厚了吧,只有一半就通了,就这种通道,墙壁已经不太厚了,如果现在有一个手机,我们可能就和外界联系上了!应该有信号了!"

这个时候,手机成了大家最锥心的痛,可是谁也不可能再找到一部有电的手机了。

老潘找到的收音机也已经没电了,听不见播音,超市已经有好几天陷入与世隔绝的境况中了。

聂圣欢走到一边,把手插在自己的裤袋里,但始终没有再进一步动作。

"手机!要有一个手机就好了!这么薄的墙壁,我相信一定能打得通!唉,那么多个手机,全没电了!"老罗沮丧极了。

"没关系,我们再挖吧,再挖出去说不定就能看到人了!我感觉到墙已经很薄了!"九指儿说,"河边一定有人,你们放心吧!来吧,继续挖!"

他拿着一把已经砍折了的菜刀继续大力砍着。坚硬的墙壁反震着他的手,手心已经伤痕累累,但他没有在意。此时的九指儿已经像变了一个人,坚强、独立,像个男子汉了。

"要是……"强子吞吞吐吐,"要是我们打通了,结果那头是在河下面,河水涌进来,我们怎么办?"

"呸!"老罗一巴掌拍了过去,"我打不死你!"

"不会的。"杜嘉陵说,"我知道这距离、这高度,我们的计算没错,不会出现那种情况。"

"就是进水也没关系，"李晓拍拍他的脑袋，"哥是十级潜水员，我潜水出去搬救兵。只要能出去，就会有办法。"

强子摇摇头："我现在已经没有任何想法了，我随你们。"

老罗说："我在想，你爸会不会一直等在上面要看着你被救出来？"

强子呆了一下，过了一会儿才说："我爸不会，我妈会。"

"你怎么那么肯定？年轻人，永远不要低估你家里人爱你的深度。"

"我当然愿意相信人。可是，在他眼里，我就是一个失败者，从小到大都是失败者。失败在他心目中，比死亡还可怕。"

老罗沉默了一下："有一回，我到他办公室里去找他。那是下午四点钟吧，不早不晚，你猜你爸在干什么？"

"'披阅奏章'啊，他每天都忙不过来的。"

"他在喝酒，喝红酒，开了一瓶看上去高档得不得了的外国红酒，反正上面的洋文我不认识。他给我也倒了一杯，心里眼里都是笑。我从来没见他那么高兴，就问是什么喜事值得开红酒庆贺。他把我叫到电脑前，告诉我：你瞧，我儿子的音乐会。"

强子张大嘴巴望着老罗。

"他在看你的音乐会，是大学期间你和同学在北京开的一场小型音乐会，在一家酒吧。那酒吧并不大，演出也不是很正式，但是你爸看得很高兴。"

强子放下手里的工具，走到一边。

"那是我看到的你爸唯一一次喝红酒。我还记得当时他给我说了一段话，大意是：我儿子的音乐会，他喜欢这个，我给他的期限是到三十岁,三十岁以后他就得干正经事儿了。他那个行当是淘汰赛,三十岁以后你再张扬就不受人待见了。你别太自信,摇滚就是燃烧自己,三十岁以后你再燃烧就只能是自焚。"

强子呆在那里。

"他没跟我说过这些。"

"你爸是真心喜欢你的歌啊,那么喜欢,看了一遍又一遍。我还记得,你当时唱的是《薄荷绿的夏天》。"

强子抬起头,看了一眼老罗,走到墙边继续狠命地砸墙。

"我妈在上面,"他擦了擦眼泪,"我知道她一直在上面,他们俩肯定只有一个想法,活要见人,死要见尸。我不能让他们失望。"

老罗也站起来,拾起地上的改锥开始干活。

九指儿大声说:"你们干吗都不说话?喂,我给你们唱首歌怎么样?"

"你还有力气吗?"老罗说。

"只要想到马上就可以出去,力气就来了。"

杜嘉陵点点头:"唱吧,我们听着呢!"

老罗说:"不许再唱夜半三更盼天明啊,我们要听新歌。"

正在这时,一个人的声音响起来了,是个女声。

众人一愣,是吕文静。吕文静坐在东南角上,穿着她那件已经分不出颜色的长袍子,长发披散在一边,细声细气地开始唱起了一首歌:

悠悠岁月

欲说当年好困惑

似真似幻难取舍……

她的声音很好，清澈透亮，非常专业的女高音。但是，那歌声听来好苍凉、好绝望。吕文静唱完，没有人喝彩，也没有人鼓掌。何亮甚至动都没有动一下。

吕文静唱完了，站了起来，理了理长发，走到晴晴身边。赵妈正在地上教她画画。

吕文静静静地望着晴晴，脸庞上罕见地带了一丝笑容。

"晴晴——"她叫了一声，晴晴抬起头来看着她，戒备地往后靠。

吕文静说："晴晴，等我们出去了，我和你爸爸带你到上海、到北京，好不好？我继续教你弹琴，你会成为钢琴家的，你弹得那么好……"

晴晴平静地摇头："我跟我爸爸在一起，我不跟你在一起。"

吕文静怔怔地望着地面："这样啊？"

晴晴靠在赵妈怀里，伸脚把地上的画擦了。

赵妈似乎有些过意不去，说："吕老师，你起来坐着，蹲着多累啊。"

吕文静笑了一下："是，多累啊。"

她站了起来，环视了一下周围，莲姐和水竹无力地靠坐着，几个男人正在加紧干活。何亮也在里面，他现在干得比谁都起劲。他已经不胖了，大肚腩已经没有了，现在的他瘦得变形。她走到何亮身边，静静地抬头望他，眼睛里柔情似水。

何亮手里正在干活，没有理她。

吕文静就那么看着他。杜嘉陵看了吕文静一眼，生怕他们出事，但还好，何亮干着，吕文静看着，画面还挺和谐。

杜嘉陵大声说："好了，今天干了一天了，大家都累了，歇会吧，何亮，你休息一下。"

何亮也实在太累了，走到一边坐下，吕文静停顿了一下，也走了过去。

吕文静在何亮身边坐了下来，把头靠在他肩膀上。

何亮把肩膀挪开，离她有半米远。

吕文静愣了一下，坐在那里一动不动。

晴晴远远地看着。

何亮闭上了眼睛。

莲姐看不过去，走过来拉了拉吕文静。

"文静，来，到姐这儿来。"

吕文静随她坐到一边，眼睛迷茫地望着远处。

吕文静："姐，通道就要打穿了，是不是？"

"是，那么多人轮班上，应该明天就会通了，明天我们就可以出去了！"莲姐的声音里充满了希望。

"真的？"

"我刚才又看过了，那么厚的墙，我们已经打穿了大半部分了，你放心！"

"那你出去就可以见着你的儿子和女儿了？"

"那是，肯定还有我老公！他们都知道我在这个超市工作，他们一定会守在外面的！"

"莲姐，见着小叶子和飞飞替我亲他们一下，多想见见他们啊！"

"那当然，明天你也可以见到他们的！"

吕文静笑了一下："行，我明天一定见他们。莲姐，出去以后你帮我把这个给那个……"她从脖子上取下一块碧绿的玉佩，指了指晴晴。

"晴晴？你自己给她啊！等出去以后你亲自给她。"

"她不会要我的，你帮我给吧。"

莲姐说："她不要你干吗给啊？我跟你说，吕老师，我也不怕你生气，就目前你们这关系，我告诉你，她一定不会收你东西的，就是收下了，也未必喜欢。"

"没事啦，我现在身上也只有这个东西了，你给她吧……莲姐，我不想这样的，从来没想要这样的……"

莲姐说："懂啦懂啦，经过这次灾难，我知道大家都不想这样的。没关系啦，会好的，会好的，等我们出去了，一切都会重新开始。你好好休息吧，不要乱想……"

吕文静对她笑了一下，把玉佩塞进她手里，不再说话了。

这边，老罗靠坐下来，长长地吐了口气。水竹赶紧过去给他捶背。

强子也靠在老罗身边，闭上眼，一种虚脱的感觉袭上来，强子觉得自己快睡过去了，他勉强撑住。

水竹说："你想睡就睡吧，我们都在这儿呢。"

"我怕我一睡过去就真过去了，再也醒不来了。"

"你敢！"水竹说，"还有那么多墙没砸，你敢睡！"

强子笑了一下:"好,我就眯一会儿。"

杜嘉陵走到聂圣欢身边,低声道:"对了,老聂,那把枪呢?你收好了吗?"

聂圣欢犹豫了一下:"枪不在我这里。"

杜嘉陵一听就炸了:"你说什么?!不在你这里?!"

"我正纳闷呢,你说就这么大个禁闭室,插翅难飞,怎么就找不到那把枪?"

"枪不在了?!"

"是啊,也不知道哪天没的,这几天忙着挖墙,我也没在意,谁知道昨天一搜身上没了,我也在着急呢。"

杜嘉陵一下子紧张起来:"找不到了?你怎么现在才说!真的假的?我看看!"

他拉过聂圣欢,在他身上翻找着。

聂圣欢举着手投降似的站着:"真没有,我骗你干吗。"

杜嘉陵真的没有找到那支枪。

他一下子呆住了,心里发凉:"真没有?这两天我总是觉得有什么事情不对劲,心里老是欠欠的,现在明白了,就是那把枪!老潘走了,枪总得留下来吧。我还以为你收起来了,你到底收了没有?是不是藏起来了?"

"在这坟墓一样的地方,我骗你干什么?我要能飞走我早走了!"

强子闭着眼睛搭腔:"我知道老聂没拿那枪。"

"你知道?你怎么知道?"

"就这么点屁股挨着屁股的地方,能有什么隐私?从昨天开始他就着急忙慌地到处寻摸,我就猜到他什么东西掉了,后来一想,不是找枪又是在找什么?"

"坏了!"杜嘉陵站了起来,"那还等什么?大伙赶紧帮着找啊!找不到要出事!"

聂圣欢摇头:"能出什么事?人人都在想着要出去,还有谁会搞事情啊?"

杜嘉陵:"不行,不对劲,赶紧起来找!"

老罗也听见了,一激灵,赶紧跳起来,"老聂,这事可不是闹着玩的,赶紧找,必须找到!连子弹一起!"

老罗那紧张的样子把强子也吓住了,杜嘉陵用一根木棍点着了当作火把,三个人开始对所有地方仔仔细细地搜查起来。

这边,吕文静不再看何亮,也不看任何人,她扶着货架站了起来,走到东北角上,然后,所有人只听到一声破空而来的脆亮枪响,吕文静慢慢地倒了下去。

"出事啦!"杜嘉陵大叫一声,向着吕文静跑了过去。

人们慌乱地围了过来。

吕文静躺在地上,眼睛望着他们,笑了起来。这时候,她那张平淡的脸上竟然罩上了一层美丽的光晕,显得平静而可爱。她望着大家,右边太阳穴汩汩地流出鲜血。

杜嘉陵一把抱起她:"文静,为什么呀,为什么呀……"

莲姐和水竹也跪下来,莲姐震惊地捶着地,水竹慌乱地用手里的纸巾想去堵住吕文静的枪眼,想止住那些血,但是,她的手都染红了,鲜血仍旧喷涌不停。

赵妈老泪纵横:"干什么呀,这到底是干什么呀……这不是都快出去了吗……"

水竹也在哭："莲姐,莲姐……我受不了了,天哪……"

只有晴晴呆呆地站在那里,望着吕文静那张渐渐失去血色的脸。

"走开,你们都走开!"一个人跌跌撞撞地走了过来,一把推开杜嘉陵,跪了下去,抱起了吕文静。

是何亮。

何亮没有哭,而是把脸贴在吕文静脸上,吕文静笑了,笑得很纯真,像一个孩子。

何亮把脸埋在吕文静胸口上,呜咽着:"我们回家。我带你回家。"

他弓着身子,全身都在颤抖。

聂圣欢把枪拾了起来,刚想放进衣袋,杜嘉陵一把夺过来,取出子弹,揣进自己怀里。

何亮在吕文静面前跪坐了一夜,第二天早上,莲姐和水竹同样用白酒浇透了吕文静,把她放到了东北角上,那里静静地躺着老潘。

这边,杜嘉陵等人没有言语,没有停止,他们一直敲打着、捶砸着,到了下半夜,终于可以感受到墙壁的脆弱回声了。

他们的狂喜从动作上体现了出来,更迅猛也更快速了。

但是,他们已经两天没有进食了。

老罗是最先昏倒的一个。刚一地震时他就受了伤,又经过漫长的近二十天的煎熬和重体力干活,再加上一连饿了三天,他终于支撑不住,休克了。

杜嘉陵发狂地捶打着那个越来越大的洞。

他必须带他们出去,他是党支部书记,所有人的目光都在盯着他。

李晓也已经快不行了。

强子几乎是闭着眼睛在干活。

九指儿机械地敲击着墙壁,双手在流血。

晴晴躺在赵妈怀里,奄奄一息。

强子倒了下来,水竹冲上去接过他的工具继续敲打。

还有大约五厘米就可以破壁而出的时候,杜嘉陵再也支撑不住,和众人一起倒了下来。

聂圣欢在他身边倒下,杜嘉陵闭着眼,喘着气。

"得有个电话,有个手机才行。"杜嘉陵大口大口地喘着气,"就算我们把洞打穿,没有人知道,我们还是得死在这里。"

聂圣欢慢慢地爬到他身边,把一个手机塞到他手里。

那一刻,杜嘉陵简直想砸死他。

"你疯了,给我一个没电的手机有什么用?"

"你瞧瞧,你开机瞧瞧。"聂圣欢用尽最后的力气抬起手,然后又颓然放下了去。

杜嘉陵疑惑地看着他,再看看那手机,咦,是一个从来没有见过的手机,摩托罗拉老板豪华型。

他怔了一下:"哪里来的?"

"你打,你试一下,如果有信号,就是老天救咱们来了。"

杜嘉陵打开手机,天哪,竟然还有百分之二十三的电!

那一刻,他知道生命之光降临了。

"地震那天下午,在超市门口,我从何亮车上偷的。一是怕你们知道,二是一定要留到最后关头,不然很快就会没电的。"聂圣欢说,"我想现在应该是最后关头了。现在不怕了,我就是一个小偷,上天已经惩罚我了。"

杜嘉陵哭了,脑子里一片空白,再也想不起什么。过了一会儿,他跌跌撞撞地站起来,拿起铁铲疯狂地砸向墙壁,众人都站起来了,身上充满了不知道哪里来的劲头,一起努力。三个小时之后,他们终于拨通了自地震失陷以来的第一个电话……

尾　声

"5·12"汶川特大地震之后,色当县表彰抗震救灾涌现出来的英模和集体。家家福超市英雄群体以"抗震救灾英雄党支部"的名义受到了隆重表彰。

但是,在申报他们光荣事迹的时候,相关领导震惊了——

他们中间,除了企业家何亮曾经入过党之外,所有人的党员身份都是假的。他们没有一个人是真正的共产党员。

在那个超市里,在自救和救人的时候,在被埋地下漫长的十几天失联时间里,他们借助党员的身份,支撑着自己,激励着大家,成功地活了下来。

一年后,杜嘉陵加入了中国共产党。

乐乐也进小学了,进的是妈妈田小兰的学校。

乐乐最喜欢给杜嘉陵唱的,还是那首歌:

落雨不怕　落雪也不怕
就算寒冷大风雪落下
能够见到他
可以日日见到他面

如何大风雪也不怕

我要　我要找我爸爸

去到哪里也要找我爸爸

我的好爸爸没找到

若你见到他

就劝他回家

……

　　杜嘉陵听到这首歌的时候，总会泪水盈眶。

　　六个月后，李晓靠在妈妈身边，微笑着告别了这个世界。

　　老罗和他老婆的婚纱照不仅拍了，而且拍得非常好，远景是苍茫的群山，身后是他们刚刚建起来的新家。这张照片不是彩霞阁的摄影师拍的，而是一位摄影记者现场拍的。画面非常美丽，老罗刚毅英俊，老婆望着他的眼睛里充满了失而复得的喜悦和庆幸。这张照片在著名报纸的头版刊出，老罗夫妇的形象传遍了世界。

　　莲姐的两个孩子第一时间已被送到成都的水碾河小学寄读，一年以后，莲姐和老公在学校附近开了一家小面店，小叶子和飞儿可以天天吃到爸爸妈妈做的热汤热饭了。

　　生活一如既往，该怎样还怎样。

　　生活又已经不可能再一如既往了。"5·12"汶川特大地震之后，一切都已经改变，地火在内部奔涌，时光回不到从前。

　　好在，活着的人都很好。

　　那些逝去的人，卸下所有的疲惫和痛苦，安息吧。

后　记

凡事往好处想

2017年7月7日中午，走出槐树街2号出版大厦大门，烈日当空，照射得人睁不开眼。

站在路口等红灯过去。熟悉的人群，熟悉的车流，街道还是那条街道，景物还是那些景物，但人已经不一样了。

默默地穿过马路，走过曾经进去过的火锅店、小面馆、咖啡馆，却再也看不见那个熟悉的面影，听不到那个熟悉的声音。

那个人走了，一周前，猝逝于这个星球的另一端，再也没有回来。那个地方相对于中国人来说，遥远到令人迷茫。克罗地亚，一个在地图上熟悉，但又很少有人踏足的地方。

这本书最早的创意原本起源于他。

四川文艺出版社社长吴鸿，于2017年的早春交给我一个任务：有个小说情节，我想了很多年了，只有一个影影绰绰的想法，一直没有详细的细节，也没有想到更好的结局，我没有时间，你来写，写一本书，一本关于地震中人性的书。明年是汶川地震十周年了，写出来也算是四川文艺出版社和你我对四川人民的一次致敬，一个纪念，一次对我们自己、对所有人的一次礼赞。

说实话，对于这种命题作文，我第一直觉是抗拒的。

当时我手里正有大量的书稿和合同要完成，一向又没有写命题作文的习惯，尤其是这样的命题，所以，一直没有明确应可。直到他说了第三次之后，我才只好答应下来。

一次从天而降突如其来的剧烈变故，一个不足一百平米的幽闭空间，十三个被深埋于地下求生无门的人，一场人性善与恶的殊死搏斗，一次不堪重负再也不想重来一回的写作经历——四个月，四个月里经历了十三个人从生到死再从死到生的诸多心路，每天都感觉到自己同他们一起被压在十层楼的废墟之下，空气稀薄弹尽粮绝，求生不得求死不能，苦苦挣扎苟延残喘。再加上其他的稿子压迫，几次想搁笔。但是后来好一点了，写到一半的时候，当真正沉浸进去之后，当你和你的人物同呼吸共命运的时候，一种奇特的感觉诞生了：在经历了从希望到绝望、百般努力、拼死搏斗之后，终于，你和同伴们逃出生天，迎着阳光泪飞如雨张臂呐喊，从灵魂到身体宛若新生。

终于明白了一个道理：生命，真的是一场说散就散的绝地狂欢。也终于明白：生命脆弱如纸，生命同样又坚韧如山。

平常的日子里，爱憎、黑白、是非都是分明的，人性在宽阔的天地有着尽可以腾挪闪躲的空间，而在《有人生还》里不能，绝无可能。在突如其来的死亡重压之下，人的任何反抗都失去了效应。残酷狭窄的生存威胁把人性逼到了一个你死我活刺刀见红的凶险境地。在这样的绝境里，活下去，成了每一个人的本能选择，而怎么活下去，成魔成佛，不在一念之间，而是在妥协与坚持之间。强大的压力之下，人一开始释放的往往只是本能，只有在激发潜能和超越自我之后，人才能真正焕发出人性的光辉，人才可能成为超人，成为英雄。

没有一个人是完美的，没有一个人生来坚强。杜嘉陵是这样，赵妈是这样，李晓和老罗是这样，水竹和莲姐、九指儿、聂圣欢也是这样。灾难之前，每个人都活在自己的心灵炼狱里，有着各自不同的悲喜忧乐。绝境来临的时候，死亡把一切选择变得简单明了：妥协还是迎敌，单个放弃还是群体努力。我在为人性中的各种黑暗、残忍、冷漠、自私心寒齿冷的时候，又固执地相信：有黑暗就会有光明，有冷漠就会有热烈，有妥协就会有抗争，有放弃就会有坚持。

人性是有趋光性的，相信自己，相信他人，相信爱，相信温暖，相信善良，这仍然是大多数人的正常选择。

正是人类才有的爱和勇气拯救了人类自己。

写完此书的时候，自己仿佛也经历了一次新生。再一次体味人性的寒凉与温暖，再一次感受十年前汶川大震中那些和着血泪的英勇与悲壮。经历过死亡考验的人，生命对于他从此再也不一样。更珍惜，更懂得，更从容，更坚强。

吴鸿社长生前给他的同事和朋友们说得最多的一句话就是：凡事往好处想。

这句话让我这个悲观主义者同样受益良多。

凡事往好处想，有努力就会有希望。

凡事往好处想，绝境中仍旧有人生还。

凡事往好处想，吴鸿相信人性本善，相信人的奋斗和努力终有收获，相信那些超脱于凡俗庸常的理想和远方。所以，他一直系念于这个故事，并努力想把它呈现出来。好在，这本书终于完成了。

写作的收获不在于出版，而在于再一次出发，再一次成长，再一次从纷扰和苦痛中分泌出坚强与善良，分泌出宽厚与微笑。

谨以此书献给汶川地震中所有哭泣过坚强过的人们。

谨以此书献给远去的吴鸿社长。

2018年3月11日